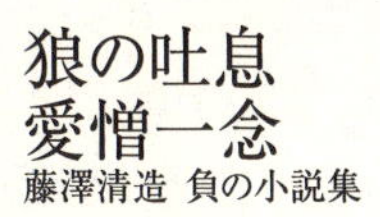

狼の吐息
愛憎一念

藤澤清造 負の小説集

fujisawa seizō

藤澤清造

西村賢太 編・校訂

講談社文芸文庫

目次

一夜　九
けた違いの事　二五
秋風往来　三六
狼の吐息　四九
刈入れ時　六六
母を殺す　一一九
愛憎一念　一三四
予定の狼狽　一四九

赤恥を買う　一六二
雪　空　一七四
此処にも皮肉がある　或は「魂冷ゆる談話」　一九〇
・土産物の九官鳥　二一三
・乳首を見る（新発見原稿）　二二一
・嘘（戯曲）　二四三
・愚劣な挿絵　二八七

生地獄図抄（ルポルタージュ）　三〇五
われ地獄路をめぐる　三二三
焦熱地獄を巡る　三三七
めしいたる浅草　三七〇
・
解説　西村賢太　三七八
年譜　西村賢太　四〇二
著書目録　西村賢太　四一二

狼の吐息／愛憎一念

藤澤清造　負の小説集

本文校訂　西村賢太

一　夜

その日も日が落ちると、一段と寒くなってきた。――昼間は、他の物音のために妨げられて、さほどでもなかった風の音が、ちょうど夜になるが最後、あの残忍酷薄な強盗ででもあるように、やけにその猛威をたくましくしてきた。そして屋根を吹き、裏に立っている、一本の欅の木の枝を叩きつけたうえに、今度は家の中へ忍びこもうとするもののように、劇しく板戸を打っているのが、うるさく耳についてきた。で、それに聞きいっていると、私はまた、溜らなく不安な思いがしてきた。

まず第一に気になるのは、現在自分の煩っている病気のことだった。いうところの急性胃腸加答児なるものは、こうまで劇しく痛むものだろうか。そして、腹部の痛むのは仕方ないとしても、背中までこうも痛むものだろうか。――まるで金棒でもって、思いきり打ちのめされでもした跡のようになるものだろうか。それが疑われてきた。

それに、もう二週間足らずにもなるが、不断に下痢と嘔吐とが催されるものだろうか。ひょっとするとこれは、みな医者の誤診の結果で、ほんとうは、他の病気なのではなかろうか。若しそうだとすれば、今のうちにもっと名のある医者の手で診察してもらいたいと思うと、私のこころは一段と暗くなってきた。というのは、それをするには、先ずそれ相当の診察料を用意してかからねばならないからだ。

ところで、金という金は、もう十円と纏ったものは、ちょっと手にすることの出来ない身分だけに、そこまで考えてくると、あとはもう深い谷をのぞくようなもので、それからさきは一歩も前へ進むことが出来なくなってきた。仕方がないから私は、凡べてをなりゆきに任す気で、もうこのうえは何も考えまい。何も思うまいと思って、死んだもののようになっていた。ちょうどそこへ、白歯をむきたてて、人の身に噛みついてくる、隙洩る風とひとつになって、吉田と西尾とが入ってきた。

まず西尾が、私の枕元へ腰をおろすと、

「どうだい。少しはいいかい。」といって、私へ言葉をかけてくれた。

「ありがとう。どうもいけないんだ。」

私はこういうより外はなかった。そして、私は、

「外は溜らないだろう。火鉢へ炭をついでくれたまえ。」といいながら、西尾とならんで腰をおろした吉田の方へ目をやると、ちょうどその時、もうし合せたように、私の方へ目

をもってくる吉田のそれと、ぱったりそこででっくわした。すると吉田はあわてて目をふせたかと思うと、

「ちっとも知らなかったんだ。君が病気のことを。どうだい。少しはいいのかい。」といって、彼もやさしく言葉をかけてくれた。

「ありがとう。どうもいけないんだ。微塵食欲のないのは、病いが病いだから仕方ないが、いや、かえってその方が、僕のような貧乏人にはもっけの幸だが、困るのは腹の痛むことなのだ。形容のしようのない位に痛むので、それには往生だよ。ひょっとすると僕は、今度は駄目なのじゃないかと思うよ。」

私はこういって挨拶したが、あとは溜らなく寂しくなってきた。私はほんとうに、今度こそこの病いゆえに、起つことが出来なくなるのではないかと思われた。

「そんなやつがあるもんか。大丈夫だよ。医者は何といってるんだよ。」

吉田が私の面上へ目をつけながら、こういうのだ。

「医者は思いきり、軽症なようなことをいってるのだ。ものの二週間もしたら、さっぱりするだろうといってくれてるのだ。がそれが大分怪しいんだ。何しろもういまの医者にみせてから、明後日で二週間になるんだが、それでいて、ちっともよかならないんだから。」といいながら、私は吉田の方をみてみたのだ。

いずれ物はそうたいした物ではなかろうが、吉田は拵えてから余り日のたたない紺地の

背広をつけていた。それが、如何にも健康そうな彼の体に、ぴったりとついていた。それに目をつけていると、私にはしみじみと彼が羨ましくなってきた。その羨むこころが、幾分向きをかえて、自分の病気と、その病気を診察していてくれる医者とに立ちむかった時に、私はもう一図になって彼に、私がかねてから抱いている医者への疑いをはなして、もう一度他の名医に診察をこおうと思っている念を計ってみようかと思ったが、同時に、その時はやく、この時おそく、彼はもう二人の子供の父だということに気づいてきた。ために私は、いずれは金のかかる事柄を、それでなくてさえ雑用の多い彼に計ってみるなどということは、余りにエゴイステックなことのように思われたところから、それはつい言わずじまいにしてしまったが、しかし諦めかねたこころは、これは必ずしも吉田でなくともいい。若しかしたら西尾でも、診察料を免除してくれる名医を知ってはいないかとも思ったが、これも、二人が二人とも、性病以外には、病気らしい病気の経験をもっていないことを知っているだけに私は、聞いてみるだけ野暮だと思ったので、ついそれも計らずじまいにしてしまった。

その私ではあるが、しかしその時の私は、ただ自分の寂しさが思われるにつけ、吉田の顔をみていると、ひとりでに、彼が妻帯の身のうえだということが、甚くそねまれてきた。——妻帯者には独身者の知らない、幾多の苦労のあるものだということを知っていながらも、その時ばかりは、吉田の身のうえが嫉まれてならなかった。

それから、私達の間には、私の病気治療法についてのことが取りかわされた。

「一体にそうだが、殊に君のは、体をひやしちゃいけないのだろうから、腹などへは、手近なところ、懐炉でもいれてるのだなあ。」

「それにしちゃ君の着てるものは、少し薄過ぎやしないか。そいじゃ寒くて溜らないだろう。君は毛布をもっていないのか。毛布を着てると、暖くていいのだがなあ。」

こういった風なことが、彼等の口から、かわるがわるいい出された。それに応じて私は、

「それは僕も知ってるんだ。また医者からもいい聞かされてるんだ。だが、厭というほどそれを知っていながらも、せずにいるというのは、みんな金のいることだからだ。」といって、意地にも私は、じろじろと彼等の顔をみてやった。すると彼等は、まるで舌をぬかれた者のようになってしまった。――彼等は、ただ目的ばかりを説くのに急で、少しもその手段におよぼうとしなかったのを、愧じたのかどうか。それは無論私には分らなかった。がしかし、彼等は、それ限り、暫く黙っていたのだけは事実だ。

思うに彼等は、私がそういうと、もう彼等には、金のことは現にこの私が手にしていないばかりでなく、幾らその必要にかられるところから、心をくだいてそれを調達しようと

しても、それをする方法なるものを持っていないことを、私同様に知っているところから、彼等はおのずと口を噤んでしまったのだろう。私はそのうちでも、毛布のことを耳にすると、あの毛布の感触が、おんなの肌のそれをおもわしめるもののあるのを思った時には、どうにかして、それだけでも手にしたくなった。しかし、それも畢竟するところ、いまの自分には、空中楼閣だと思うと、連想はおんなに見捨てられた時のかなしさでもって、私の疲れているこころを泣かしてきた。そこで私も、暫くの間黙っていた。がやがてまた、私達の間に、いろいろな話が取りかわされた。

話題は誰がはじめるともなく、芝居や絵画の評判にもなった。また盛におんなのことになりもした。だがそのうちでも一等盛だったのは、各自の身のうえばなしだった。ところでその身のうえばなしなるものは、みんな愚痴と泣言とでかためたもので、世の物持ちが聞きでもしたら、嘸あさましがることだろうと思われるくらい、それはけちで惨めで、目もあてられない種のものばかりだった。

「所詮、金がなければだめだ。」

「先立つものは金だ。何をするたって、金がなければ手がつけられない。」

「これからは少し、金を儲けてかかるんだなあ。この頃新聞をみていて、一番興味のあるのは、泥棒と人殺しの記事だというようになっちゃっちゃ、人間もおしまいだ。」

こんな台詞が、絶えず私達の口から繰りかえされた。だから芝居のはなしをするといえば、問題はすぐと場代の高過ぎる非難になるのだ。それから、役者のうまい拙いの評判が、すぐと給金高の詮索にかわって、それがやがて、攻撃の的になるといった風なのだ。また絵のはなしが出たかと思うと、それがすぐと画料の噂にてんじて、終いには各画家の財産調べがはじまるといった風に、いわば乞食の立ちばなしも同様で、金を離れては、片言隻句も口を利くことが出来ないといったような話ばかりだった。

それと問題になったのは、この頃花魁に苦労をしているのだという、西尾のことだった。

西尾は、その花魁と一緒になれなければ、生きてはいないというのだ。で、私達が、それほどまでに思いこんでいるなら、一日もはやく一緒になったら好いじゃないかというと、西尾は、一緒になるには、おんなを引かさなければならない、引かせるには金がいる。ところで、金といったらおんなの代はおろか、この頃では、逢いにいくのにいる金さえも出来ないので、毎日気を腐らしているのだといって、声までおとしてしまうのだ。それには私達も、慰める言葉もみつからなかったので、弱ってしまった。ことに私は、それよりちょっと前に、彼等から私の病気治療法について説かれた言葉に対して加えてやった復讐を、今度はみごと西尾の手によって、報いられたも同様の形だったので、私はかえりみて、衷心大に忸怩たらざるを得なかった。

それはそうと、終いには私達の間に、自由廃業のはなしが出たり、心中論に花が咲いたりした。けれども西尾だけは、そんなことにはなんらの興味ももてなかったと見えて、彼は浮かぬ顔つきをして黙っていた。

私の知っている限り、西尾は以前から心中嫌いの一人だった。そして、正直で臆病な彼は、すこしでも自分の体へ、暗い影をつけるのが大嫌いだった。そんなことは、考えただけでも、空恐ろしくなって、彼にはとても出来ない相談だった。それに西尾は、買えば買えるものなのだから、何も盗んでまで手に入れるにはおよばない。ことに、晴れて夫婦になろうという身に、後暗いことなどは、微塵もしたくないという考えでいるらしいのだから、彼には、自由廃業のはなしなどは一顧にも価しなかったのだろう。ただおかしかったのは、西尾が私達のはなし中に、出しぬけに吐息をして、

「金が欲しいなあ。金の二百両もあれば、僕達は一緒になれるのだがなあ。」といって、ちょっと間をおいてから、「だってよく世間のやつらは、『金で済むことなら。』というじゃないか。」といった時だった。その時ばかりは、私達もおかしくなってつい笑ってしまった。可愛そうだと思っているだけに、取りように依っては、おどけてさえ聞えるその言葉が、――「金で済むことなら。」というその言葉が、身を割くように響いたので、私達はいじらしさの余りについ笑ってしまったのだ。そして、またその言葉が、どんなに私達の貧乏くささを思わせて、寂しい気持ちにしたか知れなかった。少くとも私は、ことがらには幾分の相違があっても、私は私の病軀を思いみて、また彼のために泣かされた。

そうだ。それからも一つこういう話があった。それは昨夜私達の口にしたものの中では、——乞食の立ちばなしのような話ばかりの中では、少し金離れのし過ぎたような話だった。

なんでもそれは、暫く旅を廻ってきた吉田が、埼玉とかで見たのだといってはなした、人殺しの一件だった。だが、その代りにその話は、如何にも血腥(ちなまぐさ)く、紅でかためたようなはなしだった。

彼等が帰っていったのは、かれこれもう十二時に近かった。

「電車があってくれればいいが。」

二人が二人とも、はなし疲れて頭が重くなっているうえに、ともすれば猛獣の吠えるような音をたてて、吹きながれている寒い風の中を帰っていかなければならないのだから、余計と途中のことが気になったのだろう。おかしいほど彼等はそのことばかりを口にしながら、そそくさとあわ食って帰っていった。

そのあとに私はただ一人取りのこされて、夜の明けるまで起きていた。その間の寂しさ、切なさといったらなかった。

彼等もそうだっただろうが、それからの私の体は、まるで打ちしかれた綿のようになっていた。そして、これは滅多見舞ってくれる者もないので、床についてからこっち、ちょうど魚のようになっていた者が、たまに夜遅くまでしゃべっていた所為ばかりではないようだった。これはきっと、私が人一倍亢奮して、無闇と胸をおどらしていたことが、一等いけなかったのだろう。その天罰は覿面で、私はいくら眠ろう眠ろうとしても、なかなか容易に寝つかれないのだ。そして、頭の中へは、やけに不安な思いが、黒雲のように重なりあって湧いてくるのだ。その中に、西尾の口にしていった言葉が思いだされたりした。

「君みたいに、しょっちゅう煩ってばかりいちゃ、しようがないなあ。」といった、同情と嘲笑とを一緒くたにしたような言葉が、何かしらしきりと気になってきた。しまいには、それが少しでも同情した言葉のように取っていたのはこっちの誤りで、ほんとうはそれは、嘲笑どころか命をこめていった呪いの言葉に違いないように思われもした。

　また、その思惑がしだいに嵩じてきて、なんだか自分のことが、——それでなくてさえ、貧しさゆえに絶えずこころを冷しがちに生きている身が、またまた病いゆえに責苛まれて、夜もすがら泣きあかさなければならない哀れさを思うと、なんのことはない。この私というものは、不意に突きつけられた大身の槍先を、しっかと握って突ったっている、風呂場の長兵衛をみるような気持ちになってきた。と同時に、其処へそれが、なんの機縁があったら思いだされてきたのか知れないが、いましがた吉田のはなしていった、埼玉の殺人事件が浮んできて、私の頭の中を血でもって真赤にしてしまった。

吉田のはなしに依ると、何がもとで、一家みな殺しになんぞされたのか、それはちっとも分らないのだそうだ。殺されたのは、吉田の泊っていた家の家族のもので、その一家族親子五人のものが、一夜のうちに何者かの手にかかって、みな殺しにされたのだそうだ。

それに災難なのは、その宿に吉田達のように宿泊していた一人の客だ。その客は、ちょうどその時便所へおりていったのが因縁で、おなじ刃にかかって斬殺されたのだそうだが、私も私だ、私はその時、そんな耳にするも残忍な所業を敢てしたいわれを、これかあれかと思って、いろいろ想像してみたものだ。そして、揚句のはてに、その犯人を、その宿の番頭に仕立てたものだ。

つまりこうなのだ。――先ず番頭を、そこのおかみと喰っつけておいて、その現場を、人もあろうにそこの亭主をして見せつけさせたうえで、その亭主が番頭を半殺しにして、表へ突きだす場面を拵えたものなのだ。すると、今度は期せずして、濡れ場と殺し場とは、背中合せになっているもので、一方濡れ場が切れて舞台がまわるが最後、きっとそこが殺し場だということが、まるで絵にでも書いたように、はっきりと私の目についてきたので、私はただ一図に空恐ろしくて堪らなくなった。

その時ふと寝返りをうつと、煩っている下っ腹が、それこそ槍でも突きたてられたように、また痛みだしてきた。そこで、はっとして、その癖赤子に添寝している母親のようにして、また仰向けになったけれども駄目だった。一旦床板までも通したように突ったった槍は、今度は錐に早変りして、それをきっかけに、ぐるぐると左右へ廻りだした。火に包まれたようになった全身からは、熱湯のような汗が滲みでてきた。そのうちに気が遠くなってしまった。そして、ようやく自分に返ったのは、それからものの三四時間もまだもしてからだった。

その時は、患部は痛みはずっと鎮(しずま)っていたものの、でもまだ、槍の穂先でもなかに折れのこっているように、ちょっと足を曲げようとしても、直ぐそれが響いて、また突っさささってくるように痛みだすのだ。そして、今度は、肩先がぞくぞくと冷えるのが苦になってきた。全身は全身で、つかっていた水の中からでも這いあがってきたようになっていて、いまにも腐って、潰れていきそうなのだ。

それにまた汗のあとが、ちょうど藻でも搦みついているように、頻(しき)りとむずがゆくてならないのだ。胸のあたりをそっと触ってみると、まるで流れている膿のなかへ手を浸しているような感じがするのだ。そこで、しょうことなしに、両手を揃えて、患部のところへ浮かすようにして乗せて凝(じっ)としていると、自分の口からはく激しい吐息の音が、異様に耳についてくるのだ。ところへ、頭のうえについている電燈が、すっと消えてしまった。その感じがまた、如何にもよく人の臨終に似ていたので、私のこころのうちまで、暗くなってしまった。

　ところへまた、宿のおかみが起きたとみえて、台所の障子をあける音がしたと思うと、追駈けて、戸足の悪くなっている水口をあける音と、そこの明りとりをあける音とが聞えてきた。が間もなくまたそこへ、やけにがらがらと、抜けるような音をたててやってきた牛乳配達の車が、ぴたりと表でとまったかと思うと、すぐにまたそれが一散に駈けていってしまった。と今度はそれと入違いに、豆腐屋の喇叭（ラッパ）が、遠くから流れてきた。そこへまた、近所の寺でつく鐘の音が、ながく余韻をひいて聞えてきた。その時気がついてみると、足のうえの方の窓障子の真中のところが、その前にたててある板戸の隙間から忍びこんでくる光をうけて、そこだけほそく、心持ち青白くなっていた。それがまた、無闇と私の気持ちを慌しくしてきた。

　第一には、夜が明けはなれたら、迚（とて）も私自身ではいけそうにもないから、宿のものに頼んで、医者を呼んできて貰おうということを考えた。すると、医者がはたして来てくれるかどうかということが気になってきた。同時に、きて貰うには往診料がいるということに気がついたので、それが苦になって堪らなかった。けれども、いるものは仕方がない。その時になったら、持ちあわせの中から払ってやるまでだと思って、腹をきめてかかった。

　すると今度は、医者がきてみてくれたうえで、何というだろうか。それが気になってきた。――もし昨夜のことがひどく障って、それでなくてさえ余り経過のよくない症状を、更に不良ならしめるようなことがあったらどうしたものだろう。それが元で、いよいよ死の手につかなければならなくなったら、その時はどうしたものだろうと思うと、ひとりでに目が塞がってしまった。そして、まるで心臓へ青い焔をはいている焼鏝（やきごて）でも当てられたような気持ちになってきた。と同時に嵐に吹捲（ふきま）くられたようになって、ただ金のことばかりが考えられた。――それまでにも幾度か、苦心惨澹、血みどろになって思いをめぐらしてはみたものの、金のことはいまのところ絶望だと知ったので、もうこの上に木によって魚をもとむるにも等しいことは再びしまいと、かなしいながらに思いあきらめていたことではあるが、しかしまた、新（あらた）に自分のいのちへ鑢（やすり）をかけられるような苦痛をおぼえると、既往のことは一切忘れはてて、ちょうど恋人を待つような気持ちでもってひたすらに金のことばかりが考えられてきた。

「そうだ。金があるなら、すぐに入院して、出来るだけの治療をしてみるのだ。そしたら助からないこともあるまい。」とこう思うと金のことが、垣根をひとえ隔てて、顔をむきあわしている恋人を、自分の手元ちかくへ引きよせようとする時のような焦燥さでもって、金が欲しくて堪らなくなってきた。

で、こころまでが金のために火のようになってくると、思いつくしてみたことではあるが、もしや自分の知っている人達のうちで、この自分に金を恵んでくれる者はないかと思って、それからそれと、こころを一つに集めて、自分の知っているだけの名前を繰ってみた。けれども、金を貸してくれそうな者は、やはりただの一人もいなかった。もっとも、残らず事情をうちあけて泣きついたなら、多少の心配はしてくれないこともなかろうと思われるところはないではないが、しかしそんなところへは、もう今までに再三厄介をかけ通しているから、何がなんでも、このうえ頼んでいけた義理はない。そして、兄弟はあっても、意気のあわないところから、その後絶縁していて、その居所さえも分らなくなっているから、今更どうすることも出来ない。といって、このまま打捨(うっちゃ)っておいては、ほしいままに病苦と貧苦との苛責(かしゃく)をうけて、死んでいくより外はない。所詮は金ゆえに、なおる病いもなおされずに、空しくなっていかなければならないのかと思うと、わが身ばかりか、この世の凡(すべ)てが呪われてきた。果ては、どうで悲しみに悲しみを加え、苦しみに苦しみを重ねて死につかなければならないものなら、いっそのこと、われとわが手で、ひと思いに自分の命を絶ってしまおうかとも思った。そして、自殺の方法を、例えば、匕首(あいくち)や、拳銃や、毒薬などのことをこころに画いてみた。

ちょうどその時だった。それまで閉じていた目を、かすかにだが何気なくあけてみると、しだいしだいに明けはなれてきた夜が、自然に私の部屋のなかをも薄明くしていた。その刹那に自分のこころはまた、一切それらのものを、――毒薬や、拳銃や、匕首などを、たとえば身に降りかかった塵埃(じんあい)ででもあるように強く振りはらって、なおも生きようと生きようとしてきた。その結果は、またも溺死からのがれて、岸へ泳ぎついた者が、さらに陸上へ這いあがろうとするも同様に、生きるためには、差当り何をおいても、現在煩っている病をなおさなければならぬ。それには何をおいても、金を拵えねばならぬと思うと、百千度絶望に絶望をかさね、断念に断念をつくしたことではあるが、もう一度満身の勇を鼓して、私は自分のこころにある引っかかりを残らず繰ってみたのだ。

　よしそれが、現金で駄目なら、品物でもいい、ここという当てがありさえすれば借りることにしようと思って、こころの隅から隅までかきたて、ほじくり返すようにして考えてみたのだ。まず、井上、戸田、中島といった風に、五六の人達を数えてみたのだが、しかしこのうちでは誰一人あって、頼みになってくれる者とてはないのだ。だが、これではいけないと思うこころに励まされて、なおも林、渡辺、田中と数えてくると、ふとそこへ、その後はついぞ思いだしたこともなかった、佐久間のことが浮んできた。何が原因だったのか知らないが、もう五六年も前に轢死(れきし)してのけた佐久間のことが思いだされてきた。すると、幾らか晴れかかっていた私の気持ちが、みごとそのために打ちけされてしまって、まるで墨のようになってしまった。

（「新潮」大正一二年七月号）

けた違いの事

小池はいま、国にいる父へあてて書いた手紙を読みかえしてみたが、彼はその首尾のほどが案じられるところから、一層破いてしまおうかと思った。しかし出してみて、断られたところで、自分はそうたいした損をする訳でもないと思ったので、こころを定めてそれを封筒へいれることにした。それから、そこの朝日を一本ぬきとって、それへ火をつけて吸いだした。かと思うと今度は、忘れものを思いだしたようにして、朝日をそこの火鉢のなかへ突きさすと、いきなり机のひきだしをあけて、中から使いふるしの紙入れをとりだした。そして、その中をかぞえてみた。そこには、十円、五円、一円の紙幣をとりまぜて、八十三円はいっていた。それを数えおわると、彼はも一つの蝦蟇口(がまぐち)から、十銭紙幣を一枚とりだした。――彼はこれから、その手紙をだしついでに、銭湯へいってこようと思ったのだ。

ところへ戸足のよくない戸をあける音が下から聞えてきた。彼は、誰かきたのか知らと思っていると、間もなくそこへ、彼の妻の母があがってきた。

「辻さんて方が、お見えになりましたが……」

「どうぞ、おあがりなすってくださいってってください。」

それを聞くと、彼はまたさびしい気持ちになってきた。——彼にはこの場合、出先をはばまれたということが、やがて自分の父へあてて頼んでやることまでも、根こそぎ駄目にしてしまう前兆のように思われたところから、少しばかりではあるが、彼のこころは暗くなってきた。

ともうそこへ、辻があがってきた。彼は襖をあけるが早いか、

「やあ。」といって、つかつかと火鉢のそばへ寄ってきた。

「君、蒲団をあててくれたまえ。甚く寒くなったじゃないか。」

小池はこういって、火鉢のうえへ掛かっていた小さな湯沸しをとった手でもって、かたえの炭取りから炭をとりだして、それをそのなかへついだ。

「日が落ちると溜らないなあ。」

辻は辻で、こういいながら、そこへ出ていた蒲団をひきよせて、そのうえへ腰をおろした。

それから、辻はまた小池にむかって、いま帰ってきたのかとか、この頃の電車の人込み

といったらないじゃないかということをはなしかけた。それにつれて小池は、朝夕電車にのるということは、戦場へいくも同様だとか。その戦場をぬけて、毎日毎日、丸の内まで通わなければならないのだから、自分は時とすると、もうその途中で自刃してのけようかと思うことさえもあるといった。また彼は、この頃ではもう、焼け跡という焼け跡が、すっかりバラックでもって埋ってしまったことをはなした後で、そこに住んでいる罹災民は、どうしてこの冬をすごすだろうかともいった。

それからまた、話をかえて、

「君は毎日学校へいってるの。」といって、辻に聞いてみた。というのは、辻は帝大の法科に籍のある男だからだ。が相次でまた彼は、「それとも君は、例によって例のごとく、毎日酒びたりなのかい。」ともいってみた。

「いや、そんなに僕は、毎日酒ばかり飲んでやしないさ。だが昨夜は、ひさしぶりで友達とちょっと一杯やったのがはじまりで、お蔭で今日はすっかり目をまわしてるんだ。」

辻は、小池の詞（ことば）がきれると、餓えたる者が食をえた時ででもあるようにして、こう一息にいってきた。

「どうしてまた、目をまわしてるんだい。二日酔なのかい。」

小池はそれをうけて、口を利こうとすると、

「まあそうだ、二日酔だといえば二日酔だが、しかし今日のはそれがちと烈しいのだ。

で、そのことで君にひとつ頼みたいことがあってやってきたんだがなあ。」と云ったかと思うと、辻はしたへさげた額ごしでもって、そっと彼の目を小池のほうへ持ってきた。

「なんだい。頼みというのは。」

そう聞くと、小池にはもうちゃんと、その願いの筋なるものが直覚された。だがしかし、彼はことの順序として、一応こういって聞いてみた。すると辻は、

「済まないが、君に金をすこし借りたいんだ。――四十円ばかり借りたいんだ。」とこういってから彼は、今度はその金のいりわけなるものを語りだした。

それに依ると、彼は昨夜、彼の友人にさそわれて、近所のカッフェーを二三軒飲みまわった末に、白山の待合いへいったのだそうだ。その待合いでも、さんざんに飲み食いをしたうえで、とうどう二人は泊ったのだそうだ。そして、今朝になって、下から持ってきた勘定書をみてみると、六十円をちょっと出ているのだそうだ。彼は、はなから懐中無一物でもって出ていったのだから仕方ないとして一方彼の友人はいくら持っていたかというと、それはわずかに三円なにがししか持っていなかったそうだが、そうと分ると、今度は厭でも応でも、その勘定額だけのものは、何処かそとでもって都合しなければならなくなってきたところから、彼の友人は、下から硯箱や巻紙などを借りると、それへ委細のことを認めた手紙を都合三通ものして、その使者の役なるものを彼におうせつけたのだそうだ。

仰せつけられると彼は、雇ってもらった俥にのって、指定通りのところを、かたっぱしから当ってみたが、どうしたものかその三軒が三軒ともみな駄目なのだそうだ。仕方ないから今度は彼は、彼の友人のところを、二軒とか三軒とか駈摺りまわって、ようようのことで三十円だけ都合してきたのだそうだが、しかし、これだけでは所詮その待合いへは引きかえしていけないというのだった。そして、それと語りおわると彼は、

「こういう訳なんだ。済まないが君、ひとつ面倒みてくんないか。」といって、只管小池にむかって、哀願してやまなかった。

「駄目だなあ。金のことなら。」

小池はそれと分ると、言下にこういって突っぱなしてしまった。

「君から借りる金は、二三日すると、きっと返しにくるがなあ。」

辻はなおも歎願してきた。

「駄目だよ。金のことは。なにしろ僕は、いくら君に貸してやりたくたって、金という金は、いまのところ一円だって持ってやしないんだからなあ。」

小池は小池で、彼はどこまでもこういって断ってしまった。

それから、二人の間には、貸せ借さないの争いでもって、暫くやりあっていた。ところへ下から、小池の妻の母が、茶をいれて持ってきた。それを見ると小池は、

「ちょっと失敬。」といって、下へおりていった。――彼は便所へいったのだ。

この間に辻は、そこの机のひきだしをぬいて中へはいっていた紙入れをあらためてみた。そして、それらを元通りにしているところへ小池があがってきた。すると辻は、すぐと飛びつくようにして、

「君は持ってるじゃないか。八十円あまりも持ってるじゃないか。」といったが、そういうと彼は、その瞬間舌の根をぬかれたようになってきた。がまたすぐと後をつづけた。

「僕は君にあやまるよ。僕は君が下へいってる間に、何気なく机のひきだしをぬいてみたんだ。するとそこに、君の紙入れがはいっていたから、僕はそれをとりあげて、何気なくなかを見てみたのだ。――なるほど君のいない間に、そっと君の紙入れをみたのは、そりゃ見た僕がわるいや。だから、そのことは僕があやまるよ。だが君は、八十幾円という金を持ってるじゃないか。」といって、彼は目をすえてきた。殊に、その終りのほうになってくると、それは一個許しがたい不正さでも発見した時のような調子でもって、相手につっかかって行くような風があった。すくなくとも、小池にはそう感じられた。だから小池も、その刹那には、銀行へ預金をとりだしにいって、素気なく断られた時のような腹立しさを覚えたが、しかし、その次の刹那には、かえって辻を憫れむ気持ちさえも生じてきた。で、小池は、

「そりゃ僕もすこしは持ってるさ。だがしかしそれは、僕の金でいて、僕の金ではないんだから弱わるんだ。まあいってみると、それは、僕が人の金を預ってるも同然なんだから

なあ。」といって、相手のほうを見返した。そして、「そういった性質の金だから、はな僕は、一円の金だっても持っちゃいないといった訳なんだ。」といってくると、今度は辻が、「そりゃそうかも知れないさ。だが今夜という今夜は僕も弱ってるんだ。だから、ちょっとは動かせない金だろうけれど、そこを一つ君の計いでもって、二三日のところ僕に借してくんないか。頼むよ。」といって、なおも彼はせっついてきた。せつかれてみると、小池は自分の持っている金のことについて、――自分の持っている金は、自分の手では、どうすることも出来ない金なのだということについてはなさなければならなくなってきた。

つまり、自分の現在持っている金というのは、それはみな、今日か明日かと思っている、自分の妻の初産の費用にあてているものなのだ。そして、この金は、自分の勤めている社の課長から借りてきたり、また、自分の持っていた書籍などを売りはらって得たものなのだ。ところで、これだけでは迚も足りないのだ。まず子供が生れるとなると何をおいても産婆を呼ばなければならない。呼んだ産婆へは、それ相当の謝礼をしなければならない。それもやすやすと済めばいいが、万一にもこれが難産ででもあれば、そのうえに医者を呼ばなければならない。呼んだ医者へもまたそれ相当の謝礼をしなければならない。そして、それが時間的にも空間的にも、産婦の負う苦痛だけで済めばいいが、さらにこれが為に、どっちか一人、もしくは二人が、死んでのけるようなことにでもなったが最後、その後始末のこともしなければならないからそれらの用意も、いまから考えておかなければならない。——縁喜ではないが、出来ればこういった非常時の用意もしておかなければならないのだということをはなした。

それから、よしまたそれがなくとも、一旦分娩したあとは、産婦へは飲食物をはじめ、寒暖にたいする用意もしてやらなければならない。それに、出産期がせまってくると、妊婦は自然と動けなくなる。その結果は、拭き掃除やものの煮焚きを足すのに、誰か人を雇わなければならなくなってくる。だから、自分も出来ることなら、すぐと女中の一人も雇いたかったのだが、何分にも自分のような貧しい生活をしている者には、それも所詮はできない相談だ。仕方ないからこの頃では、——それは先月の末からだが、自分は妻の母にきてもらっているのだ。すると、またこの母のために、自分のみえからも、魚の切味のひとつも余計に買わなければならなくなってくるから、それだけ余計に掛かりが掛かろうというものだ。なんでも産婆のみたてによると、もう今日明日のうちに生れるだろうというのだから、こうしている間も、自分は気が気でないのだということをもはなした。

それからまた、金といえば、その金のことで、実は自分もいま、国のほうへあてて、金の無心状をかいたところなのだ。ところで、これは君も知っている通り、自分の妻は、自分の勝手でもらったもので、当時それについては、家の者はみな大反対だったのだ。そして、それやこれやで、その後自分達は、絶縁したも同様になっているのだ。だから、自分もその後はどんなことがあっても、一切家の者へは、金の無心などはしてやれないことになっているだけに、いまもいまとて、一旦手紙は書いたものの、いざ封筒のなかへ入れようとして、それを読みかえした時には、またそれを破いてしまおうかとも思ったのだ。何故といえば、自分の家の者はきっと、この手紙をみると、それはちょうど、自分から好きこのんで死についていった者が、不意によみがえってきて、またも自分達にむかって仇をなそうとしているのを見る時のように思うだろうと思ったからだ。

が読みかえして見ると、いいことには、その無心状のなかへ今度の大震大火のあったことが書いてあるのだ。そして、幸せと自分は、直接そのことからはなんらの障害も損失もうけなかったが、しかしこの頃になってみると、自分のつとめている会社のほうでも、経済界の変動をうけた結果、自然と業務の縮少をくわだててきたところから、自分の給料のごときも、以前にくらべていおうなら、その三分の一を削られてしまって困っている。で、もうしかねたが、そういう訳だから、今度だけもう一度、自分達夫婦の者を助けると思って、面倒をみてくれということが、繰りかえし繰かえし書きこんであったから、それを唯一のたよりにしてそれをこれから出そうとしている矢先へ君がきてくれたのだということをも、私は辻（ママ）へはなして聞かした。そして、

「なるほど、これが飲みまわった揚句なら、君がよく知ってる通り、何時も僕は、最後にいった家でもって、きっと足をだして弱ったものだ。だから僕にも覚えがあるだけに出来るものならどうにかしたいのだが、今もいったような訳でどうにもならないんだ。そりゃ

現在僕は、君の要求してる額の倍は持ってるさ。けれども、それでいて、僕は僕でなお足りないんだからなあ。まったく済まないが、今度という今度だけは勘忍してくれたまえ。僕も頼むよ。」といって、彼はいとも神妙にあやまった。

ところで、辻はだまっていた。その黙っていることが、この場合小池には溜らなく切なかった。そして、彼は、黙っているくらいなら、また、自分の気持ち、自分の持っている境遇がわかってくれたのなら、すぐにも帰ってくれればいいにと思った。そこへ辻が口を利いてきた。——

「そうか。ちっとも知らなかった。もう夫人は、そういうことになってるのか。」

「そうなんだよ。」

「じゃ、僕を取りついでくだすったのは、あれは夫人のおっかさんなのかい。」

「そうなんだ。」

「そうか。僕はちっとも知らなかった。」

辻はこういうと、また黙ってしまった。

同じように、辻が黙ってしまうと、小池もまた寂しくなってきた。——溜らなく彼はさびしくなってきた。彼は、その時ようようのことで辻を説服してのけたのだと思うとこころのくつろぎを覚えたのも事実だったが、しかし、それと同時に、胸を圧せられるような苦痛を感じたのも事実だった。というのは、それまで辻を相手に口を利きあっていた間は、紛れるともなく紛れていた自分の手紙のことが――その手紙の用件を、はたして家の者がかなえてくれるかどうか。家の者は、自分の心持ちを汲んでくれても、ちょうど辻と自分との関係のような関係でもって、断ってくるようなことはなかろうかという考えが、この時槍のようになって、頭をもたげてきたからだ。そして、その苦労をみつめていると、そこへまた下にいる自分の妻が、いまにも産気づいてきやしないかという考えが、そのうえへおっかぶさってきた。すると、見るみるうちに、彼の頭のなかは、蜂の巣をつきこわしでもしたようになってきた。

（「文藝春秋」大正一三年一月号）

秋風往来（『創作春秋』版）

　彼が電車をおりてきたのも、なかば夢中だった。まして車掌が、「青山四丁目……」と呼ぶ声などは、どうしたら彼の耳についてきたか、それは彼にも分らないくらいだった。ただその時彼のこころに覚えたものは、これが先をいそぐ旅人なら、ようやくの思いで、峠の頂きを越した時にでも感ずるうれしさだった。だがしかし、それもほんの瞬間だった。彼は、自分の尋ねていく叔父というのは、直ぐそこの、日用品を売っている市場へつきあたって、右へまがって、一丁ばかりいった右側の家がそれだと思うと、それまでは勢いだっていた彼の足も、ひとりでに釘付されてきた。内心では、これではいけないと思ったが、しかし、いよいよ叔父の家へ近づいてきたという意識が、なんとしても、彼のこころを、まるでちぢこまった芋虫のようにしてしまった。ことにいけないのは、彼の右腕だった。それを見ると、それまでの間、内心に深くしまいこんでやってきた、その夜の計画なるものを、根こそぎ打ちけされてしまいそうに思われたからだ。で、彼は、そうなってくればくるほど、自分の性慾が憎まれてならなかった。——この性慾さえなければ、何もこうした切ない思いまでしなくとも好いのだとも思ったが、しかし、そういうことは、この場合なんにもならなかった。それどころか、反対にそれがまた、ますます彼の性慾を煽ってくるばかりか、果ては、ことのここに立ちいたったいきさつを思わしめてくるようすがともなってきた。

——自分がいまの女、それは淫売だろうが、地獄だろうが、そういうことは問題ではない。とにかくその女と知ったのも、これみな自分の性慾からはじまっているのはいうまでもない。そして、その女のところへ逢いにいくのに入る金を用意するにも、叔父のところへ無心にいく外には、もうなんらの手段らしい手段さえもなくなっているのも、畢竟するところ、これまた自分の性慾からきているのだ。だから、もしも自分を卑しみ憎むなら、それは自分というもの全体ではなく、自分の持っている性慾のみに対して加えてもらいたい。凡べてはそれでこと足りるのだ。たとえば、今夜自分が、叔父へ無心をする口実として、宿の女中から探してもらった、菓子箱の蓋を割らしてあてた上から、ぐるぐると繃帯した右腕を、三角巾でもって首からつるしてきたのも、これはみな、今日の日暮れに、千束町の女からきた手紙を読んで、その時ふと、何時だったか自分の学校で見たことのあるのを思いだしたところから、敢えてそれを模す気にもなったのだという考えにまで導いてきた。

それからまた、そうして右の腕は、さもさも負傷したもののようにはして退けたものの、流石に彼は、それが余りに大袈裟だっただけに、それだけまた叔父の手前が憚られてきた。だがしかし、叔父を陥れるためには、そうした非常手段を弄しなければ、とても出来そうにもなかったから、彼は強いても目をつぶって、それは深く問題にはしまいと思った。ただ弱ったのは、そう思えば思うほど、一方良心が目覚めてきて、ともすればその企てを破ろうとすることだった。で、彼はまた無理にもそれとの対抗策を講じなければならなかった。そして、それには自分が、そういう卑しい手段を弄するようになったそもそもというのも、これは皆、自分の父と、自分の叔父からはじまっているのだというところへ事を結びつけてきて、後へは一歩もさがるまいとした。

つまり、生れつき感情家であり、したがって医学を志望していた自分を、どっちかといえば、理性一点ばりで押していかなければならない、法科の方へ追いこんだのも、それは郡長をしている自分の父と、裁判所の書記を勤めている叔父との好みからきているのだ。その結果は、籍だけはあっても、入学以来ろくろく学校へはいかずに、隙(ひま)さえあれば、雑誌や小説を読んだり、または寄席や芝居へ出入りするようになったのだ。最後に、自分の友達から誘われるままに、謂うところの悪所通いをしはじめて、酒や女をも知ってきたのだ。——いまの女と知ったのも、一にそういった関係からなのだとも思って、遮二無二彼は、火の前にたった馬のようになった自分の心持ちを打ちはげまして見たのだ。

　ところでそれが、電車をおろして、叔父の家近くへきてみると、みんな元のところへ逆戻りしてきたから驚いたのだ。彼はどうでもして、もう一度それを追いのけようとした。だがそれは、小山のようになって、なかなかそこを動こうともしなかった。仕方がないから彼は、暫くの間凝(じっ)として、その気持ちと睨めっこをしていた。すると、それまでは幾分下火になっていた、女恋しさの一念が、今度は出しぬけに、油でも注がれたようになってきた。それに勢いを得て、彼はまた前へ歩きだした。——もうこの上は、いちかばちか、一切は当って砕けるまでだと思ったので度胸をきめて歩きだした。

　やがて、叔父の家の前へくると、彼はいきなりそこの格子戸をあけて、ずっと中へはいっていった。すると、次の間から、

「誰方(どなた)。」という声がしてきた。

「僕です。孝です。」

　彼はおこつく胸を押えながら、こういうと、

「まあ、お珍らしい。さあ、おあがりなさい……」といいながら、玄関と茶の間との間にたった障子をあけながら、叔母が顔をだした。

　彼は、そこに制帽をぬぐと、茶の間の方へはいっていった。と彼の異様な姿をみてとった叔母が、

「どうなすったの。お手を？」といって、さも驚いたような表情でもって、凝と穴のあくほど彼のほうをみてきた。

「ええ、ちょっとした機勢で、ここのところを折っちゃったんです。」

彼はまた、そうした叔母の表情をみてとると、今更にうれしいと思うとともに、また寂しくもなってきた。だがしかし、彼はこの場合、是が非でも、そのうれしさのほうを先立てて、そして、それを出来るだけ大きくしたいと思った。その証拠の一つは、彼が、

「――ここのところを折っちゃったんです。」といいながら、左の手を右の繃帯のうえへ持っていった時だった。彼はいかにも堪えられないもののようにして、顔までしかめて見せたのを見てもこの間の消息を読むことができた。

「まあ、――おっかないこと！」

叔母は、彼の詞をひきとってこういうと、直ぐと後おっかけて、

「さあ、お火鉢のそばへお寄りなさいましな。」といいながら、自分も長火鉢のそばに腰をおろした。ちょうどそこへ、そこにいた一等この家のかしらの娘が、

「いらっしゃいまし。」といって、挨拶をした。

彼は、

「暫くでした。」といって、娘のほうへ挨拶をかえすと、今度は叔母のほうへ向って、

「すっかり御無沙汰しました。本当にもうしわけがありません。――皆さんお変りもあり

ませんか。」と、自分ながら少しおかしくなるくらい叮嚀にいって挨拶した。

「ええ、ありがとうござんす。——この子と、みち子と、あたしのとこの人だけは、何時も変りませんが、今年はまた、あたしとよしえとが、すっかり寐こんじゃいましてね。——よしえはまだ、床についたきりなんですよ。」

いいおわると叔母は、態とらしく顔をゆがめてみせた。彼はそれを目にすると、そこにまた、自分自身を見るような気がした。

「それはいけませんね。叔母さんはどうなすったんです?」

「あたしは何時もの持病なんですの。それがまた、この秋口からひどくなってね。弱っちゃいました。」

「よしえさんは、どうなすったんです?」

「あの子はね。この夏すっかりお肚を壊しちゃいましてね。一時はもう助からないのかとさえ思ったんですよ。」

彼は、こういう問答をしながらも、目ではそこの柱にかかっている時計を見てみたのだ。するとそれは、七時十分だった。また耳は、寝ているよしえの枕元に、二番目のみち子が、病人の話相手になっているのだろう。まるで地虫の鳴くのでも聞いている時のように、途切れ途切れに、次の間から洩れてくるその話声のほうへ持っていっていたのだ。つまり、叔母の話と、そのほうへと、耳を使いわけていたのだ。そして、内の内なるこころは、ちょうど磁石盤の磁針のようになって、ひたすらに自分の女のことばかり考えていた。同時にそれがまた、叔父の在不在を知りたがって、これはちょうど、地震計のそれのように鋭くなっていた。だから、

「でも、少しは良いんですか。よしえさんは?」というのも、それは夢中だった。その中にも、無闇と叔父の在不在が気になってきたから、何を措いても、それから先に聞いてみようかと思った。だが不思議なことには、いざそれを口へのぼそうとすると、もう彼の舌の根は、嚙みきられたもののようになってしまった。だから彼は、

「ええ、お蔭で、よしえもこの頃では、お粥を頂けるまでになりました。ですが、いまが一等大事なんだからって、毎日先生からいわれているんですの。本当に、今年くらい弱っちゃったこともありませんわ。」という詞も、もううわの空だった。ただ彼は、通りいっぺんに、

「そりゃいけませんね。」とか、「お気の毒ですね。」とかいったような、間にあわせをいっていた。そして、彼は、その時また、自分のそばに坐って、しきりと縫い物をしているやす子の姿をみると、彼はそうしている間も、いまかいまかと思って、首をながくして待っているだろうと思われる、自分の女のことのみが考えられてならなかった。とそこへ、

「孝さんはまた、どうなすったの。まさかに、喧嘩なすったんじゃあるまいね?」という叔母の詞が耳へはいってきた。

「いいえ、喧嘩じゃありません。――ちょうど学校のお休み時間になったので、僕は教室をでてそこの階段をおりていると、後からきた僕の友達が、『おい、一個の天才。』といって、僕の背中を押したんです。――ちょうどその時間には、物権の講義があったんですが、僕にはちょっと分らないところがあったので、そこのところを先生に聞いてみたんです。すると先生がそれを喜んでくれて、最後に僕のことを、『君は一個の天才だ。』といったんです。ですから、僕の友達は、それをひやかす積りだったんでしょう。こういって僕の背中を押したんです。その機勢を食って、とんとんと石ころのようになって、下へおっこった拍子に、僕が思わず手をついたかと思うと、ちょっとの間でしたが、あとは何がなんだか分らなくなっちゃいました。それが漸く自分にかえってみると、甚く痛むものですから、直ぐと俥でもって、近所の医者へかけつけていって見てもらうと、こっちの腕が折れているというんです。――これが、一昨日のことなんです。」

しゃべってしまうと、彼は、自分ながらその巧妙さに驚いた。ことに、「一個の天才」などを挿入したことは、自分ながら空恐ろしくさえなった位だった。ただ憾みだったのは、その聞き手が、叔母であって叔父でなかったことだった。そう思うと、溜らなく叔父の在不在が気になってきた。で、彼はその時、どっと煽りを食った者のようになって、「叔父さんはお留守なんですか。」といって聞いてみた。――そういいおわると、彼は自分の頭が、うつろになってしまったように覚えた。がすぐとまた、その頭が、大きな耳を

はやして、弾丸の雨飛するなかを、駈けずり廻っているもののようになって感じられてきた。とそこへ、

「ええ、生憎くと、今夜は留守なんですよ。」という叔母の声がしてきた。すると彼の頭は敵の弾丸をうけて、まっしぐらに地上へおちてくる飛行機のようになってきた。――彼は、これは一体どうしたものかと思った。

一方叔母は、そういうことなどは、無論知っていよう筈がなかった。だから叔母は叔母で、すぐとまた後をつづけてきた。――まるで、機関銃でも打ちはなすようにして、詞をつづけてきた。

「なんというんでしょうね。一つけちがつきはじめると、あとはもう、することなすこと、みんないけなくなるんですからね。本当に厭になっちまいますわ。――もう今年の夏場は、そういった風なんでしょう。そこへ持ってきて、今度はまた、あたしのとこの人が、お友達から頼まれて、保証人になっていたんです。それがまた話の間違いから、とんだことになっちゃったんですのよ。何しろそのお友達の方が、その後もうすっかり御自分のお仕事のほうの手違いから、その日の暮しにさえも困っていらっしゃるといった風なんでしょう。その中に、一方借りたほうのお金の期限は、遠慮会釈なく迫ってくるんでしょう。ですが、借りた御当人のほうはそういった風ですから、貸した方では、改めてあたしのとこの人に、即刻支払えといって、もうこの頃では、三日に措かず催促にくるのよ。

――そうなってみると、厭でも応でも、あたしのとこの人だって、いわばそのための連帯者なんですから、そうなると、どこをどうしてなりと、返すものは返さなきゃならないでしょう。――実はそのことに就いて、今夜は八王子へいったんですの。――八王子に、親しくしているお友達がいらっしゃるものですから、今日は日暮れに役所から引けてくると、御飯も頂かずに、直ぐとそのほうへ、お金のことで出掛けたんですのよ。――ちょうど明日は、日曜なものですから。」

彼は、叔母の話を聞いていると、ひとりでに、頭のなかがあつくなってきた。そして、彼は、そこに積みかさねて、ひたすらに愛玩していた幾つかの陶物が、一時に壊れていくのを見ているような気持ちがしてきた。ところへまた、叔母が口をきぎだした。

「孝さん、あなたも本当にお気をつけなさいよ。――お怪我をなすったり、病気になったりしちゃ、自分で自分を苦しめなきゃならないんですからね。まったく、お体を大事にして、はやく御勉強なすって、おとうさんやおかあさんにも、楽をさせておあげするようになってくださいな。――あたしはまた、あなたがこの春からして、ちっともお見えにならないから、若しかしたら、御病気でもなすっていらっしゃるんじゃないかとも思っていましたわ。まあ、あたしのとこの人はあたしのとこの人で、毎日新聞を見るとね、――孝さん、怒っちゃいけませんよ。この頃の新聞には、よく泥棒や人殺しのことが出ているでしょう。それに心中のことなぞも出ているでしょう。それをあたしのとこの人が見てはそういうんですよ。――泥棒や人殺しのことを見ると、もしかしたら、自分の知っている人達が、盗まれたり、殺されたりしたんじゃないかと思うというんですよ。それから、心中のことを見ると、――孝さん、怒っちゃいけませんよ。そういったことを見ると、何時でもその相手が孝さんじゃないかと思うというんですよ。孝さんも年頃ですから悪いお友達なんかに誘われて、お酒をめしあがったり、遊びを覚えたりしなきゃ好いがと、何時も口癖のようにそういうんですよ。万一、そういうことがあっては、兄さんにもうしわけがないってっていうんですよ。――孝さんのおとうさんにもうしわけがないってっていうんですのよ……」

叔母はここまでいってくると、なんと思ったのか、上眼づかいでもって、じろりじろりと、嘗めるようにして彼を見てきたのが、彼にもはっきりと感じられた。そして、その時には、もう彼のこころは、石のようになっていた。無論彼は、この叔母の話を、ただ単に一個の愛嬌話として受けとるわけにはいかなかった。それだけに彼には辛かったのだ。なんのことはない、彼は、みごと叔母の手にかかって、なぶり殺しにされているのだという感じでもって、胸がいっぱいになってきた。だから彼はその刹那には、

「誰だって人間は、金さえ持って居れば、幾くら人から頼まれたって、窃盗や殺人はしないものだからね。」といって、それを人一倍無能で吝嗇なうえに、いかにも好色家らしく見える叔母の面上へ叩きつけてやろうかとも思いはしたが、しかし、いざとなると、そう

いうことは迚も出来なかった。同時に彼は、いきなりくるくると、自分の右腕にまきつけている繃帯を解いて、その下へいれてある菓子箱の蓋の切れでもって、叔母の額をわらしたうえで、今度は解いた繃帯でもって、叔母を締めころしてやろうかとも思ったが、しかしこれも、どう焦立ってくれればとて、流石に彼には出来ずじまいだった。

で、彼は、それらのことが出来なくなると、今度は、自分のこころの中で、両手をあげて、叔父の災厄を祝ってやるとともに、叔父一家の者が、一層のこと、急性肺炎にでもなって、死んでしまってくれれば好いと、そんなことが念じられもした。そして、その時はまた、自分の行くのを待ちわびている女のことが電のようになって、彼のこころを掠めてきたかと思うと、あいついで、彼はそれまでの間、話に聞く賽の河原でもって子供達が、石をもってするというように幾度か積んではくずし積んではくずししてきた、今夜の計画に対しての苦労のほどが考えられてきた。——そればかりが、全身へ熱湯でも浴びせられた時のようになって考えられてきた。

彼はくる時には、確信は持てなくとも、なお僥倖という一縷の望みをつないでいただけに、そこにはまたそれ相応の元気もあったというものだが、来てみて、根こそぎそれもこれも失ってみると、もう引きかえしていく途中のことはおろか、その場から立ちあがる気力さえもなくなってしまった。だから彼は、これはどうしたものかと思った。——いよいよ逢えなくなればなるほどなおと女恋しさ故にこころがしびれてくる。しかし、所詮はその心持ちを抱きしめながら、とぼとぼと帰っていかなければならないのかと思うと、彼は一層のこと、この自分という者が、そのまま熟しきった無花果の実を見るように、即座に腐ってしまわないのがもどかしくてならなかった。

「孝さんのはどうなんですの。先生は、何時になったら、直るとおっしゃるんです。直れば、元通りになるんですか。」

そこへまた、叔母のこういう詞が聞えてきた。だが彼は、もうそれに答える気などは持っていなかった。彼はただそんな詞を耳にしていると、ずんずんと自分達の間が、――自分と自分の恋している女との間が、遠く遠く隔てられていくもののような気持ちがしてきてならなかった。だから彼は、

「勝手にしやがれ。」という気持ちだけをしっかりと摑んで、暫くの間は、凝と石のようになっていた。

（『創作春秋』大正一三年四月　高陽社刊）

がんもどきに蒟蒻(こんにゃく)の煮附、それに紙のようにうすい沢庵がふたきれ。これが中川にあてがわれたその日の夕餉だった。そうだ。この外に、なにかのお呪禁(まじない)でもあるようにして、塗りもところどころ禿げちょろけている膳のすみに、ちょッぴりと鯣(するめ)がついていた。これがその日中川にあてがわれた夕餉だった。

で、これをまるで糊でも食べるようにして食べてしまうと、また中川は金をほしいと思った。金さえあれば、なにもこんな牛や馬の口にするもどうような物を口にしなくともいいのだと思った。と同時に、これが月二十五円の賄いなのかと思うと、やけに腹立たしくなってきた。

「覚えてやがれ。其の中(うち)おもい知らしてやるから。」

終(しま)いに中川は、こうも思った。――中川は、現在たのまれている、「新小説」の小説さえ描きあげれば、そこから取ってくる金でもってこの下宿屋の払いをすまして、どこか他へ転宿しようと考えたあとでもってこうも思った。がしかし、その時また、この小説のことを考えると、中川には、だしぬけにかれの眼の前へ、大きな山がつッたってきたように思った。なぜというと、中川がこれから描こうというその小説は、どういう風にペンをつけて、どういう風にペンを結んでいいのか、それがまだかれの頭のなかで纏っていなかったからだ。とすると、何時になったらここを出られるか分らないから、この時中川の頭のなかは、ちょうど出しぬけに停電を食った部屋のなかもどうようになってきた。

それから、中川は暫くの間、その闇のなかにじっとしていた。がしかし、何時までそうしていても始まらないところから、今度はむきをかえて火鉢のそばへにじり寄ると、そこにあるゴールデンバットを一本ぬきだして、それへ火をつけて口にしだした。相次でまた、一度目をとおしてしまった、時事新報の夕刊のうえに目を持っていった。

がこの時、外をあれだしたらしい風の音が耳についてきた。——「おい。冬だぜ。冬がきたんだぜ。」といわんばかりに、その風の音が耳についてきた。だから、中川は一段と味気ない思いを身にしめて、見るともなしに、目を時事新報の夕刊のうえにさらしてみた。

とどうしたものか中川は遊びにいきたくなってきた。——場所はどこでもいい。これから俥を一台いいつけて、どこかへ遊びにいってこよう。——遊び屋へいったら、先ず酒を呼んで、冷えきっている自分の体をあったためよう。それから、…………と思ってくると、それはもうそこでもって、明けがたの幽霊のようになってしまった。というのは、中川には、そうして退けるのにいる金を持っていなかったからだ。それどころか中川は、こ二三日もそのままにいると、もう湯銭さえもなくなってしまうという為体だったから、そういう考えは、ちょうど追っ手をうけて、袋路次のなかへ逃げこむもどうよう、すぐとそこでもって、たち往生してしまわなければならなかった。――できることなら、これから遊びにいって、そこでもって小説の趣向をこらしたい。という考えもあっただけに、中川は、どうにか算段のつくものなら、少しくらいは無理をしてもいいと思った。だが、いくら頭をひねってみても、その算段なるものはつかなかった。となると、後はもう、総べてのものから置いてきぶりを食ったような気持になって、ただぼんやりとしていた。

　とそこへ、宿の女中がはいって来た。――かの女は、外をあれまわっている風の音と一緒になって、中川の部屋へはいってきた。で、中川は、そこの襖のあく音を耳にした時には、こいつ夕餉の膳をさげにきたのだとばかり思いこんで黙ったままに、目を白くさらされた新聞紙へおとしていた。そこへ、

「宮田さんて方が、お見えになりましたが……。」という女中の詞がきこえてきた。目をあげてみると、その目のさきへ一通の手紙をもった女中の手がでていた。受取って読んで

みると、それは田島という中川の友人が、かれのためにまわしてくれた、宮田という本屋の紹介状であった。

「通してくんないか。」

読んでしまうと、中川はこういったものである。女中は、黙ってそれを受けると、膳部と一緒にそこから消えていってしまった。間もなくその女性に案内されて、宮田という本屋が、中川の前へあらわれてきた。

「お初にお目にかかります。」

「僕中川です。」

二人が顔をあわすと、まずこういった挨拶があった。それから、中川の耳へ、

「実は、田島さんからお聞きして伺ったんですが、あなたの持ってらっしゃる小説を一つ、集めさせて頂けませんか。――その小説を一つ、わたしの方からださせて頂くわけにいきませんか。」という、宮田の詞がついてきた。

また、

「わたしこれから一つ、皆さんのお力を借りて、本屋をやってみようと、こう思ってるんです。あなたのはその手始めなんです。いかがでしょう。お願いできるとなると、印税は一割さしあげます。――御本の装幀などは、一式あなたからお指図を願って、いかようとも、あなたのお気にいるようにいたしますから、この際一つ面倒みてくださいません

か。」という詞が耳へはいってきた。

「さあ。それほどあるでしょうか。僕の描いたものは。」

その時中川は、こういったものである。

中川は、田島からつけてくれた紹介状をみた時に、もうちゃんと、宮田が何しにやってきたか、それは分っていた。そして、当の相手たる宮田に会って、かれの口ずからそれと聞いた時には、中川はあまりのうれしさに、胸の震えるのをおぼえた。

まず第一に中川が、宮田の話を耳にして思ったことは、いよいよ自分の名を成すの日がきたということだった。同時に中川の頭へついてきたことは、かれの手から失われていったおんなを、見事事実のうえでもって、見返してやることが出来るということだった。

だが、それにつけても中川の気になったのは、かれが今迄にものして退けた短篇小説の量なるものが、果して一冊の本を形づくるに足りるだけあるかどうかということだった。それを思うと中川には、いま明けかかってきた自分の名なるものが、またも暮れかかっていくのを、目のあたり見るもどうようになってきた。とそこへ、

「いいえ。そのことなら、もう大丈夫です。――わたしが、田島さんからお聞きしましたところでは、ゆうに四百枚はあるだろうということでしたから、そのことならもう大丈夫です。」という詞が、中川の耳へついてきた。――宮田の口にする、こういう詞が、中川の耳へついてきた。

「いや、そうかも知れません。」

中川は、宮田の詞の調子にひきいれられて、思わずこういったものである。が咄嗟の間にそうと気づくと、「さあ、どうでしょうか。――無論、これははっきりと当ってみなければ分りませんが……。」といい直さなければならなかった。がそれをよくもいってしまわない中に、またも宮田がそこへ斬りこんできた。――

「いいえ。そりゃ大丈夫ですよ。もし当ってみて、――いや、そういうことは万ありますまいが、もし当ってみてですね。枚数が足りないとなったら、その時には、肉のある紙を使いますから、ちっとも御心配はいりませんやね。――そのことなら、わたし受合います。」

この詞のうちには、是が非でも、今度の話はまとめたい。纏めなければ措くものかといった風なところがあった。それがまた中川にはうれしかった。で、うれしいにつけても気がかりなのは、やっぱり短篇小説の量如何だった。だから中川はいったのである。――

「じゃ、こういうことにして頂きましょう。――枚数のことは、今夜これから僕あたってみますから、四百枚でしたッけ。もしそれだけの物があるとなったら、すぐと僕のほうから、明日の朝、お店のほうへそういってお知らせすることにしましょう。その時には一つ、面倒みてください。」とこう中川はいったものである。

いいおわると中川のこころは、記憶の糸をたぐって、幾つか持っている、その短篇小説の枚数を読もうとしていた。とそこへまた、宮田の詞が耳へついてきた。――「いいえ。そりゃわたしの方でいうこッてす。今度は是非一つそうさせてくださいまし。――で、どういうことにしましょう。」と宮田がいってきて、ここでもって、ちょっと白切ったかと思うと、すぐとその後をつづけてきた。――「そいじゃ、明朝わたし伺いますから、済みませんが、それまでに一つ、小説の枚数をお調べなすっておいてくださいませんか。」

「ええ。ようござんす。きっとそうしときましょう。」

宮田の詞がきれると、中川はこういわなければならなかった。ところへまた宮田がいってきた。――

「で、もし御入用でしたら、明朝お伺いする時に、印税の幾分をおとどけしてもようござんすが……。」といってきた。が中川は、それにはなんといったらいいか分らなかったので黙っていた。と宮田は、すぐ後をおっかけて、

「まだ明朝では、定価のこともはっきりしませんから、とにかく、印税の内金として、二百円だけおとどけすることにしましょう。――どうぞ、そういうことに願います。」といってきた。

「いや、恐入ります。もし、お店へお願いするほどの枚数がありましたら、一つそうさせて頂きましょうか。――少し虫がよすぎるようですけれど。」

終いに中川は、こうもいったものである。――中川は、よし枚数が四百枚あったところで、原稿とひきかえに、印税の一部をとるなどというのは、ちと図々しいしうちではなかろうかとも思った。だが、先方から重ねてそういわれてみると、根が貧乏人のことにしてみると、ついその気になって、くれるなら貰っておいてもいいと思った。

それから、中川は、

「で、どっち路分りましたら、明日の朝、僕のほうからお知らせします。その上で、ことをきめることにしましょう。――あなたにばかり、御足労をおかけしても済みませんから、そういうことにしてください。」といったものである。とそこへまた、宮田の詞が聞えてきた。――宮田が、中川のいった詞を、やけにはねかえそうとしてくるのが耳についてきた。――

「いや、恐入ります。――明朝は、わたしの方から出ますから、それまでに一つ、よろしく願います。――なあに、ようござんすよ。わたしの方は商売なんですもの、明朝は、わたし伺いますよ。」

これを聞くと、中川はちょっとの間だったが、さびしくなってきた。――その時中川は、一二合わたりあっているとまだ敗けもしないのに、われとわが手に持っていた木刀をそこへ投げだして、

「参りました。」という一個の仕合い者を目にしたもどうように思った。で、もしこれが

そうした剣術仕合い中のできごとだったら、あるいは中川は、そこへ投げだされた木刀をひろって、宮田の手へわたしたかも知れない。だがこの時ばかりは、決してそういう礼にかなったことはしなかった。なぜというなら、この場合そういうことをあえてしたところで、毛頭相手が、これに応じようともしないのは、中川にもちゃんと読みとることができたからである。――わが国の習慣なるものを知っている中川には、それがはっきりと読みとることができたからである。だから、そうなるともうどうにも仕様がなかった。中川は、こころにもないかなしい勝名乗りをうけねばならなかった。そうして、これに依ってこの夜しなければならない用件という用件はかたづいてしまった。

それからだった。中川は、

「あなたはどうして、田島を知ってらっしゃるんです。」といって、聞いたものである。――これは、幾くらたしかめたところで、その為に、ありもしない小説が、中川の目の前へでッこないことは、中川にもちゃんと分っていた。だがそこは愛嬌というのであろう。中川はこうもいって、宮田に聞いてみたものである。

「田島さんとわたしとは、同郷なんです。――田島さんの兄さんとわたしとは、学校友達でした。そんな関係で、わたし田島さんを知ってるんです。」

宮田のこたえは、至極簡単明瞭だった。そして、こういってしまってからだった。今度は宮田がいって来た。

「わたしはきっと売れると思いますね。あなたの御本は。こう見えても、わたしはあなたの小説愛読者なんです。あれはなんといいましたッけ。──そうそう。あれは「船出」というのでした。あれにはわたし感心しました。それから、「錠前屋夫婦」というのがありましたね。あれにもわたし感心しました。それから、「明暗」というのがありましたね。あれにもわたし感心しました。いや、わたしは、この「明暗」というのが一等すきです。──何もわたし、これは評判がよかったから好きだという訳じゃありません。あれはわたしがちょっと目を通した時から、すっかり好きになっちまいました。わたしでできることなら、こういった風な小説を集めて、わたしの手からだしてみたいと思いました。──商売気をはなれて、そう思ってました。ところで今度、ふとした御縁から、それが叶えさせて頂けるんです。わたし不思議だと思いますね。」

宮田は、どういう料簡(りょうけん)でもっていっているのか、それは分らなかった。だが、その総べては、中川にとってうれしかった。だから、中川が、

「ありがとうござんす。──僕、あなたにそういって頂くと、僕が描くために苦労をしたのも、決して無駄じゃなくなる訳です、本当にありがとうござんす。」といったのには、微塵嘘はなかった。少くとも、それはその時における中川の真情だった。

で、こういう話のやりとりが暫くあってから、宮田は帰っていった。──明日の朝を約して、宮田は帰っていった。

中川は、帰る宮田をおくって、玄関まで出ていくと、その間にもう体中が、金か氷のようになってしまった。だからその時だった。中川が宮田にむかって、

「今夜はまた、篦棒(べらぼう)にひえますね。外はたいへんでしょう。」といったのは。

「ええ。外の寒さッちゃありません。もうちぎれるようです。」

これは、宮田が中川の詞に対しての返しだった。それから、宮田が外へでる時だった。そこの入口にたっている硝子(ガラス)戸を開けている間に、「ぴゅう。ぴゅう。」と、外面(とのも)を吹きながれている風の音が聞えてきた。中川にはその刹那、血に餓え、肉にかつえている幾百かの狼が、夜目にもしろき歯をむきだして、そこいらあたりを、ほつき廻ってあるく姿を目にするように思った。――「ぴゅう。ぴゅう。」という音は、その狼達が口からしている吐息だと思った。それほど、寒さが身にしみてならなかった。

「では、明朝おめにかかります。」

「どうぞ入らしてください。」

中川は、宮田をみおくると、その足でもって、便所へよったものである。それから、自分の部屋へとってかえすと、いきなり押入れをあけて、中から整理袋をとりだした。それを、机の上へ持ってきた時だった。中川には、二十四燭光の電燈しかつけていない室内が、それを十倍したあかりの下にてらされているように思われたのは。

また、机のまえに腰をおろした中川には、その形ではない。その色彩なり、その触りな

りが、ちょっと手にし、ちょっと目にした時には、重くよどんで見えるが、しかし、暫くすると、全然それとは反対のかんじを持ってこようという自分の短篇集をだきしめて、すすりなきしている自分自身の姿を、そこに想いみられもした。そして、はっと自分にかえって見ると、自分の名なるものが、燦然（さんぜん）と金色にてりかがやく背光となって、そうしている自分自身の頭にかけられているのを目にするようにも想われてきた。

また、それを追（お）っかけて、というよりも、それを押しのけてといったほうが当っているようにして、そこへ「復讐の快感」というやつが顔をだしてきた。――長い間、それらしい名も贏（か）ちえられないで、怏々（おうおう）としていた中川の気ごころも知らず、中川をみすてていったおんな。――そのおんなの名をちづといったが、それの顔を、はっきりと見返してやる時がきたのだ、という思いもそこにあった。それればかりか中川には、なおこの上に、不意にはいってくる二百円という印税があった。だから、それを思うこころは、やがて中川をして、新（あらた）な下宿屋をもとめさせる喜びでもって一杯にしてきた。事実中川は、二百円という金があれば、頼まれていながらも、まだその趣向さえはっきりとはついていない、「新小説」への小説を描くまでもなく、いまいる下宿屋をでてしまうことが出来るからである。となると中川は、なんのことはない。心臓をアルコール漬にされてでもいるような、胸のときめきを覚えてきた。

で、そうなってくるにつけても、気になるのは、自分の持っている短篇の量如何だった。この量が、一冊の本を形づくるだけのものさえあれば、いま中川が想いみたことは、残らず実現されるのだが、万一にも、それが不足の場合には一切が沙上の文字どうようになる訳だから、それを思うと中川は、うれしさとともに不安さを感じてきた。が総べては当ってみなければ分らないところから、中川は度胸をきめて、いよいよ実験検分の座になおることにした。

中川が最初に、整理袋からとり出してみたのは、「父の事」というのだった。これは、四百字にわってみて、三十五枚分あった。次にみたのは、「石榴」というのだった。これは、四百字にわってみて、五十八枚分あった。次にみたのは、「墓石を売る」というのだった。これは四百字にわってみて、四十二枚分あった。

で、こうして次々にみていったものに、「船出」、「真夏」、「留置場にて」、「犬」、「錠前屋夫婦」、「明暗」の六篇があった。これらの枚数は、四百字にわってみて、二百四十八枚分あった。だからいまこれを、前の三篇分、それは百三十五枚あったから、この二つをあわせると、都合三百八十三枚というものになった。つまり、その枚数は、ほとんど予定のそれに近いものがあったから、数えてみてそれを知った時には、中川は重荷をおろしたもどうようの思いがした。

それからだ。中川はゴールデンバットを一本すってしまうと、今度は「犬」というのを取りあげて、目をとおしだした。――中川は、こうして目をとおして、そこに誤植があったら、それでも正してやろうという腹でもってかかったのであるが、いざ目をとおして見ると、それはとても、その儘では、二度とふたたび自分の名でもって、世間へ発表するに忍びないくらい不出来なものだった。だから中川は、差当ってこれだけは、一時割愛しようと思った。それには、たまたまこれが二十枚しかないということが、安んじて中川にそうも思わしめてきた所以（ゆえん）でもある。

　それから、中川はまた、「明暗」というのを取りだして、それに目をとおし出した、（ママ）——中川は、偶然に「犬」へ目をとおしてみて、それを削らなければならないことを知ると、全体に対しても、少し不安になってきた。で中川は、そこにある物のうちで、一等長いものになる「明暗」を、——七十三枚分あろうという「明暗」をとりあげて、それへ目をとおしてみる気になったのであった。

　無論中川は、それを手にした時には、それ相当の自信をもっていた。だが、ただそれが長くできているのと、一つには、いましがた宮田までも、それを賞讃していったかどがあったりしたことが、この場合中川をして、それへ目をとおさせることにしてきたのであった。が読んでみると、中川はいきなり、停電された室内に封じこめられたもどうようの気持ちになってきた。——それまでは、二百燭光もあろうかと思われるような、光のものに坐ってでもいるように思っていた中川が、この時不意に、そういった感じにおそわれてきた。何故といえば、それはまた、前なる「犬」にも劣らないまでに、随分と不出来なものだったからである。

中川は、本当にかなしくなってきた。——いろいろな点において、中川は本当にかなしくなってきた。

まず第一に中川には、この一事のために、みすみす手にしていたもどうような、自分の短篇集を一冊うしなってしまったことが、溜らなく口惜しかった。その口惜しさは、もうすっかり成しきっていた自分の名を、根こそぎ失ってしまった時のようにも、中川には思われた。

同時に、そこには未だ当然自分のものになっていた二百円と云う印税をも、当分の間は、宮田のものにしておかなければならない哀れさもあった。——印税を宮田のものにして置くとなると、いやでも応でも、「新小説」の小説をかきあげるまでは、いまいる下宿屋に、じっとしていなければならないという無念さもあった。——中川は、もし印税が手にはいったら、それでもって、いまいる下宿屋の払いをすますとともに、一度どこかへ遊びにいって、そこでもって、その小説の趣向をまとめてこようと思っていただけに、この恨みもまた長かった。

そうだ。恨みだといえば中川は、今度こそその短篇集でもって、そのかみ自分を弊履扱いにしていったちづを、見事見返してやろうと思いこんでいただけに、見事それがはずれたと知ると、もう自分という者を、どうしたらいいか分らなくなってきた。

「ええ。あなたはえらござんすよ。才子ですよ。ですからきっと、その中にはあなたのお描きになったものが、御本になるでしょうよ。そして、どっさり売れることでしょうよ。ただお断りしておきますが、もしそうなったら、あたしあなたのところへきて、舌を嚙みきってお目にかけますわ。」

これは、ちづのいった詞だった。ちづが、中川と切れる時にいった詞だった。これがこの時また、詛(のろ)いの詞のようになって、中川のこころへ響きわたってきた。

そればかりか考えてみると、この「明暗」というのは、かの女(おんな)のために中川が物してのけたものだった。つまりそれは、売春をこととしていたかの女をひきとる際に、その抱え主というのが、かの女のいた家のほうへ支払ってやらなければならない金をうるために、中川が、描いてのけたものだった。だから、中川にはそれがなおとこの際溜らなかった。恩といえばそれは恩だった。ところでこの恩が、いまになると、施してやった中川に対して、仇となって帰ってきたのだから、それを思っただけで、もう中川は溜らなくなった。

なるほど、中川がこの「明暗」を読んでみて、こうと思いきわめるまでには、曾(かつ)てこの作に対してこころみられた幾つかの批評なるものが、中川の頭へうかんでこなかった訳ではなかった。それどころか、中川がその時思いだした批評のうちには、随分と高くこの「明暗」を買っているものもないではなかった。だが、一旦覚めてきた中川には、どうしてもそれをその儘、自分の作品に対する、本当の評価として受取る気にはなれなかった。

したがって中川には、いまのさっき、宮田が「明暗」のことを推賞してくれた時、五円の品物を五円だして買いでもする時のような態度でもって、これをうけていたことを思いみると、即座に穴のなかへでもはいりたくなってきた。

とにかく、この「明暗」があまりにも低級な作品になっているということが、中川をして、絶望の谷底ふかくおとしいれてきた。中川には、もう転宿の望みもなかった。名をあげようという頼みもなかった。況んや、ちづを見返してやろうなどという念は、根こそぎあとを断っていた。少くとも、その時の中川はそうだった。

やがてのこと、ただ単に息のだしいればかりをしている人間のようになっていた中川は、ちょうどそこへ落入るようにして、仰向けに倒れてしまった。とそうなるのを待ちもうけてでもいたようにして、四辺の冷えきっている空気が、中川の肩先から、また中川の裾のほうからしみこんできた。同時に、外をあれ狂っている風の音が、この時やけに、中川の耳についてきた。だが中川は、暫くの間というもの、その儘そうして、じっと石のようになっていた。

（「青年」大正一三年一一月号）

刈入れ時

午後の二時頃だった。庄吉が政次郎をたずねていったのは。――ところは、京橋の新栄町にある、太田という活版印刷所だった。政次郎は、そこの文選職工をしているのである。庄吉が、神田は裏神保町の、栄進社という活版印刷所の植字をしているように、政次郎はそこの文選をしているのである。

で、庄吉が、そこの受附へいって、政次郎に面会方をもうしこんで、ちょっとの間待っていると、もうそこへ当の相手たる政次郎がでてきた。――政次郎は、ものは縮みでできた半袖のシャツを着て、腰には、天竺木綿の大幅をまきつけた拵えでもって、そこへ顔をだしてきた。とそれは難題であるばかりか、しかもそれは、なかば以上嘘からできたものを持ってきているだけ庄吉には、一種妙なかんじがした。――そうだ。それはちょうど、あの熊狩りにきている猟人が、自分のさがしもとめている、熊の姿を目にした時のような感じだった。つまり、そこにはうれしさとともに恐れがあった。だから庄吉は、一刻もはやく相手を射とめて、うれしさばかりに浸りたいと思った。浸らなければ措くものかと思った。

その庄吉のことにしてみると、かれは、政次郎がかれと顔をあわすがはやいか、「おい。どうした。――今日は休みか。」といったのに冠せて、「ああ、おいら二三日、とんだどんたくの仕続けよ」といったかと思うと、すぐと後をつづけて、「実は今日、お前のとこへやってきたッてのは、ちっとばかり頼みてい筋があってやってきたんだ。――どうだろう。一つ面倒みてやってくんないか。」といって切りだした。切りだしておいて、相手のほうにずっと目をつけていった。

「なんでい。頼みッてのは。」

「頼みッてのは、金のことなんだ。」というと庄吉は、少しばかり調子をおろして、「すまないが兄哥、ちょっとこっちへ顔を貸してくんないか。」と、いうより早く自分から先にたって、外のほうへでてきた。というのは外ではない。その時庄吉には、自分達とは目と鼻との間でもって、いやにひかって見える、受附の爺の薬罐頭が気になって溜らなかったところから、そうして外のほうへはでてきたのである。

でてみると、外は外で、折から火のかたまりのようになって、かんかんと照りかがやいている日光のために、そこいら一面、まるで火の海だった。だが庄吉には、その火の海につかっているような苦しさなども考えてはおれなかった。いや、それも苦しさは苦しかったが、しかしありようは、それよりも庄吉が身に脊負っている苦しみのほうが、なおとかれには堪えられなかった。で、庄吉は、外の空気が熱ければ熱いだけに、一刻もはやくかれの用件をかたづけて、そこにこころからの涼を納れたくてならなかったから、旁々もってかれは、

「ところで、その金の入りわけだが、そりゃ、こうしたいわれなんだ。」と、ここでもって、改めて切りだした。——

「こりゃ朔日のこッた。おいらもその日、お昼から浅草へいってきたんだ。その行きがけによ。茅町にいる叔父のところへ寄ったと思いねえ。——叔父のとこでは、いまから二月ばかりも後のこったが、叔母とおいらの為には従姉妹になるのとがよ。二人とも加減のわるいところから、草津へいってるんだ。——草津へ湯治にいってるんだ。一つはそれの見舞いかたがた、おいら叔父のところへ寄ったと思いねえ。と叔父のやつ、『お前これから浅草へいくなら、あすこの郵便局へ寄って、この金を一つ組んでやってくんないか。——こりゃ、おせいのところへやるんだから。』といって、出してきたのが百両よ。——そうだ。おせいというなあ、おいらの叔母の名なんだが、こういいながら、手紙といっしょにだしてきたのが百両よ。——おいらそれを持って、浅草へいったのはいいが、あすこの郵便局へきて、——お前だって知ってるだろう。神谷バーへいこうという、左側の郵便局へきてみるていと、こいつや大変なんだ。」といってきて、ここでもって、ちょっと息をいれたものである。ところへ、

「郵便局へきて、いざ金をとりだそうとするていと、どこへどうしたものか、その金がな

くなっている。とこういう寸法なんだろう。きっとお前のは。」という政次郎の詞(ことば)が耳についてきた。と庄吉は、ついそれに釣りこまれて、

「そうだ。その通りだ。」といってのけたものである。と同時に、「こいつあいけねえ。」と思った。なぜといえば、その詞には、――政次郎の詞のうちには、どこかこう、氷漬けにしてあった、あの水母(くらげ)でもまさぐるような感じがあったからだ。で、庄吉は思った。

――

「待てよ。こいつひょいとすると、政次郎のやつ、今日おいらがたくらんできた腹のなかを、のこらず見透していやがるなあ。」と、こうも思ってみた。が相ついでまた、「政次郎だって、神や仏じゃあるめいし、そんなことがあって溜るものか。」と思いかえてもみた。だが、胸のどこかには、まだ晴やらぬ黒雲がのこっていた。しかしそれはそうした関係からきているものだとすると、庄吉の手では、所詮どうすることもできなかった。要は、のこらずそこへ用件をぶちまけてしまった上でなければ、どうにも仕様のないことだった。ところへまた、

「どじな野郎じゃねえか。ええ。こちとらはよ。人の物をかッぱらったからといって、うぬの持ち物を、おッことしてきて溜るものか。」といってくる、政次郎の詞にでッくわした。それがこの場合、一段と庄吉のこころを暗くした。――取りように依っては、かれのこころにかかっている黒雲を、根こそぎはらいにきた風のようにも取れる詞が、どうしたものかこの時ばかりは、その正反対に聞きなされた。が庄吉はここだと思った。ここでや

けになって、ことを壊してはならないと思った。だから庄吉は、それでなくとも堪えられない日中につッたって、喘ぎ喘ぎしている自分の頭へ、さらに火をかけられたようになってきた気持ちを、われとわがこころで押鎮めながら、

「といわれらあそれまでだが、」といって、政次郎の詞をうけた。うけておいて、庄吉は後をつづけた。――「なにもおいらだって、ことを好んで、そうした訳じゃねえんだ。――から、人からのことづかり物だと思うだけに、余計とこころを使ってよ。後生大事に内懐へいれていったんだ。それがよ。郵便局へきてみるていと、こいつどこへ素ッとんだものか、影も形もねえッて始末なんだ。――そうだ。この時着ていたのがこの浴衣だ。これを抜いでよ。縫いめという縫いめまでも、のこらず当っちゃみたが、百円のかたはおろか、それを入れてきた、おいらの蝦蟇口ぐるみ、もう影も形もねえというんだから驚いた。」というと、ここでもってちょっと詞をきって、そっと上目づかいに、政次郎のほうをみたものである。と政次郎は、つまらなさそうな顔附をしていた。それが庄吉には、ちょっと気になったが、同時に庄吉は、政次郎がまた無駄をきいてこないうちに、話の筋だけを売っておきたいと思うところから、矢継ばやにその後をつづけだした。――

「おいらそれから、もう夢中になって、あすこの角にある交番、――『いろは』の傍につッたってる交番へかけこんで届けをしたんだ。とどうだろう。そこにいやがったお廻りのやつがよ。『こいつ生なら、まあおッことしたもんだと思って、諦めるんだなあ。』てなことをいやがるんだ。――おいらその時、どうしてやろうかと思った。」といってきて、は

っとばかりに気づいたもんである。というのは、ここでもって庄吉は、如何にもその時は溜らなくなったという風情を、はっきりと相手の目へいれておかなければと思ったからである。で、そうと気づくと、庄吉はわざと声をはげまして、

「まったく、その時ばかりはおいらも、幾くら泣いても泣いても、泣ききれなくなっちゃった。」といって、相手の注意をひいておいて、いいおわると今度は、もう潰ぶされてしまった、あの鶏のようにしてみせたものである。とそこへまた政次郎が、

「だからよ。おいらそういってるじゃねえか。間抜けな野郎だって。」というのが耳についてきた。それを庄吉は、

「いや、今度ばかりは、なんといわれたって仕方がねえや。」といって、ちょっとここでは、屁ッぴり腰でもってうけながした。うけながしておいて庄吉は、「で、そういう訳なんだ。金の入りわけッてのは。」というと、いよいよ、腹でたくんできた罠を、政次郎のほうへと運びだした。——「どうだろう。すまないが今度だけ一つ、おいらを助けてくんないか。長いこたあいわねえ。今月いっぱい面倒みてくんないか。——この通りだ。この通りだ。」とつけくわえると、庄吉はかれの鼻のあたりでもって、掌と掌とをあわしてみせた。——無論その時の庄吉の目は、蛙にたてむかっていく、蛇のそれのように、異様にひかっていた。

「なにか。その百両を、おいらに貸せというのか。」

庄吉の詞がきれると、政次郎はこういって聞いてきた。

「そうなんだ。――おいらも男だ。来月のはじめまでには、おいらの首をかたにしてでも、きっと返すから、それまでのところ、一つ面倒みてくれないか。」

庄吉は、どこまでも物々しげにこういって、それに答えた。

「せっかくだが、金のことなら駄目だなあ。――とても、おいらにはできねえなあ。」

これは政次郎の挨拶だった。――政次郎はちょうど、額にわきたっている汗水と一緒くたに、それを払いのけてしまった。払いのけてしまうと、その刹那だけは、いかにも涼しげな顔附になってみえた。

「そりゃお前が、おいらに愛想をつかしてるのは尤もだ。なにしろ、人からことづかった金をよ。ものの四五町場もいくかいかない中に、――それも歩いてでもいったことか、電車でもっていく中に、もうなくなしてしまうんだから、お前が愛想をつかすのもそりゃ無理がねえ。だが、これもおいらの身にしてみるていと、何もおいらだって、好きこのんでなくなしたんじゃねえんだ。いわば時のはずみからなんだ。でまあ、こいつ、お廻りのいいぐさじゃねえが、おッことしてしまった物なら仕方ないとして諦めるんだ。だが諦められないのは叔父夫婦の手前なんだ。それを考えていと、おいら泥棒をしても、その金を拵えたいんだ。拵えて叔母のところへ送ってやりてえんだ。でなきゃ、叔父夫婦の手前、おいら生きちゃおれねえ。だからおいら、これがいまじゃ、昨日一昨日、そうだ。これが一昨々日のことにしてみるていと、それからこっちというもの、ろくすっぽ夜の目も寝ずによ。ここかあすこかと思って、こころ当りというこころ当りを繰ってみたんだ。だが駄目なんだ。自慢にゃならないが、おいらことといって、まともに打つかれそうなところといったら、ただの一軒もねえんだ。弱った挙句、恥もみえも忘れて、やってきたなあお前のとこなんだ。本当にすまないが、今度という今度だけ一つ、おいらを助けると思って、面倒みてくんねえか。たのむよ。」

これは庄吉である。庄吉は、政次郎から断りをいわれると、醜い者にとりまかれた者が、われを忘れて身をしりぞけるのとは反対に、なおもこういって、政次郎のほうへと突きすすんでいった。――庄吉は金のまえには、もう目がなかった。

「おいら、駄目だったら駄目だよ。第一おいらには、百両なんて金がありやしねえや。――幾くらおいら、お前に貸してやりたくたって、そんな大金がありやしねえや。」

「常談だろう。――いつかもお前が、幾くらとかいっただっけなあ、ちゃんと郵便局へ預けてるんだといってたじゃねえか。おいら長いこたあいわねえ。今月いっぱいだけ面倒みてくんねえ。よう、頼むよ。」

「常談だろう。お前こそ。――そりゃおいら、いままでに幾くらかの金はのこしておいたなあ。だが、お前知るめえが、その後田舎へ片づいていた妹がなくなるしそれに引きつづいて、おいらのところのやつのお袋が中気になってよ、ぶらッかぶらッかしてると、そのほうへも幾らか送ってやらなきゃならねえといった風でもって、この頃じゃおいらも、またぴいぴい風車よ。」

これは政次郎である。政次郎はここへくると、それは如何にも荷厄介そうに、こういうのであった。で、それを耳にした庄吉は、いよいよ、自分が政次郎にかけていた望みをも断わられる時がきたと思った。――庄吉は、はなかれが、金の入りわけを語る筋道として、叔父からことづかった百円の金をもって、浅草の郵便局へやってきたことにおよんだ時である。その時もう政次郎が、

「ところでそこへきて、いざその金をだそうとするていと、もうその金がねえ。とこうお前がいうんだろう。」という意味あいのことをいったものだった。それを聞いて庄吉は、

「こいつあいけねえ。」と思った。がすぐと、「政次郎だって、神や仏じゃあるめえ。きゃつだって、ただの人間でい。」という念からして、予定どおりに話をはこんできたのだが、それがここへくると、「やっぱりはな、おいら思ったとおりだ。」とばかり、もう一度こう思いかえさねばならなかった。これがまた、庄吉には溜らなかった。

第一庄吉には、はなからこうと分っていたなら、嘘の上塗りをするがものはなかったと思った。――嘘の上塗りをした上へもってきて、なにも泣訴哀願するがものはなかったと思った。そう思うと、それまでは、締めにしめていた庄吉も、なかばやけになってきた。途端にまたそこへ、今度は叔父夫婦の顔がうつッてきた。それにこころをとめていると、かれらは庄吉を恨んだり、庄吉を蔑んだりしてきた。とやけになりかかっていた庄吉は、もう一度不断の自分にかえらねばならなかった。

で、正直なところ庄吉は、そのことを考えると、――叔父夫婦のことを考えると、自分はどんなに莫迦(ばか)をみてもいい。もう一度政次郎に哀願してみようと思った。そのうえで駄

目なら駄目で、よすまでだと思った。

「そりゃそうだろう。いや、そりゃそうかも知れねえ。だがおいらだって、今度という今度は困りきってるんだ。――おいら金ができなきゃ、水牢へぶちこまれてよ。そこでもって、くたばってしまうより外には手がねえといった風になってるんだ。だからよ。いやでもあろうが、そこんとこを一つ、なんとかこう都合して、今度だけ一つ助けてくんないか。おいらも一生恩にきるよ。」

庄吉はここへくると、本当にその詞を、涙でぬらすことができた。それほど庄吉には、ここで政次郎に蹴られるのは、切ないことの限りだった。で、庄吉はこういいおわると、かれはかれの耳を、猛りだった獅子の鬣(たてがみ)のようにたててきた。

「分らねえなあ。お前も。――おいらそういってるじゃねえか。金のこたあ駄目だって。」

そこへ政次郎のこういうのが聞えてきた。庄吉のこころは、鞘をはなれた太刀先のようになってきた。――庄吉は、異常な興奮のために、暫くの間は、口をきくことさえもできなかった。とそこへまた、

「あれじゃねえか。お前だってなにも、おいらのような、しがねえ野郎のところへ持ってこないでよ。吉の字とか、順てきのところとか、なんでもうんと金をもってる野郎のところへいきゃいいじゃねえか。どうでい。おいらはそう思うなあ。」といって附加えた、政次郎の詞が耳についてきた。だが、庄吉はそれにも答えずに黙っていた。

「ええ、そうしねえなあ。おいら、そのほうが早道だと思うなあ。」

で庄吉が黙っていると、政次郎は、沢庵のおしでもするように、重ねてまたこういって来た。それが耳につくと、庄吉は勝手にしやがれと思った。というのは、なるほど政次郎のいうとおり、吉之助や順蔵は、自分達とおなし稼業をしていながらも、五百と千と名のつくくらいの金をのこしていることは、庄吉もちゃんと知っていた。——かれ等は、自分達よりは、二十も年の違う点からして、その間にのこしたのだろう。五百と千と名のつくくらいの金をのこしていることは、庄吉もちゃんと知っていた。と同時に庄吉は、順蔵というのは「因業」の異名で、これというたしかな担保があればとにかく、でなければ、舌をもだそうとはしない人間にできあがっていることをも知っているからだ。また、一ぽう吉之助はといえば、これは順蔵ほど因業でないにしても、なにしろ半ダースちかくの家族を、自分の手ひとつで養っている人間にしてみると、いくら相手の事情がわかったところで、そこには、おいそれとばかりに、百という金はなげだすことのできないもののあるのを知っていたからだ。だから、それを思うと庄吉は、

「おいらいやだ。」とばかり、首を左右にふってみせた。それから、「おいら、あの野郎達から都合がつけられるものなら、なにもこんなしみッたれな話をもって、お前のところへきやしねえや。」と、それを嚙んではきだすようにしていった。とそれが切れるか切れないうちに、政次郎は政次郎で、

「ならどうでい。一層のこと、叔父きのところへそういっていっちゃ。——実はこうこうだと、真直ぐにその入りわけをはなしてよ。お前のほうから名乗ってでりゃあ、それでこ

とあ済むだろうじゃねえか。――そうだ。そうしねえ。これが一等、間違いのねえ手だぜ。」といって、無理やりにおしつけて来たその時庄吉は、いよいよこの話は駄目だと思い込んでしまった。なぜといえば、政次郎も、生れつきの莫迦でないかぎり、いってみるとそういった、暗闇の恥をあかるみへさらけだすも同し様に、当の被害者のまえへもっていける位なら、なにも自分だって、こうまでこころを粉にしていないことは分りそうなものだったからだ。そのできない相談を、いたずらに人に強いてくるというのは、政次郎に本当の親切さがないからだ。とこう思ったからである。だから庄吉はいった。

「で、なにか、どうでもお前は、おいらに金を貸すのはいやだ。とこういうんだなあ。」

庄吉は、どうで無駄だとは思いながらも、かれは一応の駄目をついでみた。

「分ってらなあ。おいら何も、銀行の頭取じゃねえからなあ。」

「ならいいや。もう頼まねえから。」

庄吉はこういうと、もう政次郎のそばをはなれていた。――傍をはなれて庄吉は、足早にあるいていた。その時第一に感じたのは、咽喉のかわきだった。――庄吉はそれまでというもの、まともに照りつけてくる熱さを全身にうけていただけに、いざ歩き出して見ると、いまにもそこへのめりそうになってきた。それを忍んで、なおも歩みをつづけてくると、今度は咽喉がかわいてきてならなかった。それは、水ならば水、汁ならば汁のなくなった鍋を、炎々ともえさかっている火のうえにかけてあるのを見るもどうようだった。

で、庄吉は、政次郎のそばを離れて、ものの半町もあるいてくると、そこにある氷屋の店先へとびこんでというよりも、むしろ倒れこんでといったほうが嵌まっているようにして飛びこんでいって、先ずレモンを一つ誂えることにした。間もなくそれができてくると、庄吉は飲むのではなく、飲まれるもののようにして、それを飲んでしまった。飲んでしまうと、またお代りを誂えることにした。それが出来てくるのを待っている間だった。いや、それの出来てくるのを待っている間と、出来てきたそれを飲んでしまうまでの間だった。庄吉の頭の中へ、政次郎がかれに対してとったところの、仕打のほどが考えられてきた。

だが庄吉には、いくら考えてみても、どうしたら今日にかぎって、あの苦労人にできている政次郎が、ああまで物分りのよくない態度をとってきたのか、そればかりは分らなかった。――なるほど、先頃政次郎の妹がなくなったのは事実である。また、政次郎がつれそっている、女房のお袋が中気にかかって、軒提燈のように、ぶらぶらしているのもそれは事実である。がしかし、それとともに、この二人の者にいくらか金をかけたり、掛けさせられたりはしても、まだ政次郎の懐には、どう内輪にみつもっても、二三百がものは納いこまれているのも事実である。それだのに今日の政次郎は、どうしたらああした隠しだてをしたのだろう。苦しければこそ、切なければこそ、大の男一疋が、恥もみえもうち忘れて、ただ一筋にとり縋っていたのを、どうしたらああまで邪慳にとりあつかったのだろうとも思ってはみた。だがそれはやっぱり分らなかった。ちょうどこれは、白痴が絵さがしを探しているもどうようだった。がそれでいて悲しいのは、分らなければ分らないだけに、なおとそれが気になってならないことだった。だから、ここでもって庄吉は、性懲りもなく、もう一度これを考えてみなければならなかった。

　とその時だった。庄吉のこころについてきたことがあった。それはなんだというと、ひょっとしたらこれは、政次郎がはなからして、もうちゃんとこの自分のもっていった話のいきさつなるものを、残らずそこでもって、見抜いていたせいからではなかろうかということだった。そうだ。これは庄吉が、政次郎とさしになって、金のいりわけを切りだした時にも思ったことだった。そうだ。それから、政次郎がもう人に貸すような金はもっていない。——さきごろ自分は妹をなくなしたり、また、自分の女房のお袋が中気になったので、いままでに持っていた金という金は、残らずそのほうへ掛けたり、掛けさせられたりしているのだというのを耳にした時にも思ったことだった。それがここへきて、新にまた庄吉のこころへついてきた。そして、驚いたのは、今度はこれがいかにも本物らしく、何時までたっても、一向に消えていこうともしなかったことだった。それどころか、今度のはもう見るみるうちにそこへ根をおろしてきて、それと気づいた時にはなんとも手のつけようがないようになっていた。

　が考えてみると、これはその筈だった。なぜといえば、庄吉が政次郎のところへ持っていってはなした話という話の大部分は、嘘でかためたものだったからだ。つまりそれは、庄吉が苦しまぎれにでっちあげたことだったからだ。で、いってみると、今度のは、その下地へ種をおろしてきたことだけに、これがどう根をはやしてこようと、庄吉にはもう手のつけようがなかった訳である。

なるほどこれも、はなの中や、二度目の時には、まだそこにはそれ相応の思惑なるものがあったからよかった。——こうもいって頼んでみたら、相手がそれと聞いてくれないこともなかろう。いや、もしそういって泣きついても、相手がこれを叶えてくれない時には、こっちはこっちで、どこをどうしてなりと、きっと叶えさせてやろうという意地もあれば思惑もあったからよかった。だがこいつ皆が皆しゃべってみて、なお向うからことも見事に蹴られてみると、根が嘘でかためたことだけに、もうどうにもしようがなかった。反対に、それがこの時ばかりは、まるで砂地へうちこまれた鉄砲玉のようになってきた。かと思うと、今度はそれが花火のようになって、庄吉のこころの中へうちあげられてきた。打ちあげられてくると、もうそこでもって、いやでも応でも、またかれが金をなくした本当の顚末なるものをみなければならなかった。

まず第一の花火は、庄吉が宮戸座のむこう横町にある、とある待合いへあがりこんでいるそれだった。——その待合いでもって、芸妓を呼び、ビールを飲んでいるそれだった。第二の花火は、そうはしていても、この勘定はみな、叔父さんからことづかってきた金でもってするのだと思うと、微塵酔うなどということはなかった。となると、庄吉は後から後からとビールを誂らえて、強いてもそれに依って、良心なるものへ目隠しをしようとしているそれだった。

第三の花火は、やがてビールを一打(ダース)からもあけるとあとは、芸妓と、いっしょになって、蚊張のなかへ入っているそれだった。第四の花火は、そうはしていても、まだはっきりと目覚めている良心のために、おちおち睡りにおちることさえ出来なくて、夜ッぴて転輾としているそれだった。第五の花火は、そうこうして短い夏の夜をあかした後のそれだった。——短かい夏の夜をあかしてしまうと、そこへ女中を呼んで、それまでの勘定をさせているそれであった。——前の日のたそがれ時に、そこへあがってきて、いきなり女中へ手渡しておいた百円の金でもって、それまでの勘定をさせているそれだった。

第六の花火は、六十幾個(ママ)というのを取られたあとのつりでもって、またもビールを飲んでいるそれだった。——ビールを飲んで、一つは女中や芸妓の手前、そうしなければならなかったところから、庄吉自身はほしくもない飯などを通して、なおも酔らしい酔いも買えずにいるそれだった。——無論そうといいつけた時から、もう庄吉だって腹をきめてはいたことだが、いざ勘定してみて、叔父の金を、なかば以上ないものにしてしまっているのをはっきりと知った。後は、一段と気をあおられて、これとても余りほしくもないビールだったが、所在のないところからそれを取りよせて、やけに口のなかへ流しこまなければならなかったそれだった。——庄吉は、すまないながらも、自分はいまこうして、なおもビールを呷っているからいい。まあそれはいいとする。だが、やがて残りの金を費いはたして、一歩ここから離れるが最後、みないま口にしているビールが硝酸に早変りしてきて、ここ自分のこころを攻めさいなんでくることだろうと想うと、時にはそれが、まるで死に水ででもあるようにさえ感じられてきてならなかった、それもあった。と同時に、一時もはやくことを切りあげたいと云うこころ持ちとは反対に、一時もながくここに居座って居たいと願うこころ持ちとが、もうそこでもって鉢合せをしているそれもあった。

第七の花火は、いよいよそこを離れた庄吉が、今度は観音堂裏のベンチに来て腰をおろしているそれであった。――そのベンチに凭(もた)れている庄吉は、悔恨そのものであった。――そこにいる庄吉は、水攻め火攻めに遇わされているもどうようだった。――庄吉は、待合いにいて想いみていたように、もうそこへくると、それまで口にしていたビールというビールは、みな硝酸に早変りしてきて、かれのこころを焼きただらせていた。同時に今後の後始末をかんがえると、庄吉のこころは独りでに、氷漬けにされたようになっていた。――庄吉はこれが午後の二時頃のことにしてみると、空からはもゆるような日の光がさしている。それを背にうけていたかれは、全身をもう流れるほどの汗にしていた。だが気がついてみると、それは決して体のみではなかった。かれのこころの中までも、汗みずくになっていた。それがこの場合、庄吉のなみださえも奪いとってしまっていた。

第八の花火は、庄吉が叔父からことづかってきた金を手にして、浅草郵便局の為替(かわせ)口につったッているそれだった。――そこの係りの者から、もう時間過ぎだからと云われて、ちょっとの間だったが、そこにぼんやりしていたそれだった。

第九の花火は、六区の電気館へとびこんで、活動写真をみているそれだった。――ちょうど庄吉が、なかへはいっていった時には、「島に咲く花」というのが映っていた。だがそれは、なんとしても、庄吉にはつまらなかった。だから、そこへはいったということは、もう出ていったもどうようだった。

第十の花火は、宮戸座前へきている庄吉のそれだった。ところで、そこへきてみると、まだ狂言は昼の部で、ちょうど舞台ではいま、きりの「怪談小幡小平次」というのが開こうとしていた。で、庄吉が切符売場で聞いたところに依ると、夜の部までには、まだ一時間はあろうということだったから、かれはそれと知ると、もうそこを離れていた。

第十一の花火は、庄吉が中屋の向う側にある、とあるカフェーへ飛びこんで、しきりとビールを飲んでいるそれだった。第十二の花火は、やがてそこをでて、ぶらぶらと宮戸座のほうへやってくる途中で、――ちょうどそれは、松島のいりくち近くだったが、そこまでやってくると、一人の俥屋が、

「旦那まいりましょう。ええ。どちらまで。ええ。仲へおともしましょう。」といって、後からついてくるそれだった。で、この時のこの俥屋の詞が、やけにまた庄吉のこころを煽ってきた。――「旦那まいりましょう。」や、「ええ。どちらまで。」というなどはいいとしてその後の、「ええ。仲へおともしましょう。」という一声が、なにか知らやけに庄吉のこころを煽ってきてならなかった。だから、それを耳にするが早いか、庄吉は、

「なにをいってやがんでえ。面見てものいやがれ。こう見えてもこちとらは、燈火のはいるかはいらない中から、花魁買にでかけるような野郎たあ野郎がちがうんだ。」とこう思ったところから、かれはその先の横町を右へまげてしまったのである。こころの中では、

「口惜しかあついてきてみろ。こちとらのいく家はここだから。」と思いながら、そこの

横町をはいっていって、とある待合へあがりこんだのである。これ十一(ママ)発目の花火だった。

　で、これらの花火が、それこそ花火屋の火事のようにして、ぽんぽんと、この時庄吉のこころの中でうちあげられてきた。そして、打ちあげられてしまうと、庄吉のこころは、一向に文目(あやめ)もわからない真の闇夜ででもあるようになってしまった。――真黒の印肉でもってぬりこくられたこころ持ち。もしそういうた物があるとすれば、それは庄吉がこの時のこころ持ちだった。

　と庄吉は、もうそこにそうしている気がなくなってきた。――ちょうど、その時には、そこに三人の合い客がいた。――一人は麻の背広に、金縁の目鏡をかけた中年の男だった。一人は、もうかなり草臥(くたび)れた浴衣をきて、胴中へは、ぐるぐると、もうよれよれになった伊達巻をまきつけていようという女だった。そして、もう一人は、その妹だと見れば妹に見えるし、またこれは、近所の娘だと見れば、そうも見えぬことのない娘が一人いた。これらがかたみに、氷を口のなかへはこんでいた。庄吉はもうそうなってくると、この外にもう一人いるそこの主人から顔をみられるのも憚(はばか)られてきた。だから、レモン二つ代を盆の上へなげだすと、庄吉は外へでてしまっていた。

　がそれからだった。また庄吉のこころは汗ばんできた。――庄吉の体ではない。かれのこころは汗ばんできていた。というのも外ではない。庄吉が外へでると同時に、かれがかつて、浅草は観音堂裏のベンチに凭れながら思いみたことのある考えが、さもさも、そうしてそこの氷屋から逃げだしてくるかれを待ちうけてでもいたようにして、かれのこころの中へおしよせてきたからだった。

「どうしたら、こうも俺は気がよわいんだろう。」

その時庄吉は、こうも思った。

「どうしたら、俺は一昨日、ああいった風な、だいそれたことをしでかしたんだろう。」

相次でまた、庄吉には、こんなことも考えられてきた。

なるほど、庄吉が待合へいく気になったのは、松島前に出会した俥屋の詞があずかって力あったのは事実だった。だが、いくらそれが庄吉の気をあおってきたからといっても、もしあの時に庄吉が、ビールさえ飲んでいなければ、決してああいう謀反気はおこしっこなかったのも事実だった。そうだ。その時のその俥屋の詞を気にした、というのからして、これはもうビールでもって庄吉のこころがほてっていたからだった。それに相違ない。と思うと、庄吉には、その時口にしたそのビールが怨まれてきてならなかった。——待合でもって、またもビールを飲んでいる時だってそうだった。どうで乗りかかった船なら、いけるところまでいってみるのだ。そして、いきついたら、そこでもって、友達という友達、知りあいへでかけていって、嘘も方便だ。相手によりきり、その場その場で、口から出放題なことを並べてみたら、金の百や二百は、どうにかならないこともなかろう。万が一、そうしてみて駄目だったら、その時はまたその時だ。叔父のやつから持ってくる指図通りになるまでのことだ。とも思っていたそれもみなビールの上のことで、こいつ覚めてみると、もうそういう考えは、嵐のまえの木の葉のようになっていたから、なおと庄吉には、口にしたビールが怨まれてならなかった。が考えてみると、夏場はビールを、冬は冬で酒を飲むのは、なにも昨日今日にはじまったことではなかった。これは、庄吉のうまれつきだといえば、そうもいえるかれの性癖だった。だから、最もいけなかったことはといえば、それは庄吉が、あの場合叔父からことづかってきていた、百円という金が、かれの腹巻のなかに、とぐろを巻いていたのがいけなかったのだ。これさえなければ、庄吉がいかに虎になったところで、滅多いったこともない待合ばいりなどはしなかったに相違ない。などと思ってはみたけれど、これはこの場合、なんの足しにもならなかった。それどころか、そんなことを思えば思うほど、なおと庄吉のこころは暗くなってくるばかりだった。暗くなってきて、しっとりとした汗の上塗りをしてくるばかりだった。

だが、悲しいのは、そうかといってそれを、そこで持って打ちきってしまう訳にもいかないことだった。いや、打ちきってしまいたいなどと思えば思うほど、よけいとあらぬ考えが後から後からと入道雲のように湧きたってきた。湧きたってくると、仕様ことなしに、庄吉は凝とそれに目をとめていた。と今度は、庄吉が郵便局へいきついた時に、もうそこの為替取扱い時間のきれていたのが、一等いけなかったもののようにもなって思われてきた。かと思うと、今度は、電気館へはいったことではなくて、そこから直ぐと飛びだしてきたのが、一等ことのはじまりのようにもなってきた。がそれも間もなく影をひそめてしまったかと思っていると、今度は宮戸座の前までいきながらも、中へはいらなかったのが、最近因のようになって考えられてきた。

で、こういった風なことが、玩具の電車でもあるようにして、庄吉のこころの中を、往ったりきたりしている間に、どうしたことからか分らないが、それもこれも、みなことの起りはといえば、叔父が庄吉に、そういった金をことづけたのが一等いけないもののようになって思われてきた。と同時に、庄吉のこころ持ちは、いくらか和んできた。がしかし、これも玩具の電車が、鉽力でできた線路のうえを往来している間にうまれついたのだといえば、ここでもってその電車は、線路の故障につまずいてひッくりかえったもどうようになってきた。というのは、一旦はそうも思われたが、暫くするとこれは、当座のがれの口実にすぎないという念が庄吉のこころへ湧きたってきて、みるみる中にその考えを押し流してしまったからだ。となると庄吉はまた、笹子トンネルの奥深く封じこめられたもどうようになってきた。

悪いといえばそれはみなこの自分が悪いのである。時と場合とによっては、斗酒を口にするのもいい。――飲み代があって、これを口にするのはいいとする。だがいけないのは、この自分が人一倍おんな好きにうまれついていることにある。その癖、今年二十八になっても、まだ女房もむかえず、昼となく夜となく、色餓鬼のようになっているのがいけないのである。なるほど、そのいわれ因縁なるものをいえば、それは皆、自分の貧乏なところからきているのである。もしくは、自分の意気地なさからきているのである。がそれはとにかく、人一倍おんな好きでいて、人はもうとッくの昔、人の親父になっていようという年格好になっても、まだ自分一人でいるというのがいけないのである。そういう風だから、月に二度しかない休みに外へでて、ビールを口にするが最後、もうわれを忘れて遊びにいくのである。——ビールを口にして、たまたま懐へ金がはいっていると、もうそれは、人の物か自分の物か、その見境えさえもつかなくなってしまって、これを一夜の遊興のかたに当ててしまうことになるのである。と思ってくると庄吉は自分のこころへ向って、数えきれないほどの青鬼赤鬼の群が、ひた押しに押しよせてくるのを見なければならなかった。

また、そうなってくると、そこには微塵政次郎を怨む念などは消えてなくなっていた。ただあるのは、悪玉であり、弱虫にうまれついている自分自身を、どうしたらいいだろうかということのみだった。そうだ。これらの考えの間をぬって、かねてから叔父夫婦が、庄吉の顔さえみれば、

「どうだ。もういい加減に身をかためないか。」といったきり、「そりゃ一人のほうが、暢気だといえば暢気だけれど、それじゃ身がもてないからね。」といって、妻帯をすすめてくれたことだった。これが、どうしたものか、

「ああ、なんだなあ、叔父夫婦の腹では、この俺に、おふさをめあわそうとしてるんだなあ。」という考えの後から思いだされてきた。——おふさというのは、叔父夫婦の娘で、庄吉のためには、従姉妹になる間柄だった。だがこれは思いだされてきたかと思うと、もう蜉蝣(かげろう)のように、消えていってしまった。

そうだ。それも一つあった。これはどの間へはさまって起きてきたのか分らなかったけれど、庄吉が政次郎のところへ、嘘偽りをえさにして、金の無心にでかけたまでのいきさつが、この時また思いだされてきた。というのは、庄吉が待合からでて、観音堂裏のベンチに腰をおろしていた時だった。庄吉は、どうして今度の穴埋めをしたものだろうかと思って、こころを粉にくだいてはみたけれど、これといって、格好なてだてもつかなかった。とその時、鼻のなかがむずついてきたので、これを擤もうとして、そこに捨ててあった新聞をひろいあげて、何気なくそれへ目をもっていくと、そこにはある金物屋の小僧が、北海銀行からして、当座の預金二千円というものをもって外へでると、後からついてきた一人の男が、やにわにそれを奪いとって逃げてしまったという記事がでていた。それを読んでしまうと、庄吉はちょっと、腋のしたを擽ぐられているようになってきた。がこれも、叔父夫婦の詞なみに、もう思いだされたかと思うと、消えてなくなっていた。そして、その跡には、

「悪いこたあできねえ。——一つの悪事は、十の悪事をうむもとだ。」ということが、しみじみと庄吉に考えられてきた。そうだ。この時だった。そう思うと、青鬼赤鬼の一群が、庄吉のこころを目掛けておしよせてきたのは。で、庄吉は、一時はすなおにこの鬼達の手について、地獄へおちていこうかとも思った。が次の瞬間には、それとは正反対に、是が非でもここを切りぬけて、自分の身を安きにおかねばならないと思った。

「どうで、金ですむこッたあ。」

この考えが、なおと庄吉をして、こう思いこませてきた。といって何も庄吉は、「毒を食わば皿までを。」というやつでもって、焼けからこう思いこんできたのではなかった。反対に庄吉は、もうこういった風な恐ろしいことは、二度とふたたびしまいと思うにつけても、今度は、金さえあれば済むことだから、その金を都合してきて、早くことを片づけたいという念のみがさかんだった。がいざとなると、この金なるものが、どこへいったらできるのか、その当てという当てなるものを、皆目もっていない庄吉は、ここへくるとまた、途方にくれるより外はなかった。そうかといって、そのまま、手をつかねて、ぼんやりしている訳にもいかなかった。だから庄吉は、いま暫く、自分のこころをも鬼にして、金策にあたってみようと思った。それには、誰でもいい、自分の知っているほどの者を、片ッ端からあたってみるのだとも思った。ところへ、電車の音がしてきた。目をあげてみると、そこはもう新富町（しんとみちょう）の大通りだった。庄吉は、その電車の姿をみると、なおといらいらしてきた。ちょうどそれは、胃痙攣にかかっている者が、医者のくるのを待っている時もどうようだった。だが、そのこころ持ちや、その苦痛の度合いは、胃痙攣をやんでいる時のそれに似ていたけれど、庄吉には、その手当てをしてくれる医者は、いつになったらきてくれるのか、ちっとも当てがなかったから、かれは弱ったのである。

それに、弱ったといえば、上からまともに降っている、日の光にも弱った。で、庄吉は、そこの日蔭へにげてきて、そこでもって、暫く息をついていた。がその時ふと、孝一のことが思いだされてきた。いや、孝一のお袋のことが思いだされてきた。――庄吉にとって孝一は、政次郎どうよう、いってみると、一つ釜の飯を食ってたててきた間柄だった。それが去年の暮に、急死してしまったのである。が後にのこされたたった一人のお袋は柳町（やなぎちょう）に、——小石川は柳町に、名ばかりではあるが、荒物屋をだしている。それを庄吉はこの時思いだしたものである。

「そうだ。いまからあのお袋のところへいって、一つ当ってみよう。」

それと思いだすと、庄吉はこう考えた。

「そうだ。ことを成るべく殊勝そうに持ちかけたら、聞いてくれないこともなかろう。いや、今度こそ、どんな手荒なことをしても、きっと聞かさずにおくものか。」

庄吉はまた、こうも思った。で、こうとことがきまると、庄吉はいそいそと、そこへきた電車へとびのったものである。

この電車を、厩橋（うまやばし）に一度と、春日町（かすがちょう）に一度とのりかえると、もうその次が、庄吉のめざしてきた柳町だった。——電車がそこへきて留まると、庄吉はとびおりるようにしておりてしまった。おりると、今度はそれを左にまげて、暫くくると突きあたりになる。それを右へまげて、家数にしたら、五六軒ばかり歩いてくると、もうその右側が、孝一のお袋がだしている荒物屋だった。

だが、庄吉はその荒物屋の前へきた時にはちょっと弱らされた。というのは、なんといって庄吉は、孝一のお袋にたのんでいいか、その口実のほどが、まだかれに考えられていなかったからだ。——その癖庄吉は、もう新富町で電車にのった時からして、そればかり

をつもってみてきたのだけれど、まだそれが、ここへきても、はっきりしなかったのである。とそこへ、

「まあ、お珍らしい。」という声が庄吉の耳についてきた。見ると、それは孝一のお袋だった。孝一のお袋は手にアルミニュームの鍋を一つ持っていた。かの女はきっと、それをいま買いにでも行ってきたのだろう。がことが余りにだしぬけだったので、庄吉はすっかり面喰った形だった。

「すっかり御無沙汰しちまいました。」

庄吉は、こういうと、いきなり麦藁をとって、二三度頭をあげさげしてみせた。

「いいえ。手前こそ、すっかり御無沙汰しています。お変りもありませんか。」といって、ちょっと詞をきったかの女は、

「なんて暑さでしょう。いまもあすこではなしたんですが、今年はまた別ですね。ちとお寄りになりませんか。」といって、庄吉のほうへ目をつけてきた。

「ありがとうござんす。」

庄吉は、かの女の詞をうけて、こうはいったものの、もう二の句がつげなかった。

「今日はお休みですか。庄さんは。」

これは、歩きながらいった、かの女の詞だった。

「なあに、休みッて訳じゃありませんが……」といってきて、庄吉はまたそこでもっていつまってしまった。その中にもうそこの店頭へきていた。庄吉はかの女の後について、

家のうちにはいっていった。この間に、かの女の姪だという娘が一人店番をしていて、かの女の姿をみると、

「お帰りなさい。」というのが庄吉の耳へも聞えてきた。また、庄吉に対しては、

「入らっしゃい。」といって、挨拶をしてくれた。それも庄吉の耳へはいってきた。

それから、庄吉が腰をおろしたのは、茶の間と座敷とをかねた四畳半だった。

「いつもも散らかしていまして。」といいながら、かの女がすすめてくれる茣蓙（ござ）の坐布団の上へ、とにかく庄吉は腰をおろした。おろしてから庄吉は、

「本当に、今年の暑さッちゃありませんね。もう日中なんざあ、息もつけませんね。」といった。無論これは、なかばてれかくしなのである。

「さあさあ。どうぞお頽（くず）しなすって。」

かの女はこういってから、

「今日はどちらへ。」といって、またも庄吉の胸をどきつかせてきた。

「ええ。今日はちょっとお宅の御近所までやってきましてね。」

庄吉は、とうとう嘘をついてしまった。嘘をついてしまってから、これはいけないと思ったけれど、もうそれはどうすることも出来なかった。

「あれじゃないんですか。昨夜は、白山（はくさん）へでもいったんじゃないんですか。お友達と御一緒に。」

「御常談でしょう。そういう景気じゃありませんやね。」

庄吉はこの時、へんに胸騒ぎがしてきた。だから庄吉は、今度も駄目なのかと思った。なにか知ら庄吉には、そんなことが思われた。同時に庄吉は、今度こそ、誰が素手でもって帰るものかとも思った。がしかし、それには、それらしい攻め道具がなければならなかったから、何をそれに当てようかと思って、またこころを粉にしだした。

「庄さんは、まだお独り。きっとそうなんでしょうね。——どうです。もう庄さんもおかみさんをお貰いなすっちゃ。」

「ところで、今度そいつを貰うことにしましてね。」

かの女の詞へ、庄吉はこういう返しをしてからだった。いや、これは、かの女の詞が、庄吉の耳へついてきた時にといったほうが当っている。庄吉には、一時に夜があけはなれたように思われた。なぜといえば、庄吉は、その詞によって、それまで迷いに迷っていた攻め道具なるものが見つかったからだった。だから、この時庄吉がかの女へかえした詞は、それは勝利の歓呼だったといえばそうもいえる種のものだった。

「まあ、そうですか。そりゃおめでとうござんすわ。——それじゃ庄さんも、今度は、家をおもちにならなきゃなりませんね。」

こういってから、かの女はそこへ茶をだしてくれた。

「この暑いのに、茶はおかしいけれどね。」といって、かの女は茶をそこへ出してくれた。

「どういたしまして。結構でさあね。」

茶の礼をいってから、庄吉はつづけた。——

「そうなんですよ。その家のことなんですがね。いやなに、お蔭で家はみつかりましたがね。それに移るにゃ、まあなにを措いても、土釜の一つも買わなきゃならないし、それに、敷金というやつがあってね。」といってきて、庄吉はちょっと詞をきった。詞をきって、ゴールデンバットの煙ごしに、そっとかの女のほうを窺ってみた。とかの女もまた、その時火のついた長煙管を、かの女の口へもっていって、鼻を煙突がわりにしていた。そこでまた、庄吉は詞をつづけた。——

「で、その敷金のことで、実は今日お宅の御近所までやってきたんです。わたしちょっと知ってる者がいてね。とこいつ、貸せといえば、百や二百の金はすぐにも貸してくれますがね。——二つ返事でもって、貸してはくれますがね。ただいけないのは、箆棒に利子が高くってね。こいつにゃ弱っちまいました。なにしろ、一割の天引きでもって、一割二分の利子ッてんですからねえ。」

ここへきて、庄吉はいよいよ嘘を本物にしてしまった。——本当に嘘を嘘でかためて、かの女の前へつきだしてみせたものである。

「そりゃ高ござんすわね。——で、どうしました。話は。」

「ええ。よしました。——なんぼなんでも、こちとらには手出しがなりませんからね。よしちゃいました。」

ここでまた庄吉は、そっと、かの女のほうへ目をもっていった。

「そりゃそうだわね。」

そこへ、かの女のこういうのが、庄吉の耳へついてきた。

「で、ここんところ、ちょいとあたしも、困っちゃいました。――なあに、あたしは何時だって構いませんが、先方では、話がきまったら、一日もはやくしろ。とまあこういってくるッてッたあような訳でね。いや、おっかさんの前で、なにも惚気(のろけ)をいう訳じゃありませんがね。まあ、そういったような訳でね、家がみつかったのを幸、わたしもできるものなら、一日もはやく金の都合をして、そっちの方へ移りたいと思いましてね。」

庄吉は、どうで打ってはなつなら、強薬のほうがよかろうと思ったところから、われながら冷汗の種である、惚気さえも交えてこういったものである。そして、これを打ってはなつと庄吉は、きっと獲物がそこに、のたうち廻って倒れるだろうと思った。――いや、のたうち廻って倒れないまでも、きっとそこへ獲物が姿をあらわして、段々とこっちへ歩みよってくることだろうと思った。とどうだろう。

「それはそうだわね。庄さんとしちゃ無理もありませんわね。」といったかと思うと、「ではどう。そのお金ッてのは、幾くらだか知らないが、庄さんの叔父さんに一つ頼んでみたらどう。外のこたあ違って、今度は庄さんの身もかたまるんですから、きっとそういって行ったら、叔父さんのほうでも叶えてくださるでしょうよ。」といってきたから庄吉は驚いた。そして、今度はかの女のほうから、じろりじろり庄吉のほうへ目をもってきた。――「どうだ。いい智慧だろう。」といわんばかりに、そうしてかの女は目を庄吉のほうへつけてきた。だから庄吉は、この目を目にし、その詞を耳にした時には、また自分自身のこころへ、真黒の印肉をなすられでもしたように思われてならなかった。それは溜らない気持ちだった。

ところで、この時庄吉はいいことを思いついた。というのは、兼々庄吉の叔父は、かれの娘と庄吉とを、末始終一緒にしようとしているらしい点のあることだった。それを庄吉はここで利用してやろうと思いたった。つまり、叔父はそう思っている。娘のおふさだって、その気でいるらしい。いや、その気でいたらしい。それを今度自分のほうから蹴ってしまって、自分は新に、余所から嫁をもらおうというのだから、その自分にしてみると、とてもそういった話は、叔父のところへ持っていけた義理でないということにしようというのだった。で、それと思いつくと庄吉は、一段と念をいれて、これを如何にもまことしやかに説いたものである。説いてしまうと、今度はあらためて、

「まあ、そういった風なわけなんです。――叔父のほうは、まあそういった風なわけでもって、所詮駄目なんです。で、どうでしょう。もしお願いできるものなら、この際おっかさんに一つ、面倒みていただきたいんですが、駄目でしょうか。」といって、庄吉はまたも目をかの女のほうへ持っていった。それはまるで、狐憑きのようだった。そして、直ぐと後をいいつづけた。――

「長いこたあいいません。今月一杯、一つ面倒みていただきたいんですが。――おっかさんにこんなことをいっちゃ、嘗めたことをいやがる野郎だと思われるかも知れませんが、今月末になりあ、お借りした金と一緒に、きっと、お礼をもって出ます。この際一つ、わ

たし達を助けてやると思って、面倒みてくださいなあ。頼みます。——今月末になりあ、ちょうどわたし達が、毎月勤めさきのほうへ掛けてる金もとれますから、そしたらそれを持って出ます。——きっと、それを持って出ます。申兼ましたが、一つ頼まれてくださいなあ。」

断るまでもなく、これは皆嘘なのである。——礼をもって出るということや、はなから掛けていないだけに、勤めさきへ掛けている金が、今月末になれば払いもどされるのだなどというのは、皆嘘なのである。だが、この時の庄吉は、ことの善悪をかんがえている余裕などを持ってはいなかった。あるのはただ、かの女の手から、百円という金をとりだしたいということだけだった。後の始末などは、長の月日のうちで都合することにしようという腹だった。で、庄吉はこういうと同時に、かれの全身を耳にして、相手の口元のほうへ持っていった。——兇か吉か。——それを庄吉は、固唾をのんで待ちかまえていた。——庄吉は、かれの命を、相手の前へさらけだしたもののようにして、凝とその返事を待ちもうけていた。とそこへかの女が、

「折角ですが、わたしも都合がわるくてね。」というのが耳についてきた。相次でまた、「この頃の不景気ッちゃないんですよ。それはそれは甚いんですからね。もしわたしなんぞ、干乾しになるのを、待ってるもおなじなんですからねえ。」というのが耳についてきた。それが鼓膜にひびいた時に庄吉は、即座に相手を、蹴殺してのけようかとさえも思った、——その一言によって、絶望の底ふかく叩きこまれた庄吉は、そうも思った。

「あれでしょうか。——どうでしょう。もし叔父さんのほうがそうなら、庄さんの御主人に一つそういってみたら。」

庄吉は暫くの間だまっていた。とそこへかの女はこういってきた。だが、庄吉はやっぱり黙っていた。

「それを手前(てめえ)に教わろうか。」

こう思って庄吉は、なおも舌をぬかれた者のようにしていた。ところへまたかの女が、

「庄さんのおかみ—さんになる人、どこの人です。」というのが耳にはいってきた。だが庄吉は、相変らず、熟(う)んだ柿がつぶれたともいわずに、ただ黙っていた。この時の庄吉はもう、かの女へ対して、詞をかえす気持ちなどは持っていなかった。だからもし強いてもこの際口をきかねばならぬとなれば、庄吉は、

「うるせいや。」といって、とんと一つそれを突きとばしておいてから、「嬶(かかあ)の話なんぞみんな嘘だ。ざまみやがれ。」といってやりたかった。だがそれは、何かに妨げられて、庄吉の口の端へのぼってこなかった。となると、庄吉はもうあがらなければならなかった。何故といえば、そうしてそこに凝としていることは、この場の空気がゆるさなかったからだ。つまり、庄吉が、その儘そこに凝としていた日には、どうでも終りには、彼女の問いに対して、それらしい答えをしなければならなかった。ところで、それがまた癪だったから、庄吉は、

「どうもお邪魔しました。お喧(やかま)しゅうござんした。」というと、もう麦藁を手にして、そ

こから出てきてしまった。この間に、

「いいじゃありませんか。はなしていらっしゃいなあ。」だとか、「折角でしたが、手前どももそういった訳なもんですから、どうか悪く思わないでくださいなあ。」とかいうかの女の詞が、耳へはいってきていたことは、それは庄吉だって知っていた。しかし庄吉は、それに就いても、

「どういたしまして。」とも、「ありがとうございます。」ともいわずに、ずんずんと外へでてきてしまった。——この時の庄吉には、相手の気分などを考えている余裕などは微塵ももってなかった。ただ庄吉は、自分のしたい放題にふるまいさえすれば、それでもうよかったのである。だが、その時には正直なところ、それは自分なのか、——そこへ出てきたのは自分なのか、それともそれは他人なのか、ちょっとはその別目さえもわからなかった。だから庄吉にはそこの通りも、どこかから、知らぬ他国のある通りでもあるように思われてならなかった。

やがて、そこの角を、左へまげてからだった。庄吉はどうしてやろうと思った。——この自分を、どうしたものかと思った。だがそれはちっとも分らなかった。ただ分ったのは、いよいよ自分の破滅の日がきたのだということだった。そう思うともう庄吉の足は、そこでもって、釘附にされそうになってきた。それを無理からはげまして、電車通りへでてきた。とそれをまた左へまげて、今度は春日町まで歩いてきた。

この間に庄吉はまた、いまのさっき、京橋は新栄町通りの氷屋でいてした苦しみを再び

しなければならなかった。――今度はその苦しみを、大きくもあれば、また烈しくもまわる煽風機でもって、やけに吹きあおられているもどうような目にあわされなければならなかった。その上に庄吉は、向うのほうからやってくるお廻りを目にした時には、これはてっきり、自分へ縄をうちにきたのではなかろうかとも思った。――その時には、こういった風な恐れさえも感じた。だからある刹那には、そこへ駈けてくる電車をめがけて、飛びこんでしまおうかとも思った。また、そこに突ッたっている電信柱へ庄吉は自分の頭をぶつけ、死につこうかとも思った。だが考えてみると、百円のかたにして退けるには、余りに物体ない命のように思われたから、これはよしたものの、それから先の庄吉は、まるで生きた屍もどうようだった。

で、そうなると、流石に庄吉も、いくぶん焼けにならずには居れなかった。その証拠の一つに、庄吉は春日町の電車停留場へきた時だった。その時ふと、由太郎という人間を思いだしたものである。と何を措いてももうその由太郎なる者を尋ねていく気になったのなどは、まさにそれだった。

庄吉の腹では、善いも悪いも、すべてがあたって砕けるまでだ。自分はこれから由太郎のところへ行ったら、これこれの詞でもって、これこれの金がいるから、それだけの物を貸してもらいたいというまでだと思った。そして、もしこれが、首尾よくいけば、自分は百円という金をひろったもどうようだ。反対にこれがぐれはまになったら、その時は元ッこであるとこう思った。尤も、洗いたてる日になると、その腹の底には、一種のたくみといえばたくみ、計らいといえば計いのあったのは事実だった。というのは、いわば庄吉は、由太郎のために身代りにされたことがあるからである。いいかえると、庄吉は由太郎のために、かれの身売りをしてやったことがあるからである。

もっとこれを委しくいおうなら、かつて庄吉は、下谷は二長町にある凸版印刷につとめていたことがある。時間はかれこれ、三年足らずもつとめていたことがある。とその時、由太郎のいいだしでもって、庄吉のいた植字課の者一同が、社長へむかって、賃銀の値上げかたをもうし出たのである。ところでこいつ内輪から火をだすものがあったために、見事その時のくわだては、画にかいた餅にされてしまった。その結果、こっちは幾人かの責任者なるものをださなければならなかった。――幾人かの責任者なるものをだして、それ等のものがそこを追んでて、ことを円くおさめなければならなかった。この時、損な役目を買って出た者のなかに、庄吉も加っていたのである。だから、この時の因縁が、庄吉の腹の底で、とぐろまいていたからである。――これが本来なら、その時は誰をおいても、ことの発頭人たる由太郎が、ことのいざこざを身に背負いこんで、首になる筈だったのである。ところで犬か猫のように係りの多い由太郎は、もし首になったり、首にされたりしたが最後一家の者が困るだろうということが理由ともなり、口実ともなって、いまなお元のところに、首をつないでいるのである。だから、庄吉はそういった関りを呑んでいたのは事実である。がしかし、要はそれだけのことだった。――そういったこともあるにはあったが、同時に、根が訳合い一つでもって、自分の朋輩を売りこかしても、自分だけは元のところに腰をすえていようという人間を向うにまわしてのことにしてみれば、今度だって、こっちの持っていく頼みを聞いてくれるかどうか。それは考えものだというのも、庄吉のこころの隅に動いていたから、決して多くのものは待っていなかった。ことの入りわけをはなしてみて、叶えてくれれば恩の字だし、それが破れたら元ッこである。元ッこになったらもう仕方がない。そしたら叔父のさばきを受けるまでだと思った。

で、こうとことがきまると、庄吉は、すぐと厩橋ゆきの電車に乗ろうとした。が同時に、庄吉の足はそこでもって、二の足を踏んできた。というのは、いまから凸版印刷へでかけていくのは考えものだったからである。——そこには、由太郎外、多くの知り合いがいるのはどうでもいいとしても、ことがことだけに、「就業中面会謝絶」と書いてぶらさげられている札の面をおかして会ったところで、おちおち落着いて、話のできないことは、それこそ火を見るよりも明らかだったからだ。とすると、それは夜にはいってから、由太郎の家でもってするに限ると思ったからである。——由太郎の家は、三輪（みのわ）にあった。だから庄吉は、そこへ今夜いくことにしようとこう思った。が相次で考えられて来たのは、それはそれでいいとして、それまでの時間を、どこでどうして消したらよかろうかということだった。そう思うと、庄吉の身体はやけに熱くなって来た。——赤金（あかがね）の金盥（かなだらい）のようにして、ところはちょうど、大曲（おおまがり）のうえあたりにかかっている日輪。それは庄吉一人の身をこがすために、照りかがやいているもののようにさえかれには思われた。だから、これという当てもなく、少なくともこれから二時間というものを、どこかで消さなければならないことを考えると、まったく庄吉は、焦熱地獄へでもきている者のように思われた。が同時にこの時、「地獄に仏」といえば、その仏らしいものが、庄吉の頭をかすめてきた。それは、いましがた、庄吉が孝一のお袋から聞かされてきた詞だった。——二三のやりとりがあってから、

「もし叔父さんのほうがそうなら、今度は、庄さんの御主人にそう云ったら。」という意味でもっていった、孝一がお袋の詞だった。これがこの時真清水のようになって、庄吉に思いだされて来た、思いだされてくると、庄吉はまたその気になった。

なるほど考えてみると、これは確に、この際における一つの手段だったからである。何故と云えば、もう自分という者は、当てになってならない、昔の友達のところさえも、今夜はいってみようと思っている身のうえだからである。そうした身のうえからいえば、現在の自分が現在の主人へ、それらしい事情をあかして、金を貸りにいくということの方が、昔の友達のところへたよって行くよりは、ずっと、ずっと、確なことだったからである。それを、身のふしだらから、ここ一両日も休んだからというのを気にして、現在の主人を忘れたもののようにしていたのは決して分別のある人間の採るべきことではなかったからである。そうだ。それに、そうしてもう二日も無断で休んでいる者の身にしてみると、一応はその断りをいいに行くのだって、決して無駄ではなかったからである。よしまたそれが、全然無駄になっても、——金は借られず、その上に剣突くを食わされたにしたところで、この際の庄吉が幕合いの芸当としては、結構な芸当だったからである。と考え

てくると、庄吉はここでもって、ぽんと一つ、かれの膝をうたなければならなかった。そして、庄吉はその足でもって、そこへやってきた、呉服橋ゆきの電車にとびのらなければならなかった。

これは電車にのってからである。庄吉は、あまり多くの期待を、かれの主人に対してもつまいと思った。それは、持つだけ野暮だと思った。というのは、何時でもかれらが、給料の前借をもうしでると、かれの主人は、

「そいつあ、どこか外で一つ都合してもらいたいなあ。」というにきめているその詞が、この時庄吉のこころについてきたからだった。だから、それはそれでよかったが、ただ庄吉にかなしかったのは、かれがそうして、電車にゆられていく中に、そこの窓からはどうしたものか、やけにお廻りの姿が目についてくることだった。庄吉がそれをそこの窓越しからみていると、ひとりでに、かれの全身へながれている火のような汗も、氷のようにかわってきた。がその中にもう電車は、駿河台下（するがだいした）の停留場へきていた。庄吉はここでもってそれをおろした。そして、そこから一町とはへだっていない、庄吉のためには主人の住宅でもあり、また工場でもある建物の前へきて、かれは立っていた。

と、庄吉の耳へは、印刷機械の動いている音がはいってきた。それが何か知ら庄吉には癪のたねだった。出来ることなら庄吉は、やにわにそこへ踏みこんでいって、その機械をたたき毀してやりたくなった。だが、そういうことは、この場合どう考えたところで、出来ることではなかった。だから、そうなると庄吉は、その音色を尻目にかけてではない。

それを尻耳にして、そこの勝手口のほうへと廻っていった。――庄吉には、それがこの際の礼儀だと思われたからだった。

勝手口へきてみると、そこには房州からきている女中が、馬鈴薯の皮をむいていた。それへ庄吉は、親指をだしてみせて、

「いる。」とこういった。

「いらっしゃいます。」

「いる。」が消えると、すぐとその後へ、「いらっしゃいます。」が出てきたから、庄吉はまたその先へ、

「ちょいと、わたし会いたいんだが、そういってくんない。」というのを食ッつけて、これをかの女の耳のなかへ投げつけてやった。と女中は、弾機仕掛けにできているおどけ人形のようにして立ちあがったかと思うと、もうそこの廊下のかげへ隠れてしまった。かと思っていると、そこへ主人が顔をだしてきた。――不断から庄吉達が、「河馬。河馬。」といっているその河馬が、ここへぬっと河馬首をだしてきた。と同時に、

「困るよ。池田君。どうしたんだい。君は。」というのが庄吉の耳へ筒ぬけにぬけてきた。――「この十日までッてものは、夜の目も寝れないくらいに忙しいのあ、君だってよく知っているじゃないか。そこを君だけすっぽかしているんだからなあ。」というやつを引いて、庄吉の耳へ筒ぬけにぬけてきた。

庄吉は、こうして剣突くを食わされることは、はなから覚悟はしていたことだけれど、

この時はまた、あまりにそれが出しぬけだったから、かれはちょっと面食った形だった。だが、すぐと庄吉はわれに返った。われに返ると庄吉は、

「ええ、実はそのことで、わたし今日でてきたんです。」といって、これを主人の足元へ叩きつけてやった。

「まあ、こっちへ上りたまえ。ここはまるで、地獄の様だ。」

これは主人だった。主人はこういうと、もう次なる茶の間のほうへとはいって行った。それに引きあげられるようにして、庄吉もまた、その後からついて上っていった。その時庄吉はちょっとうれしかった。——庄吉には少しでもいい。折からいまを最後に、いってみるとそれは、煮えくり返っている油ででもあるような日足を、べっとりとそこえら一面にながしている夕日。その夕日のおもてからのがれただけに、その時はちょっとだったが、でも胸のあいていくような感じがした。

と庄吉の腰をおろすかおろさない中に、もう主人は、詰問の矢をいかけてきた。——

「どうしたんだい。君は。——なにかこう、不幸でもあったというのかい。」と、主人はそしてもって、もう待ちぶせを食わしてきた。と庄吉は庄吉で、すぐとそれを射返してやった。

「まあ、不幸だといえば不幸なんでさあねえ。——いってみると、いまのわたしにゃ、この上もない不幸なんでさあね。——そりゃこういった風な不幸なんでさあね。」とばかりに、射返してやった。そして、それを枕にして、そのいわれ因縁なるものを説きだした。

話の筋なるものは、庄吉が今日、政次郎にしたのと同一だった。——庄吉は、これが一等、世間へ対しては体裁もよければ、それだけにまた、一等本当らしくも響くだろうと思ったところから、そうしたのだった。で、一通りそれをした後へもってきて、「こういった風なわけなんでさあ、まったく今度という今度は、わたくしも困っちまいました。」といって、ここでもまた、締めあげられた鶏の真似をしてみせた。が、すかさず庄吉は、さらにその後へもっていって、こういうことを附加えるのを忘れなかった。——「で、まあ、わたし、昨日からかけて今日、いや、本当をいいや、一昨日の晩からでさあ。わたしのこころ当りというこころ当りを、あれで何軒まわっただろう。」といってきて、その一刹那、何軒にして退けようかというのでもって、ちょっとこころの中で小首をひねってみた。とそこへ、事実の五倍という数字がうかんできたから、すぐとこれを、その下へ食っ（ママ）ツけることにした。つまり、「あれで何軒まわっただろう。」というのの下へ、「かれこれ十軒はまわってみたが。」という風に食っ（ママ）ツけて来た。そして、これを食ッつけると、間髪いれず、その上へまた庄吉はかれの舌をはしらせた。——「こいつ皆、わたしの友達が、友達でなきゃ知りあいだけに、手前ッちの泣きごとばかり聞かせやがって、ただの一人だって、力になってくれる者はいないんだから、すっかりこちとらも、ここのところちょいと、途方にくれちゃったような形なんでさあ。」とばかり、庄吉はかれの舌をはしらした。走らせきるとここでまた、念入りにも狐の真似をしてみせたものである。——話に聞いている、死んだ狐の真似をしてみせたものである。

「なんでもそんなことか。——それならそれで、早くおれのとこへ、そういってくれればいいじゃないか。」

これは主人である。主人はこういうと、ついと立ちあがって、そこの小簞笥をあけたかと思ったら、すぐと閉めてしまった。そして、そこから離れると、もう庄吉の目の前へ、手のきれるようなといいたいが、本当は、かなりに草臥た十円紙幣のかさなったのをつきだしてきた。

「じゃこれで送ったらいいじゃないか。叔母のとこだか叔父のとこだか知らないが。」

その紙幣の上へ、主人はこういう詞をのせてきた。

「どうも済みません。」

この時の庄吉は、かけ値のないところ、胆をつぶしてしまった。この時の庄吉は、これは夢ではなかろうかとも思った。まったく、出しぬけにその札束を目の前へつきつけられた時には、庄吉はなんともいえない感じにうたれてきた。それは、地獄でもって、仏にあったときの感じだったといえば、まさにそうもいえる感じだった。とにかくその刹那には、庄吉の目のなかへ、熱いなみだがにじみ出て来た。そして、

「当分こりゃ、お借りしまさあ。」といって、それを、——その札束を手にした庄吉の手は、風鈴のしたにつけられている、あの短冊のように打ちふるえていた。

それから、その紙幣の数を読んで見て、これを懐へしまいこむ時だった。ハンケチに包んで、これを懐へしまいこむ時だった。庄吉はすんでのことに、いまがいままで、叔父の

家から、浅草郵便局へいくまでの間に、落してしまったとばかりいっていた蝦蟇口をとりだそうとして、その刹那、はっと気をひやさせられてしまった。そして、このことがあってから、庄吉の気ごころは、幾くらかはっきりとしてきた。そのはっきりとした気ごころでもって、庄吉があたりを見た時には、午後の五時過ぎの空気も、かれにだけは、それは明けがたのそれのようにさわやかだった。庄吉は、自分の身が、風船玉のようになったとも思った。ところへ、主人の口にする詞が、庄吉の耳についてきた。――

「君もまた、莫迦じゃないか。拾ったというなら聞えているが、君のはおっことしたんだからなあ。」

庄吉は、これにはなんともいわずに、黙っていた。とそこへまた、主人がこういってきた。――

「その金は、月々の君へやる給料のうちから、わしのほうへ廻してもらおうぜ。月々、十円ということにして。それからわしがいまもいった通り、また君も知ってる通り、この十日までは、わしらは八つ手の観音にでもなりたい位のものなんだ。そこへ持ってきて、これは昨日のこったが、また秀文堂のほうから仕事をもってきたんだ。なんでもそりゃ、ベースボールのことを書いた本なんだが、それが一つふえたんだ。だから、やって貰えるものなら、わしゃ君に、今夜いまからでも、仕事にとっかかって貰えるだろうか。――ここのとこ一息、わしゃ君にも気張って貰いたいんだが。」

「いえ、済みません。どうも。――それに、今日はまた今日で、とんだ御心配をかけて、まったく済みませんでした。がどうでしょう。今日だけもう一ン日、わたしに閑をやってくださいませんか。いや、なに、こんな巫山戯たこたあ、わたしの口からは、いえた義理じゃないんですが、そこんとこを一つ、――あれなんです。実は、――実は、わたしいまもはなした通り、なにしろ一昨日の晩からこっちというもの、碌すっぽ寝もしないで、三輪から新宿、新宿から青山といった風に、あっちこっちへ駈けずりまわったんで、もうこの牛殺しも、あれでさあね。なんのこたあない。あれでさあね。ちょうど日のたった調革とおなじなんですから、今日だけもう一ン日、みのがしてください。わたし今日はこれから宿へけえって、ぐっすり一寝入りねちまいたいんです。その代り、――その代りッてやつもないが、明日からわたし、わたしだけは、電車のあがるまでというもの、夜業してもいいってことにしますから、今日だけはもう一ン日勘忍してください。」

庄吉は、主人の詞を聞いた時に、ちょっとだったが、さびしい気持ちになった。というのは、それまで意外にしていた主人の態度の底の底なるものが、この詞のすきからして、ありありと見えすいてきたからである。無論そこには、うけた恩は恩でもって、それは飽くまではっきりしていたけれど、この時はそうも思った。それにたまたま、「君も莫迦だなあ、金をおっことしてくるとは。」といった意味のことを聞かされた時には、ふと政次郎の口にした詞のほどが思いあわさせられたりしたので、なおと不愉快だった。――庄吉には、それやこれやでもって、この時はまた不愉快だった。だから、こういった訳からではないが、事実は身もこころも、水につけられた紙片もどうようになってい

たからかたがたもって庄吉は、この時はこういってずらかってしまった。ずらかっておいて庄吉は、

「それに、ちょっと申兼ましたが、あれでしょうか、――まことに申兼ましたが、もうお金を十円だけ拝借させて頂けますまいか。――実は、いまもお話したような訳でもって、蝦蟇口ぐるみおッことしたんで、もう明日から、電車賃にさえも困るんですが、まことに申兼ましたが、もう十円だけ拝借させて頂けますまいか。」とばかりいって、主人のほうへおし進んでいった。

と主人は、いましがた百円の紙幣をとりだしてきた時の仕草を繰返すと、見ている間に、もう十円紙幣を一枚庄吉の手へ手渡してくれた。無論この間主人は、まるで唖もどうようだった。がこっちは庄吉である。庄吉はそれを摑むといった。

「わたし恩にきます。ありがとうござんした。」と、いかにもうれしそうに、こういった。それから、幾分主人の機嫌をむかえてやれという腹もあって庄吉は、

「おかみさん、お留守ですか。今日は。」といったものである。

「なあに、あいつは今日、餓鬼をつれて、芝浦さ。――わしはわしで、目をまわしているのに、あいつらはいわば、物見遊山さ。」

主人は、いかにも苦々しげに、こういってきた。だから、その感じを受けて庄吉は、

「じゃ済みませんが、そういうことに一つ願います。――ありがとうござんした。」というと額を畳のそばへまで持っていった。

「それじゃ、その積りで頼むぜ。」

これは主人だった。

「よろしゅうござんす。明日は、すこし早目に出てきましょう。」

庄吉は、これを捨台詞のようにしていいながら、そこから外のほうへと飛びだしてきた。そして、外へでてからである。庄吉は本当の意味でもって、放たれた者のように思った。その思いはまた、庄吉を駆って、かれに左右の肩を一緒に上下させもした。その都度、庄吉の首はまた、肩の線を中心にして、その上下へ、出たりひっこんだりした。そればかりではない。うれしさに胸をおどらしていた庄吉は、してさえよければ、その儘空にはられている電線へむかって、飛びついてみたいとも思った。だが、これは所詮できない芸当だったからよしてしまった。よしてしまうと、庄吉は今度、ふとのこっている金をとりだして、それを頭のうえ高くふりかざしながら、

「やい、政次郎。やい、孝一の婆。よッく見ろ。こりゃ金だぜ。こりゃ百両の金だぜ。」

といって、大きな声をあげて見たくてならなかった。だが、こういった愚な仕草は、この時、このところでは、やはり出来ない相談だったから、庄吉はそれも思いとどまった。そして今度は足にヘビーをかけて、ところは南神保町八なる、行きつけのカフェーへと急いで行った。

カフェーで庄吉は、ビールを三本だけあけてしまった。それに、豚カツ一皿と、野菜サラダーを一皿食べてしまった。この時の口にした物は、みながみな、庄吉にはうまかっ

た。これは、あまりうまい物というほどのうまい物を、絶えて口にしなかった所為からかも知れないが、とにかくこの時の飲食物は、ひとりでに庄吉の舌を皷にしてきた。それだけに庄吉はまた酔ってしまった。考えて見ると、これはその筈である。何故といえば、庄吉はここのビールを口にしない前に、もうかれは、かれの主人から借りてきた、百円という金でもって酔っていたからである。

それはそうと、とにかく、この場に於ける庄吉はたのしかった。その楽しさの度合いは、いまのさっきまで嘗めさせられていたかれ自身のおこない、かれ自身のこころ持ちを、いとも軽いほほえみでもって、思いかえしてみることが出来るほどだった。従ってもうそこには、政次郎をうらむこころ持ちもなくなっていた。また、孝一のお袋を詛う気持ちも消えてしまっていた。それればかりか、この時の庄吉は、

「いや、さきほどは、とんだ心配をかけて済まなかった。お蔭で、おいらもどうにかこうにか、危い瀬戸を切りぬけたから、安心してくれ。」というだけの落着きとともに、この世の人情なるものをも取返していた。

で、庄吉が、よろこびとビールとで酔って、カフェーを出たのは、夜も七時を過ぎ、もう八時にちかい頃だった。庄吉はそこを出ると、神保町の電車停留場まで歩いてきた。そして、そこから早稲田ゆきに乗った電車を、新宿ゆきのそれに、飯田橋でもってのりかえると、今度はやきもち坂上でおろしてしまった。おろしてしまうと、庄吉が借りている、南榎町の、煙草屋の二階へと帰っていった。

この間も、——神田は神保町のカフェーを出て、牛込は南榎町の煙草屋の二階へかえる間も、庄吉はたのしかった。ちょうど外へ出ると、一日燃ゆるようだった昼も、いつの間にか、影をひそめて、吹きながれている風さえも、緑にひかって見える夜になっていた。そして、そこの大通りにいる夜店の列、それをひやかして歩く学生達、これらにも庄吉は、自分の友達に対するような親しみを持つことができた。その間を、絹針のようになって縫ってあるくおんなの姿、——みながみな、派手な浴衣で身をよそうて歩くおんなの姿、それらをも庄吉は、まるで自分の姉か妹にでも対するような懐しみをもって、迎えることが出来た。

中でもうれしかったのは庄吉が、生れかわったような新しさと、老境へすすんできでもしたような沈着さが、自分自身のうえに、しっかりと加えられているような感じを、この夜この時切にしたことだった。その庄吉はこれから先、なにを措いても、一心不乱に稼ごうと思った。同時に、この世がひっくり返えろうとも、もう二度とふたたび、自分が或日の夜したようなことはしまいとも思った。これは、男女を問わず、人間という人間。昼をもあざむくようにして照りかがやいている燈火のもとに、うつくしくもまた、華やかにうつし出されているショーウィンド。それらのものを見るごとに、庄吉のこころへ湧きあがってきた感じだった。その感じを、懐のなかへいれている、百円の紙幣ぐるみ、こころの奥ふかくしまいこんで、庄吉は自分の宿へと帰ってきたのだった。そうだ。これをもっとはっきりといおうなら、自分は、今夜はこれから宿へかえって、直ぐと睡りにつくことにしよう。そして、夜があけたら、早々に主人のところへ出ていって、今日うけた恩をかえす点からも、人一倍本気になって自分の仕事をはげもう。金は、昼の休み時間に、近所の郵便局へでかけていって、そこから叔母のところへ組んでやることにしようとこう思って、庄吉は気もいそいそと帰ってきたのだった。

で、帰りつくと、そこの段梯子を、とんとんと上っていった。上りつくと、いきなり庄吉は、かれの冠っていた麦藁をとって、そこへおっぽり出した。それから、博多でできた、一重の角帯を、するすると解いてのけた。かと思うと、もう袖から両手をだして、身につけていた越後上布を、かれのうしろへと振りおとした。がその時だった。庄吉はまた、胆を潰してしまわなければならなかった。というのは、外でもない。ちょうどそれは、落とせばなくなるのとおなじように、当然入れておいた物だけに、そこになければならない筈の百円の金なるものが、どこへどうしたものか、その影も形もみせなかったからである。――ハンケチ包み、皆目、その影も形もみせなかったからである。

無論庄吉は、それと気附くと、電気をずっと下までさげた。――引きちぎりでもするようにして、それをずっと下までさげた。それから、まず手にした上布を、上下にふってみた。だが、そうはしてみても、やっぱり影も形もみせてはくれなかった。で今度は、それこそ、いうところの蚤取り眼というのでもって、上布の袖袂をはじめ、縫いめという縫い目を、のこさず見はみたが、そこにもやっぱり、それらしい影も形もみれなかった。と五百燭の電気玉のように、はげしく輝きすんでいた庄吉のこころは、またも真黒な印肉でもって、寸分剰すなく塗りつぶされたようになってきた。そして、そのこころは、この時また、八大地獄の苦しみを、一時の中にしなければならなかった。いや、これは、その八大地獄の苦しみをしたところから、しかし庄吉のこころまで、炭団のようになってきてたのかも知れない。

とにかく庄吉は、火のきえたも同然だった。その火もきえたも同然のうちにいて、庄吉に考えられたのは、かれが主人の家をでてから、カフェーへ寄ったことだった。――あすこで、ビールさえ飲まなければ、こんな悲しい思いはなかっただろうという後悔の念があったばかりだった。そうだ。それと庄吉がそのカフェーを出てこようとして、懐へ手をやった時だった。そこにはちゃんと、いれておいた百円の紙幣が、いれられた儘になっていたという記憶はあったが、しかしこれも、現物のなくなった後のことにしてみると、なんの力にもならなかった。それはまだ腹にいる子の、性の差別を問題にしているもどうようだった。

で、こういった風な、愚劣なことばかりを繰返している中に、庄吉のこころは、ずんとずんと坂落しに暗くなり、腐っていくのみだった。これでもまだはなの中は、――真黒の印肉でもって、塗りつぶされながらも、まだこれがはなの中のことにしてみると、そこへは、ちょうどあの白墨で描きでもされたように、幾つかの顔がうつってもきた。例えば、一等はな描きだされてきたのは、それは庄吉の叔父の顔だった。これが手一抔にはっきりと描きだされてきたかと思うと、今度はそれが叔母の顔にかわってきた。かと思うと、今度はまた、これが政次郎の顔にかわってきた。といった風でもって、後は順々に、庄吉の主人、孝一のお袋などにかわってきた。そして、一等最後が、庄吉自身の顔だった。庄吉が、犯した自分の罪を背負って、哀れにも首うなだれているそれだった。

これが、名も知らぬある裁判長の顔のあとでうつってきたのであった。裁判長の前が、これも名の知れぬある検事の顔だった。その前が、あるお巡りの顔だった。ところで、いまもいったように、これらの顔も、もう一向に庄吉のこころへは映ってこなくなった。それほどに庄吉は、庄吉のこころは、無力なものになってしまったのである。なんのことはない。庄吉のこころは、生きているとは名のみで、本当は、開ききった肉眼もどうようになっているのである。

（「新小説」大正一三年一一月号）

母を殺す

昨日のことだった。君の悔み状をもらった。僕はうれしかった。恐らくはこの世でもって、僕の気持ちを知ってくれる者は、君の外にはあるまい。その君からの悔み状なのだ。僕はそれを、繰返し繰返し、幾度読んだか知れない。そして、読むたびに、僕は自分の眼を涙だらけにして終（しま）った。

全く、君の悔み状はうれしかった。

僕は、幾日頃にこっちを立てるか、それは今のところまだはっきりしない。だが僕は、一日も早く、ここを立ちたい。

僕は、ここにいると、もう僕の魂までも、日に日に腐っていくように思われてならない。だから僕は、自分を守り、自分を生かす上からも、一日も早くここを立ちたい。

どうでこの世は戦いである。戦いの連続である。とするなら、もう僕だって、そう何時迄も、一つところに立って、ぼんやりとしては居れない。

もう僕は破れかぶれだ。勝つか敗けるかは知れないが、一日も早くそっちへ出て、この勝負を決したい。

唯(ただ)それにしても、欲しい物は金である。それも僕は、どっさりとは要らない。ここから、そっちへ行くまでの旅費がほしい。

僕は、もう明日、母の遺骨を墓へいれて終うつもりである。で、これさえして終えば、後はもうこれと言って、ここで以てしなければならない用はなくなる訳だから、そうしたら僕は、小林か佐伯のところへ出掛けて行って、旅費の無心をするつもりである。多分、十中の八九迄、二人の中一人は、屹度(きっと)僕の無心を叶えてくれるだろうと思う。万が一、これを蹴りでもしたら、僕はもう二度とふたたび、彼等には無心などしないつもりである。そう言うことをしている隙があったら、僕はその隙に、もう彼等の手から旅費だけかっぱらって、汽車へ飛びのって終うことだろう。

これは、今迄にも幾度だか言ったことだが、僕は今度という今度ほど、染々（しみじみ）と金をほしいと思った事はなかった。その密度は、金を得るか、それとも僕自身の命を失うかという程度においてまで、この事を考えさせられた。

全くこれは、僕が命懸けでもって考えてみなければならない問題だった。がこれは、僕には今尚、未解決のままに残されている。だから言うのではないが、昨日今日の僕には、ただあの飛び道具がなつかしい。例えばいまの僕には、あのピストルや、あの爆烈弾や、またはあの速射砲などと言う物が恋人のようになっている。

断っておくが、これは内に向って放たんが為にではない。反対にこれは、専ら（もっぱ）外に向って打たんが為にである。

僕はいま、この世において、苦しみ喘いでいる僕のこころ持ちを知ってくれる者は、恐らくは君一人だろうと言ったが、しかし、その君でもまだ知らない気持ちを一つこの僕が持っているのである。だから僕は、それをここへ書きつけて、君にも読んでもらいたいと思う。

いわばこれは、僕の秘密なのである。だから僕は今日が日迄は、一生これを誰にもあかさず、秘密は秘密なりに僕のこころの奥深くへしまいこんで、土の中へまで持って行こうかとも思っていたのだが、しかし今日になると、僕はせめて君の耳にだけはこれを入れて置きたくなった。と言ったら、君は分ってくれるだろう。僕がいま君にこの秘密なる物を書きおくろうとする僕の気持ちは。

では、愈々それを此処でもってあかす事にしよう。

僕の持っている秘密のなんであるかは一切知らない君でも、尚君はその後僕達母子が、吉田町からして、松川町へ越していった事は知っているだろう。吉田町の山崎という家から、松川町の小倉という家へ越していった事は知っているだろう。また僕の母は、とうとうこの小倉という家の一室でもって死んでいった事も君は知っているだろう。

ところで、この間である。——僕の母の死んでいったこの間である。これが「死人の間」だったのである。——この間へはいる程の者は、みな死の手につかなければならない者のように約束されている、「死人の間」だったのである。そしてこの間へ僕の母をおくりこんだ者はと言えば、それは誰でもない、一にこの僕だったのである。この僕は、それと知らずに連れてでも来たことか、みすみすそれと知りぬいていて、而も死に瀕していた母をこの間へとは連れこんで来た者なのである。だから、今になると、流石の僕も溜らない気持ちがする。

無論僕の母は、重りくる病い故にうちまかされて、死んで行った者に相違ない。だから、表面からいえば、其処には微塵、この僕が以上にこころを苦しめなければならないような、問題のありようがないのである。が今も書いた通り、それはそれとしても、母が死につく少し前に越していった家の間なるものが、いうところの「死人の間」だったから、僕には唯単に、これを病死した者としては待てない物がそこにあるのである。

つまり、今になると、僕はこの間が「死人の間」でさえなければ、僕の母は、薬石の効によって、もう一度本当になれない事もなかったのではあるまいかと想う。それだけに、死んで終った今になると、僕は人知れず僕の胸を苦しめているのである。

僕が、母の生よりも、寧ろ死を願っていた事は、君も知っているだろう。僕が今度、母危篤だという電報を受取って、この田舎へ帰ってきてから後の僕が、母の生よりも、寧ろ死をのみ願っていた事は、君も知っているだろう。そして、この願いは、今度首尾よく遂げられたのである。遂げられると僕はさらに、僕のこころを苦しめなければならないのだ

から、時とすると僕は、この人間という者さえも嫌になる。

事は、元へかえる。僕が、母の生よりも、寧ろ死を願っていた所以（ゆえん）のものは、これ外でもない。余りといえば余りにも僕達母子が貧しかったからである。住むに家なく、食うに食なしというのを、その儘身に背負いこんでいたのが僕達母子だったから、終いには僕も、母の生よりも寧ろ母の死をさえ願うに立ちいたったのである。

それにはまた、僕という者が、人一倍、野心だと言えば野心、希望だといえば希望を抱いていたからでもある。僕は、自分の希望、自分の野心を満たすには、どうでも自分独りにならなければならない。だから僕は、当然の帰結として、今はもう僕の為になどなるよりも、反対にただ僕の荷物である母の死をのみ願うようになって来たのである。と丁度この時だった。その後引続いて僕の母が厄介になっていた山崎家の者が、僕達に向って立退き方を迫って来たのは。そして、僕達が小倉家の一室へ越していったのは。

山崎家の者が、僕達母子を追いたてたのも、畢竟するところ、これ一に金から来ているのである。僕には、どうやらそう想われてならない。つまり、僕達が山崎家の者から、無理やりに立退き方を命ぜられたのは、一に僕の母が支払ってやらなければならない、其処の間代を滞らしていた点から来ているのである。もっとこれをはっきり言おうなら、彼等

が間を貸しあたえている者の為には、たった一人の忰であると言うこの僕が帰って行っても、尚滞りに滞っている間代を支払ってやろうともせず、便々と朝夕の起居をつづけていたから、彼等もとうとう溜らなくなって、僕達母子を追いたてて来たのである。

で、此処にも金から生れた悲劇がある。

ところで僕は、母の許へと帰るが早いか、この滞りがちの間代なる物を、即座に山崎家の者の前へ叩きつけてやる事はいやという程知ってはいた。だが、何しろ帰る時には、旅費まで君に借りて行った身分では、そう言うことは幾らこころでは思っても、所詮は出来ない相談だった。

それから、帰る時には、もう死に目にさえも遭えない物だとのみ思っていた僕の母はまた、どうした風の吹きまわしか知らないが、その後日を追うて、幾分ずつか良くなって来た。となると、僕は乗りかかった船でもって、いやでも応でも、当分は母の許にふみとどまって、母の看護に当らなければならない破目に立ちいたってきた。が此処でも弱ったのは僕達の貧しいことだった。

僕の母は、何分ともに煩っているのだから、食物などは名ばかりだった。だからこの方の心配は、あって無いも同様だった。が弱ったのは僕のことだった。僕の食べ物のことだった。しかし、幸せとこの方は、佐伯や小林の手で持って助けてもらう事にした。が根がそう言った風な惨めな身の上だとすると、矢張滞りがちの間代は、依然として僕にはどうにもならなかった。幾ら催促されても、僕にはどうする事も出来なかった。と其処へ降って湧いたのは、僕達がそこから立退かねばならないと言う問題だった。同時に、ここで以て僕は、僕の母に対して、恐ろしい企てを抱くことにもなったのである。

いや、事実ありの儘にいえば、僕は山崎家の者から、立退き方を命ぜられた時には、金輪奈落(こんりんならく)動くものかとも思った。此方は、動かすことも出来ない重体の病人を背負っているのである。だから、相手が愚図愚図いったら、これを楯にして誰が立退きなどしてやるものかとも思った。

が気の弱いのは女である。僕の母は、山崎家の者が、この僕をつかまえて命じている立退き方を小耳にはさむと、もう即座にそこを出ようと言うのである。

「おれは、どんなところでも構わん。どんな物置小屋でも好い。おれは其処へいく。おれは、ここの家にいるのが、針の蓆(むしろ)にいるよりも切ない。」と、こうも僕の母はいうのである。

これは屹度、僕の母が、僕達の仕打ちを考えてみた結果、山崎家の者へ対して気の毒になって来たところから、こうした弱音も吐いたのだろう。どうやら、僕にはそう想われてならなかった。

で、僕は、母からそう言われて見ると、またその気になって、早速これを、小林や佐伯に計ってみたのである。と彼等も僕の意を容れてくれて、それからそれと、彼等の心当りを当ってみてくれた。がなかなか僕の求めている間が見つからないのである。

なるほど、聞いてみると、選りどり見どり、間はいくらもあるのだ。だが、何分にもその間へ越して行こうと言う人間が、一時は危篤にさえ陥っていたと言う病人を連れているのだから、先方ではそれと知ると、いくら間はあけていても、首を縦に振ろうともしないと言うのである。——先方では、持っている間を貸すと言うことは、やがて葬いを引受けるも同様だと思うところから、中々以て、首を縦に振ろうともしないと言うのである。これには、僕もほとほと弱ってしまった。がその中に見つかったのは、小倉なのである。この小倉を佐伯が見つけて、僕のところへ持ってきてくれたのである。

僕は佐伯からこの話を聞いた時には、一も二もなく、直ぐとそこに定めてしまった。何分にも僕は、旦(あした)に山崎家の者からして立退き方を命ぜられ、夕には僕の母からして、引越

し方を慫慂されていた矢先だっただけに、その間の位置や、その間を持っている家の人数などを穿鑿している暇を持っていなかった。だから、僕は、佐伯の口からそれを耳にすると、もう即座にこの話を定めてしまったのである。

と佐伯はいうのである。――こう何か佐伯は、盗んできた品物の分配でもする時のような調子でもって言うのである。――

「ところでこの間だが、この間は今迄にはいった者は皆死んで出るのだ。だから、この頃ではもう近所隣りの者が、この間のことを、『死人の間だ。』『死人の間だ。』というのでもってつい借り手がないと言ったような訳なんだ。だから、僕も君の為にどうかと思うんだ。もし君も、いやならいやで、止めるんだなあ。」と言うのである。

ここでも僕は、総べてをありのままで言うことにする。僕ははなこれを耳にした時には、どうしたものかと思った。どうした関係でもって、その間を借りた者が、火の中へ飛びこんで行く、あの虫ででもあるようになるのかそれは分らないが、今佐伯のはなしたようだとすれば、僕はこの世でたった一人の母を携えて、その間へはいって行くことは事危険である。事危険だとすれば、これは一議におよばず、止すべきだと、こう思った。がその刹那である。僕のこころの中へ、恐ろしいたくらみが起ってきた。この恐ろしいたくらみが、夕立雲のようになって、僕のこころの中へ起ってきた。

僕がこの時に思いおこしたのは、その後日を追うて幾分良くなってきた母の容態だった。と同時に思いかえされたのは、僕達母子の貧しさだった。この二つの者が、見るみる中に、合してもって一つになった時に、僕は落してきた一大事を、ふと其処でもって発見したも同様にして、もう直ぐと、その間へ引移っていくことに思いきめてしまった。

無論僕はこの時、佐伯の口にした事を、その儘信じようなどと言う念は持っていなかった。反対に僕は、その事実を全部残らず、否認しようとさえも思った。

何故といえば、佐伯のいうことには、微塵これと言って、はっきり依拠するが物を持っていなかったからである。持っていたのは、僅にこれこれの事があると言う、いわば唯単なる事実の報告に過ぎなかったからである。がしかしその時の僕のこころの奥底には、これは動かすことの出来ない事実であれかしと願うの念が、火のようになって起ってきた。佐伯の言い分には、これと言って、はっきりとした依りどころを持っていなかっただけに、僕は唯々、それはあの石のように、動かしがたい事実であれかしと思うの念でもって、もう胸が一杯だった。そして、僕達母子が、そこへ引移っていくが最後、もう引移った日からして、その事実が僕の母の上にも、はっきりと働きかけて来るようにと願うの念でもって、僕の胸は、今にも張りさけんばかりになってきた。が、一面においてそう思えば思うほど、他の一面には、出来るだけこれを、相手の者へは、秘しかくして終わなければならなかった。だから僕は、佐伯に向って言ってやったのである。——

「なあに、大丈夫だよ。そんな古風なことが、当世にあって溜るものか。若しあったら、僕はお目にかからないよ。」と。

で、僕はこう言って、即座にその話をきめると、もうその晩のうちに、小倉家へとは越していったのである。

ところで、小倉家の一室へ越してきた結果はどうだっただろう。これはもう君の知っている通りである。

僕は佐伯から聞いて、ここへ越してきた時には、今もいった通り心の中では、謂うところの「死人の間」の働きなる物を、なかば疑いながら来たものだった。——なかばそれを疑う一面には、如何にも的確にその働きが、僕の母の上にだけは現われるようにと念じながらやって来たものだった。が来てみて、半月経つか経たない中に、丁度枯木の枝の折れるようにして、死んでいった母のことを思うと、僕がそれまでに抱いていた疑いが、一時に晴れてきた。一時に晴れるとともに、そこには僕の願望が、差登ってくるあの朝日子のようになって来たから、僕の心はここで以てまた、夜の方へ引返していこうとするのである。

君はなんと観る。――君は、僕の取ってきた態度についてどう思う。

僕は、事の結果から観て、かなり苦しい思いをし続けている。――偶々（たまたま）その原因が、なんであるかはっきりしないだけに、僕はなおと余計に、切ない思いをし続けている。だが、それにしても、ほしい物は金である。

僕は、一切その原因は分らないながらも、事の結果から観て、かなり苦しい思いはし続けているが、しかしそうかと言って僕は、この償いをどうしようの、こうしようのなどとは、微塵考えていない。と言うのは今百歩を譲って、僕のしてきた事が滔天（とうてん）の罪悪にあたるとしてからが、この責は、僕自身負うべき性質のものではないと思う。それどころか僕は、もし僕の取ってきた態度について、責任を持つべき者があるとすれば、これ紛う方なく、「貧しさ」その者が持つべきだと思う。何故といえば、その来たる所以は、一に僕の貧乏くたさから発しているからである。

僕は贅沢はいわない。若し僕が、僕と僕の母とが生活していけるだけの保証さえ贏(か)ちえていたなら、僕は金輪奈落、今度のようなけちな事はしなかっただろう。ところで、事実はこれと正反対だった。僕は母の許へ帰りは帰っても、居どころさえもないような態(ざま)だった。同様に僕の母は、死ぬか生きるかの大病になやみながらも、尚能(なおよ)くこの大病を養う術さえも持ってはいなかった。で、始終の結果は、僕達母子が借りてもって、僅に雨露をしのいでいた一室からも、追いたてを食わなければならない、悲しい破目にも立ちいたったのである。――と観てくると、僕はどうでも、今度の事の起りは、一にこの「貧しさ」故にあるのだと思わざるを得ない。

だから言うのではないが、僕は今度の事件については、切っても切れない関係のある僕達の立退き。これも来たるところは、皆金からだと思うと、微塵僕は、僕達母子に立退き方を命じた、山崎家を恨もうなどとは思わない。唯恨みなのは貧しかった僕達自身のことのみである。

それから、僕はまたこうも思う。――取りように依っては、僕の手にかかって殺されて

行ったも同様の僕の母も、ここの道理さえ知ってくれたなら、もう笑って僕の罪をゆるしてくれるだろう。――僕の所業が、一大罪悪にあたるとしてからが、僕の母はもう笑って、これを許してくれるだろう。何故といえば、この僕の貧しさも、畢竟するところは、僕の母、もしくは、僕の父からして来ている事だからである。

　それにつけても、ほしい物は金である。金のないばかりに僕は、こうまで心にもない事を余儀なくして、今度はまたその為に、さんざん同しこころを苦しめ抜かなければならないのだから、考えるといやになる。


　では、これで以て、僕の秘密物語も終りである。無論君は如才もあるまいが、この事は誰にもしゃべらずにいてくれ。またこの次僕と逢っても、この事は口にしないでくれ。僕はもう二度とふたたび、この問題について、口を利きたくはないから。

　君は、僕が今この手紙を書こうと思いついたまでの僕の気持ちは知ってくれるだろう。なら君は、僕のこの頼みも聞いてくれるだろう。しみったれた事を言うようだが、こればかりは固く頼んでおく。

　僕は、一日も早くここを立ちたい。僕は、自分のした事を忘れる点からも、一日も早くここを離れたい。


（「文藝春秋」大正一四年九月号）

愛憎一念

阿佐ケ谷駅から、塩見の借りている家までは、あれでかれこれ、十二三町がものはある。この間を彼は、馬車馬のようにして、歩きながら考えたのである。「どうしたらこの俺は、こうもだらしないんだろう。」と。「どうしたらこの俺は、こうも意気地がないんだろう。」と。

ところでこの考えは、家近くになればなるほど、余計とその烈しさを加えて、塩見のこころを突いてきた。と言うのは、彼が電車のなかで忘れてきた、一個の麦藁と、一包の菓子とを、また此処でもって思いだしたからである。

塩見は、電車に乗ったかと思うと、もう後は、なかば夢見心地だった。とそこへ、「阿佐ケ谷。阿佐ケ谷。」とよぶ駅夫の声がしてきた。と塩見は、叩きの上へ投げつけられた護謨毬のようになって起ちあがると、後はもう物の影に脅かされた兎のようになって、電車から飛びおりて終(しま)ったのである。

　それから、塩見は、しぶい眼を無理からあけて、そこの改札口へきた時だった。彼は、網棚のうえに置きわすれてきた、一個の麦藁と、一包の菓子とを思いだしたのである。そして、彼が頭のむきを変えた時だった。もうその電車は動きだしていた。だから、それらの物は、永久に彼の手から失われて終ったのである。

　なるほど、塩見としてその時は、駅のかかりへ名乗って出さえすれば、それらの物は、取って取りかえせない訳ではない事は、いやと言うほど判っていた。だから彼も、一応はそうして見ようかとも思ったものである。が直ぐと、彼には、麦藁の汚れている事や、菓子は、五十銭で買った事が、あさましい位はっきりと考えだされて来たから、それはもうその儘にして終うことにしたのである。

　唯そうと思いきわめてからも、いや、そうと思いきわめれば極めるほど、尚も塩見には、それまでだらしなく、居睡りにちかい真似をしていた事が悔(くや)まれてきた。が相次(あいつい)で、これも一つは、無理から高木が酒を飲ました所為(せい)だと思うと、彼には高木が、丁度親の敵ででもあるように、心から憎まれてならなかった。それが家へ近づけば近づくほど尚もはっきり考えられて来てならなかった。

　そうだ。それにその夜はまた、甚く暑かった。塩見が側見もふらず、足をはやめて歩いてくると、その中(うち)に彼の体は、ふかし立ての芋ででもあるようになって終った。いや、その芋を、いきなりまた油壺のなかへでも打ちこんだように、彼の皮膚は、流れる汗でもって一杯だった。これがまた、彼の考えを、余計と烈しくして来たのである。

で、塩見は、しまいには焼けになってきた。焼けになって来ると彼は、途中からぬいで、左の手にぶらさげてきた、黒アルパカの背広の上着を、右手に持ちなおした。それを今度は、ちょうど悪戯をした猫の子にでも対するようにして、縦横無尽にふり廻したものだった。然し、それは幾度繰返したところで、彼の気持ちは、少しも癒されなかった。その中気がついて見ると、彼はもう彼の家のまえにきていた。

みると塩見の家も、近所隣りも同様、べた一面に、墨を塗られでもしたようになっていた。だから、その時はまたその時で、彼は、どうしてやろうかとさえも思った。

「きゃつは屹度、今夜はもうこの俺が、帰らないと思ったところから、独りでもって寝てしまったんだろう。」と言う思いが、塩見には堪らなかったのである。が同時に彼はまた、こうも思って見たものである。――

「俺がきゃつと同棲してからと言うもの、仮令それは、まだ三月とは経たないとしても、夜、十一時より遅く帰ったことはない。だから、それに比べると、今夜はもうとっくに十二時も廻っているから、きゃつもこの俺が、今夜は帰らないものだと想うのも、そりゃ無理がない。」とも想ってみた。が然し、現在の塩見は、夜が更けて居れば居るだけ尚も弦をはなれた矢のようになって帰っているだけに、彼の心は、なかなかに済まなかったのである。が根がかの女を想うの念でもって、もう一杯になっている彼は、それはそれ、是は是として、入口のところへ来ると、総べての事を忘れた者のようにして、まず、

「菊子。」と言って呼んでみた。が家の中からは、毛を突ッついた程の返しもなかった。だから、塩見はまた、

「菊子。――菊子。」と言って、続けさまに二度も呼んでみた。然し家の中からは、やっぱり灰の上へ、砂粒を投げたほどの答えもなかった。これがまた、塩見のこころへ火をかけてきた。彼は、その時はやにわに、其処の戸は固より、柱も壁も、皆のこらず叩き倒してやろうかと思った。が然しそれも、いざとなると、所詮はできない相談だった。何故といえば、彼は彼自身を愛するように、飽迄かの女を愛していたから。

で、そう言う非常手段などを、採ることが出来ないとなると、自から塩見は、それとは違った、もっと穏当な方法でもって、かの女を起さなければならなかった。此処においてか彼は、片手に戸を叩きながら、口では、

「菊子。――菊子。」とばかり、もう一度続けざまに呼んでみた。と家の中からは、

「誰方。」という声がもれてきた。

「僕だ。僕だよ。」

塩見は、こう言ってから間もなくだった。そこの軒燈に火がはいり、同時にそこの戸が開けられたから、それはそれで好かった物の、これが不断なら、如何にもうれしそうな眼

差といっしょに、「お帰りなさい。」と言うそれが、その時ばかりは見られなかったから、塩見はまた、言いようのない淋しさに襲われた。その淋しさを押しのけて、彼は言ったものである。——

「お前、寝ていたのか。」と。だがその時も、かの女からは、なんらの返答も聞くことが出来なかった。だから、重ねて塩見は言ったものである。——

「僕、幾度だか知らないが、随分呼んだんだぜ。だがお前は、済まして寝てるんだからな。」

塩見は、腹にある毒を、この詞（ことば）のさきへ、塗りこくって言ったものである。

「済みませんでした。」

その時、やっとの事で、かの女はこう言ってきた。だがそれは、文字通り、ほんの形ばかりだった。其処には、なんらの陰影もなければ、なんらの表情も見られなかった。然し塩見には、それがどんなに気に障ろうとも、それ以上、かの女の態度について、追窮などしようとはしなかった。それどころか、彼は、手にしていた上着を、玄関へ投げだした時だった。

「僕、すっかり莫迦（ばか）みちゃった。」と言ったものである。だがかの女は押しつぶされた虫のようになって、戸の鍵をかけていた。だから塩見は、すぐと後をつづけた。——

「僕、電車のなかで、麦藁をおき忘れてきたんだ。麦藁と、菓子とを。——お前のために買ってきた菓子も一緒に、おき忘れてきたんだ。」

　塩見がこう言っても、かの女はやはり、舌をぬかれた者のようにしていた。そればかりではない。かの女は、戸の鍵をかけて終うと、その儘上へあがって行った。その様子がまた、彼のこころに剣をいだかせて来た。が然し、飽迄かの女に溺れきっていると言って好いくらいに、かの女を愛想している彼は、その剣をだきしめた儘、影の形にしたがうようにして、茶の間へとははいって行った。——彼は、あがり框（かまち）の片隅にぶらさがっている紐をひいて、軒燈を消すと、今にも猛りだって来ようとしている癇癪の虫をおさえて、茶の間へとははいって行った。

　と次の間に吊ってある、青竹色の木綿蚊帳の蔭から、かの女があらい格子縞の浴衣を持って出てきた。塩見はそれを受取ると、

「戸をあけてくれ。」と言って、其処の窓先を、顎でもって、大きく杓（しゃく）ってみせた。それから塩見は、ズボンやシャツを抜（ぬ）いで、浴衣に着換えながら言うのであった。——

「どうも僕、少しアルコールを口にすると、直ぐ睡くなるから弱るんだよ。今夜もそれさ。新宿から電車に乗ると、後はもう、うつらうつらしていた者だから、電車が阿佐ケ谷へきているのを、ちっとも知らなかったんだ。」

「何処で飲んでらしたの、あなたお酒を。」

　この時また、かの女はこう言って、口を利いてきた。——其処の硝子（ガラス）戸を繰ったかの女

は、塩見の眼のまえに腰をおろしたかと思うと、こう言って、口を利いてきた。

「今夜は、高木と一緒さ。」

「高木正一さん。」

「そうだ。何しろ今日は、社でもって僕達は、課長から叱られたんだからな。」

「どうして。」

「どうしてって、僕のは、この頃の遅刻のたたりなんだ。高木は高木で、今日女給仕が剛情なばかりか、余りに骨惜しみをするからと言うのでもって、彼は思いきりひっぱたいたんだそうだ。それが課長の耳にはいった結果が、僕ともども大目玉さ。」

　こう言った時に塩見は、

「随分乱暴ね。高木さんも。それから、あなたは、もっと早くいらっしゃらなければいけないわ。」と言うのを、かの女が口にするだろうと想った。殊に、塩見に対することは、かの女もまた与っているだけに、其処には、消えも入りたいような風情をみせて、これを口にするだろうと想っていた。ところで、それは畢竟空頼みだった。だから、彼は彼でもって、独りでその後をつづけた。――

「で、僕達、今日は一緒に社をでたのさ。それから、一緒に新宿までやって来たんだ。――高木は世田ケ谷へかえるので、市電でもって、追分まで一緒にやって来たんだ。と高木のやつ、僕に、武蔵野館へつきあえと言うんだ。きゃつはまだ独り者だから、帰りの時間などは、どうだって好いんだ。」

「武蔵野館へはいったんですって。」

ここへまた、かの女が口をはさんできた。

「そうさ。仕方ないから、僕もはいったんだ。」

「嘘でしょう。」

「嘘なもんか。はいってさ、終いまで見ていたんだ。」

「だって、武蔵野館は、今頃までやってやしないでしょう。」

「だからさ。何も僕、いままで武蔵野館にいたとは、言ってやしないじゃないか。」

塩見には、かの女が総べてのことを、先潜りして考えているのが、堪らなく不愉快だった。しかもそれは、大部分かの女の嫉妬からして始まっているらしいだけに、彼には余計と不愉快だったのである。

「じゃ、今迄どこにいらしたの。」

「今迄、中央軒にいたのさ。あすこの、電車通りのさ。——何しろ僕達は、日が暮れてからと言うもの、麺麭(パン)のかけらだって、口にしてやしないんだから、腹がペコペコなんだ。で、僕達が、武蔵野館をでると、高木のやつ、何処かへいって、腹を拵えようと言うんだ。それから、僕達は中央軒へはいって、一寸腹塞げをしてきたんだ。帰りに僕、あすこでもって、五十銭がとこ、お前に土産を買ってきたんだけれど、その菓子も、麦藁と一緒に、電車のなかに忘れちゃった。」

「随分暢気さんね。あなたは。」

「僕、ちっとも暢気じゃないんだ。だが、これも友達附合いでもって、高木のすすめる儘に、あれで一本は飲んだだろうか、一寸ビールを飲んだんだ。ところでこいつ、空腹ときているから堪らないや。」

かの女はこの時、黙っていた。だがかの女の眼のうちには、今にも吹きこぼれそうな、嘲笑の影がうかんでいた。少くとも塩見には、そう見られてならなかった。だから、彼はまた、独りでに後を続けねばならなかった。——

「僕、もう新宿の停車場へきた事なども、なかば夢中なんだ。だから、電車へはいって、腰をおろすと、後はもう僕の癖でもって、うつらうつらとしていたんだ。」

「で、あれでしょう。其処へきて、駅夫さんの声が耳へはいると、夢中でもって飛出したんでしょう。棚にあげてある、お帽子もなにも忘れちゃって。」

「そうだ。そうだ。その通りだ。」

「だからあたしそう思うのよ。あなたって人、本当に暢気さんだって。」

「莫迦言ってらあ。」

「だって、そうじゃない。武蔵野館だってそうでしょう。中央軒だってそうでしょう。みんなお金のかかるところよ。」

「けちな事をいうな。五十銭で買った菓子代以外は、みんな高木が持ってくれたんだ。第一、僕、それを払いたくとも、そんな金は持ってやしないじゃないか。」

「だって、あなたは……」

「何が、『だって、あなたは。』だ。」

「だって、あなたは、ちゃんとお金を持ってらっしゃるんでしょう。あたしの知らないお金を。」

「下等なことを言うな。」

塩見はこの時また、彼の心へ、いきなり糞土をぬりつけたように思った。しかもその塗り手は、彼が愛しきっている女だと思うと、彼はあまりの事に、もうその上、詞をかさねる気力さえも無くして終った。そして、唯糞土をぬられた、彼のこころに上ってきたのは、金持ちになりたいと言うことだった。自分に、もう少し金の余裕さえあれば、恐らくはこの場合、かの女をして、こう言う卑しい詞など、決して使わせはしなかっただろうとも思った。

仮令かの女には、内に、なお嫉妬の情があるかぎり、それは幾ら多額の金をもってしても、この場合かの女の採った、さもしくもまた悲しい態度や言語などは、封じきる事はできないかも知れない。が然し、いまの自分が、いまよりももっともっと金持ちでさえあれば、かの女の嫉妬が、どんなに烈しい形でもって迫って来ようとも、こうまで自分は、自分のこころを、取りみだすような事はあるまいと思うと、塩見には、只管(ひたすら)に貧乏な身のうえが、悲しまれて来てならなかった。が一面には、そうも思うとともに、他の一面には、その貧乏な自分に対して、かの女は尚、あげて心身をゆだねていてくれるのだと思うと、今更に彼は、いきり立ってきた拳をも、自然と内へ納いこんで終わねばならなかった。で、それからだった。彼は言ったものである。――

「あれだぜ。お前の国は、大洪水だそうだぜ。」と。

塩見は、かの女の心根をおもいやると、此処でまたなんとか言ってかの女を慰めてやりたくなって来た。だから彼は、ここで以て、こう言ったのである。

ところで、相手は聾にでもなったようにして、黙っていた。かの女は、今しがた彼の採った態度に対して、恐れをなしたのだろう。かの女は持ちまえの白い顔へ、一味の青味さえも見せて、黙ったまま俯向いていた。だから、それを眼にすると、彼は尚も、わざと調子に弾みをつけて言ったものである。――

「僕、さっき中央軒でもって、朝日新聞の夕刊をみたんだ。と一面に大きく出ているんだ。栃尾町(とちおまち)だけで、百人余りという者、溺死しちゃったと言って。それに、家の数も、何百と言ったっけ。水に押しながされちゃったと言って。そうだ。それに、大洪水の出たところは、栃尾町ばかりじゃなくて、あの辺一帯なんだそうだぜ。あの辺一帯が、すっかり水漬になっちゃったらしいんだぜ。」

塩見がこう言っても、かの女はやっぱり唖になっていた。

「どうだ。兄さんのところを、見舞ってやっては。」

かの女の故郷というのは、新潟だった。新潟は、栃尾のすぐ傍にある宮内だった。そこには、かの女のために、実の兄になる者の家族が住んでいるのである。ところで、かの女は、塩見と同棲してからと言うもの、其処へは唯の一度も、唯の一度端書(はがき)さえも出したためしが無かったのである。その癖かの女は、どうかすると、兄夫婦のことを思いだしては、

「あたし、今度こそ、兄さんへ手紙をやってみるわ。」などと言うのであった。がそれも、声音というものは、口をはなれるが最後、もう空中に消えて終うも同じように、ついぞそれ迄に、唯の一度も実行された事はなかった。で、一つはこれを思いだしたところから、塩見はその時、こう言って、かの女の気をひいて見たのである。

「いやですわ。あたし。」

やっとの事で、そこへかの女が口を利いてきた。

「どうしていやなんだ。見舞状でもやったら好いじゃないか。」

「だって、あたし……」

「『だって、あたし。』がどうしたんだよ。どうしていやなんだよ。」

「だって、あたし、兄さんとこへ、見舞いの手紙を出すのは好いけど、若しそんな事をす

れば、直ぐとあたし、あなたのところにいる事が、分るんですもの。兄さんにも、姉さんにも。」

「好いじゃないか。分ったって。」

「そりゃ、分ったって好いけど、だって、あたし、何時あなたに、おん出されるか知れませんもの。」

「莫迦。何を言ってやがるんだ。」

塩見は、この場におけるかの女の一言によって、いよいよ堪らなくなってきた。彼自身は、命にかえて愛しているだけに、相手からも、また同じように命にかえて、愛されている者だとのみ思いこんでいたのが、事ここへ来ると、見事それは、彼一個の想いみていた、それこそ夏の夜の夢だったと言うことが、火を見るようにして、彼に考えられてきた。それと共に、この時また、そもそも彼と、かの女とが、相知るようになった当時のことが、はっきりと彼に思い出されてきた。

それは、また其処ここに、桜の花の咲きのこっている頃だった。塩見は、ある晩友人にさそわれて、一緒に飯を食べに出掛けたのである。とその時何にあてられたのか、夜の明けがた近くなると、彼は烈しい腹痛をおぼえて、輾転反倒(ママ)させられた者である。その頃彼は、牛込(うしごめ)の下宿屋にいたのである。

で、これは夜が明けはなれてからだった。宿の者にたのんで、医者を呼んできて貰ったのである。がその医者の診断によると、これは急性腸加答児だった。そして、その医者の肝入りでもって、その時雇ったのが、これ取りも直さず、現在彼が同棲している女だったのである。かの女はその頃、東看護婦会にいるところの、一個の看護婦だったのである。

これが、夕立前の空合いでも見るように、真黒になっている塩見の頭へ、あの電のようになって、はっきりと思いだされて来たのである。とその時だった。かの女が言ったものである。――

「ええ、あたし、莫迦よ。」

「なら出ていけ。とっとと出ていけ。僕のところには、そんな下等な莫迦はおけないんだ。」

塩見の手は、こう言うが早いか、もうかの女の鬢のあたりに飛んでいた。いや、それは鬢ばかりではなかった。相次で今度は、皿も砕けよとばかり、かの女の頭をめがけて、続けざまに、五つ六つひっぱたいた者である。とかの女は、横倒れに倒れたまま、思いきり声をあげて、泣き出してしまった。

「なんて態だ。野羊のばけ物め、口惜しきゃとっとと出ていけ。」

次の瞬間に、塩見はこう言ったかと思うと、やにわに起ちあがって、かの女の胴腹を足蹴にした。とかの女はまた、火をつけられた者のようにして、尚も大きな声をあげて泣きだしてきた。

それを耳にすると、塩見はさらに、火を呑まされた者のような憤りを感じた。――かの女の泣きかたが、火をかけられた者のようなら、彼のは飽迄、それを内に入れた者のみが感ずる、堪らない憤りがあった。

而(しか)もそれはみな、無知なおんなの持っている嫉妬か、でなければ猜疑憶測のために始まっているのだと思うと、塩見は、どうして好いかさえも分らなくなって来た。終いにかれは、

「出ていけと言ったら、とっとと出ていけ。」と言って、もう一度かの女の頭を足蹴にした者である。とかの女はまた、新(あらた)に火をつけられた者のようにして、悲鳴をあげてきた。それに彼は耳をかたむけながら、後はあの摩利支天のように、暫くの間というもの、凝(じっ)とそこに突ッたっていた。

(「太陽」昭和二年三月号)

予定の狼狽

隣の洋服屋から、絶えずミシンの音がきこえて来る。この間へまた、時々ではあるが、鏝(こて)の音がきこえて来る。——隣の洋服屋は、越してきてから、その日でもって四日目になるのだが、これが前の日からして絶えずこうした始末なのである。これを耳にしていると、西尾にはなんとなく、この世の険しさ加減を、雄弁に説かれてでもいるような、そうした気持ちがしてならなかった。

中でも、鏝の音が溜らなかった。これが偶(ふ)と西尾に、銃の台尻と、土によごれている板敷とを思いえがかせて来た。これがまた見るみる中(うち)に、あの残忍な軍隊生活とともに、あの酷薄な刑事事件とを連想させもした。だから、終(しま)いには彼も、隣の洋服屋へむかって、こうもいってやりたくなってきた。——

「おい洋服屋。お前はいま直ぐと、ここから立退いてくれ。でないと、俺の気が違いそうだぜ。俺の気が違ったが最後、俺はいきなりお前のとこへ飛びこんで行って、残らずお前達を、叩きころして終うかも知れないぜ。」

ところで、これは所詮できない相談だった。となると西尾は、今度は彼のほうからして、近々のうちに、何処か他へこして行こうと思った。郊外へでも越して行こうと思った。四辺の静寂さ。家賃の安価さ。それに空気の新鮮さなどを考えると、彼は明日にも、ここを離れて、郊外へいってしまおうかと思った。がその時また、彼が現在持っている金のことが考えられて来た。これが大写しになって、彼の頭に考えられてきた。

それは、どう多分にみ積もってみたところで、もう二千とはあるか無しだった。だから、ここでもって彼の考えは、またこの金額と、彼等夫婦の生活費との方へむきを変えていった。が扨て、どう内輪に算盤をとってみても、それだけの物では、長くも今後二ケ年間もつか持たぬか、それさえ危ぶまれてならなかった。

だから、この一事をおもうと、折角西尾がこころの中でもって、一心に描きあげてきたその風景画をも、彼はまた立ちどころに、踏みやぶいて終わねばならなかった。そして、この時また彼には、丁度チュウインガムでも口にするような意気でもって、新に今後の生活方法なるものが考えられて来た。かと思うと、そのところへまた、不断彼の細君が口にする詞の数々が、はっきりと彼のこころに結びついて来た。

「あたし、あなたって人も、随分だと思いますわ。そうじゃありませんか。あなたは、もうちゃんと、法政大学ってところを卒えてるんでしょう。だのにあなたは、何処へ勤めようてんでもないんですからね。あなたって人は、いくら知りあいの方達が、勤め口をもって来てくだすっても、『もうしばらくうっちゃっといてくれ給え。僕、少し考えがあるんだから。』とこうでしょう。全くあなたって人、変ってますわ。」とあった、それもこの時思いだされて来た。

「あなたは何時もこうでしょう。——『僕も不幸な人間さ、僕、いつも思うんだ。僕も一層人間にうまれる位なら、思いきり物持ちのところへ生れるんだったった。でなきゃ僕、思いきり貧乏人のところへ生れるんだったと、こう思うよ。そうじゃないか。これが物持ちなら、どんな事があったって、一生食いはぐれがないんだからな。反対にこれが、貧乏人なら貧乏人で、はなからその気でもって稼ぐから、その日その日の食うことに困るようなこたあなかろう。いや、これがまかり間違って、食えなくなりゃ、物持ちなどの知らない気安さでもって、物貰いにもなれらあ、また盗みかたりだって出来ようじゃないか。ところで、こいつ俺のような身分だと、なかなかそうは行かない。俺は、田舎の小地主にうまれたばっかりに、進んで稼ごうという気がないんだから。無かったたんだから。何しろ、つまらない人間の仲間入りして、糞面白くもない、機嫌気褄をとって暮さなくとも、僕とにかく今日まで、腹もすかさず、生きて来られたんだからな。一体、人間って代物は、必要に駆られなきゃ、動かないように出来てる者なんだ。だから、誰だって、遊んでいても、食って寝ておれるのにさ、それを塵か芥扱いにしてさ、起きて働くってわけにゃ行かない者なんだ。』とおっしゃるんですからね。」とあった、それも思いだした。

それから、これはまたその続きだっただろう。西尾の細君はいうのだった。

「そうそう。それにこうでしょう。あなたは。――『その小地主の倅も、もう親父やおふくろが亡くなって、ものの十年とたつか経たない中に、もうすっかり、親譲りだといえば、その親譲りの小金も食いつぶしてしまったから、その中にゃ俺も、草鞋をはかなきゃならないだろう。幾らいやでも人間食わずにゃおれないから、そうなったらこの俺だって、朝も早起きしようし、仕儀によっちゃ、鶴嘴も持とうじゃないか。今もいった通り、人間って代物は、必要さに駆られなきゃ、手だって足だって、微塵動かさないように出来てるんだ。ところでこの俺も、いよいよ頭に火が降ってきたら仕方がない。動こうじゃないか。いや、動かずにゃおられないじゃないか。だから、こう余り、はたから騒ぐのはよして貰いたいな。』とおっしゃったでしょう。ねえあなた。いよいよその時ですわ。今が。もうあたし達のお金だって、二千円に手がついてますのよ。ですからあたし、この際なんとかしなきゃと思いますわ。この儘にしていた日には、あたし達、お菰さんですわ。ですからあなた、何か商売をしましょうよ。小間物屋でも好きゃ、荒物屋だって好でござんすわ。小体にひとつ、何か商売をしましょうよ。少しくらいの元なら、あたし、里から借りてきますわ。」

で、西尾は、これらの事を、頭のなかで嚙みくだいてしまうと、今度はたちあがって、そ処の茶簞笥のうえに乗っている、その日の時事新報をとった。そして、彼は第八頁目へいっぱいに出ている広告へ眼をもって行った。

これは、何処かにそれらしい貸家でも出ていたら、其処へ越していって、何か商売でも始めてみようと思ったからだった。だが履歴といえば私立大学の法科を出て、あとは遊んで寝てばかりいた彼だけに、どの商売は、どうした手続きでもって始められる物なのか、そこいらの見当は、微塵ついていなかった。唯この時、彼の頭へ、いくつかの、金縁の額のかかっている、あの深い海のなかを思わしめるような、濃い色から成る壁がうつってきた、（ママ）そして、高貴な夫人の頭でもみるような、金銀の瓔珞でもって飾りたてられたシャンデリアの下に、水色や、桃色や、薄紫の衣をつけた幾人かの少女が、空飛ぶ蝶のようにして、そこいら中を飛びまわっているの状がうつッてきた。断るまでもなく、これは一個のレストランなのである。

およそ、数ある人間の趣味嗜好中、もっとも重きを成している物は、飲食の一事であると思いこんでいる西尾には、この時ふと、こうした空想もうまれて来たのである。ところでこれも、どれだけの用意があったら、実際にすることが出来るか、そのことについても、彼は一切無知無案内だった。だから是もまた、鏡のまえを駆けぬけて行く、あの自動車の影もどうようになって終った。が反対に、絶えず聞えてくるのはミシンと鏝との音だった。

これは此処へくると、西尾には、一個の気の違った大砲の砲身を考えさせてきた。同時にそれは、動きまわって歇まない、一個の浚渫機にかわって来たりした。――彼はかつて、ある川で、浚渫工事をしているのを眼にした事がある。その時、そこにつながれている船のうえでもって、一個の浚渫機が、これもまた気の違ったような音をそこいら一面にふり立てながら、小休みなく動いているのを耳にした事がある。それらがこの時、彼の頭によみがえってきた。

そこへ、西尾の細君がかえって来た。かの女は、夕餉のあと片附をしてしまうと、通りの八百屋へまで、明日の買いだしに行ってきたのである。

「これどう。綺麗でしょう。」

西尾の細君は、台所口からはいって来ると、いきなり彼の眼の前へ、一枝の梅と、三本の水仙とを持ってきた。

「八百屋のおかみさんね。これをくだすったの。」

西尾の細君はこういったと思うと、ともに、茹玉子を横にわったそれのように見える花を、というのが下司張っているなら、下には白袴をつけて、青磁色した厚肉の葉と、鶏の脚をしごき延ばしたような枝のうえについている、あの黄金をのんだ白玉細工の花をかの女の鼻先へ持っていった。それから、それを茶箪笥の上に置くと、忘れものでも思いだしたようにして、長火鉢の上へ、両手を差出してきた。――そこにのっていた鉄瓶をとりのけると、その後へ両手を差出してきた。

「外の寒さっちゃありませんわ。手なんかこうですの。」といったかと思うと、西尾の細君は、片手を片手のうえに重ねて、リスリンでも擦りこむようにした。見ると、不断は使い水のために荒されて、丁度麦焦しでも吹きかけられたようになっている手の甲も、この時は、冷たい風にさされた所為だろう。腐りかかった茄子のようになっていた。

「あれですわ。あなた。今ね。あたし八百屋さんで、坂本の奥さんに逢ったんですの。逢って聞いたんですの。あれですって。坂本さんのお嬢さんね。あのお嬢さん、今から十日ばかり前に、死んじゃったんですって。病気は、うちの正夫もおなじに、急性肺炎だったんですって。でね坂本の奥さん、そうおっしゃるの。――『こうなんだかあたし、胸へ大きな穴でもあけられたような気がして、ちっとも落着きませんわ。』って。」

「坂本って、どこの人。」

「あなた知らない。ほら、加納さんね。講道館ね。あすこの直ぐ手前に横町があるでしょう。その横町にいる方ですわ。旦那様は工学士ですって。」

　西尾は黙って、刻み煙草をのんでいた。と、彼の細君は、また詞をついできた。

「でね。坂本の奥さんがおっしゃるんですの。あたしに。『奥さん。あなた、お子供さんがないんですか。』って。でね。あたし正夫のことをはなしましたので。(ママ)するとね。『その後はおできにならないんですか。』って、おっしゃるんですの。」

「そこでお前は、『もうあたし達、種切れですわ。』といっただろうな。」

「まさか。あたし。」

「どうだ。お前、子供がほしいか。」

「そりゃ、あたし女です者、ほしいと思いますわ。あなたが家をあける時など、余計にそう思いますわ。」

西尾はこの時、あいだに長火鉢さえなかったなら、行きなり彼の細君をひきよせてかの女の額へ口づけしてやろうと思った。というのは、幾分意味はちがっていても、彼もまた、その後しばしば、子のない淋しさ故に、胸をひやされる事があるからだった。なんだかこう自分一人、広い野のはてに、何時までも何時までも、立っているような、遣る瀬ない気持ちにされ勝（がち）だったからだった。

「常談いうな。僕、家など明けないじゃないか。以前はとにかく、このごろでは。」

「そりゃ、そうですけど。」といって、ちょっと間をおいてから、西尾の妻君（ママ）はいうのだった。――「あなた。このごろに一度、あなたもあたしも、よくみて貰って来ましょうよ。良い先生のとこへ行って。あたし、きっと、どこか悪いんだと思いますわ。あなたかあたしの中。どっちかですわ。」

「つまらない事いうなよ。」

「だって、今のようだと、あたし達、これから先へいって、困りますわ。」

「問題はそこなんだ。――僕達は、これから先へいって困るんだ。だけれど、生れる子供は、日の目をみた日からして、もう弱らされるんだからな。」

「どうして。どうして弱るんでしょう。」

「だってそうじゃないか。子供を本当にそだてるには、金が掛かり手が掛かるんだ。ところで、僕達は、それを持っちゃいないんだ。手だけは、お前という者がいるからいいや。まあいいとするんだ。だが、生憎なことに金がないや。」

「だって……」

「いや、お前は、現在僕達の持っている金をさしていうんだろうが、あれだぜ。これは何を措いても、僕達の食いぶちに当てなきゃならない金だぜ。だから、いまの僕達は、子供どころの騒ぎじゃないんだ。子供よりさきに、僕達の身のふりかたを、はっきり定めて掛からなきゃいけないんだぜ。といったら、お前は得たりかしこしで以て、だからいわないこっちゃないとばかり、僕に食って掛かる事だろうけれど、それからして、まだ僕には、これという見当さえもついていないんだからな。その難行苦行中に、子供のことでもなかろうじゃないか。」

「そりゃ、そうですけれど……」

「『そりゃ、そうですけれど。』じゃないよ。その通りじゃないか。」

やっとの事でもって、西尾は、彼の細君の愚痴というのか、それとも提案というのか、それを此処でもって食いとめて終った。が然し、さすがに彼も、子供のないのを考えると、自然にこころは闇のなかでもって、重いおもい、重しをつけられたようになってきた。

西尾が、彼の細君から、今後の生活方法について説かれたことは、昨日今日のことではなかった。同じように、その後できない子供のことを歎いて、専門医の診断をうけてみようといわれた事も、昨日今日のことではなかった。恐らくはこれは、前者よりは、十年も前からだったかも知れない。

ところで、一度子供をもってからというもの、西尾はもう二度とふたたび、子供を持とうなどとは思わなかった。何故といえば、話に聞いていた通り、彼のためには細君であるかの女は、子供の顔をみるが最後彼よりはむしろ、子供の者になって終ったからである。無論彼とても、理性においては、それを当然だとは思ったものの、然し彼の感情は、なんとしても、これを肯じなかった。のみならず彼には、姙娠や分娩ということが、どんなに母なる者の容色を、つまり、彼のためには飽くまで細君である者の容色を、無遠慮に奪っていくものかということを知ってからは、更にさらに、一種の暴君である子供なる者を、眼にしようなどとは思わなかった。だから彼は、その後つわりを見るらしい、その気振りだにないかの女の様子を眼にすると、そこには、溢れんばかりの喜びがあっても、微塵悲

しみの影だになかった。だから彼は、

「あたし、何処か良い先生のところへ行って来ようか知ら。だって体のようすが変ですもの。あなたも行きません。本当はあなたかも知れませんわ。あかちゃんの出来ないのは。」などとかの女からいわれた時などは、

「つまらないことをいうな。僕、医者のところへ行く隙がありゃ、そんな隙や金がありゃ芝居をみて来るな。眼の保養になるだけでもこの方がどんなにいいか知れないや。」といって、これが夏場なら、眼の前へとんでくる、あの蚊でも叩きつぶすようにしてしまった。そのことがこの時、西尾にはまた、なんとなし悔まれてきた。

「これがもしあの時だったらな。」と西尾は思った。

「これがもしあの時だったら、眼糞をとるよりも、もっともっと手軽に、医者へ行けたんだ。その上で、しなきゃならない物なら、どんな手当だって、思う存分にできたんだ。何しろあの時分のことなら、いやこれは、今から四五年前までなら、しようとさえ思えば、大抵のことは出来たんだ。で適宜の手当をして、女の体さえ本当になっていたら、もうこのごろでは、少くとも二人の子供ができていただろう。その子供はもう大きくなって、上のやつはもう学校へ通っているかも知れない。頭割いくら掛かったにしても、その時のことなら、四人や五人のものを養っていく位は、なんでもない事だった。大兵肥満のものが、一二町のところを、ビイルの半ダアスも、手にさげて行くくらいの者だった。いや、

これがまるでそれとは反対だったにしろ、その時はまたその時で、どんな苦労でもしただろう。自分の子供故なら、どんな苦労でもしただろう。人間って代物は、そういう風にできてる者らしいから、俺もきっと、その時はまたその時でそうした事だろう。」

西尾はこう思って、また臍を噛んでみた。が然し、それはどっち道、もう返らぬことだった。そして、彼の現在には、もっともっと、差迫った生活問題が顔をだしていた。これに眼をつけると、更にさらに彼のこころは、闇のなかへ吸いこまれて行った。其処へまた、隣のミシンや、鋸の音がしてきた。待っていたといわんばかりに、それが烈しく彼の耳についてきた。

それがこの時、西尾には、厩につながれている馬が、やけに足をあげて、下なる板敷を蹴ってでもいるように想われた。かと思うと、今度は、幾台かのオートバイが、前後左右に駈けずり廻っている、それのようにも想われてきた。暫くの間、これを耳にしていると、やがて彼には、彼の眼前へ抱えきれないような、あの大きな砲弾の降ってこないのが、世にも不思議なことに思われてならなかった。とそこへ、彼の細君がなんと思ったのか、

「今日は、二十八日ね。」といってきた。西尾はだまっていた。とまた、彼の細君がいってきた。——

「今年のお正月も、——お正月って月も、もうあと三日ね。」

こういうと、西尾の細君は起って、茶箪笥の上へ(ママ)に載っている、梅と水仙とを手にした。それを見て彼がいったものだった。――

「おい、俺に着替えを出してくれ。俺、これから、ちょっと和田のとこへ行ってくるから。」

今度は、西尾の細君がだまっていた。

「おい、早くしてくれ。俺、急ぐんだ。」

こと此処へくると、西尾の調子は、ペン先のようになってきた。――彼は、彼の細君の口をとおして、その夜が正月になる三日前の夜だということを知ると、もうそこに、凝(じっ)として居られなくなった。と同時に彼の頭へ和田のことが思いだされて来た。現在、ある大新聞の社会部につとめている親友和田のことが思いだされてきた。

で、これが頭について来ると、西尾はすぐに駆けつけて行って、今後の身のふり方について、一つ和田に、相談を持ちかけて見ようと思った。その心へ、火のようになっているその心へ、またも隣から聞えてくる物音が、多量な油のようになって、じとじとと沁みてきた。

（「週刊朝日」昭和二年四月一七日号）

赤恥を買う

　午後の二時頃だった。その日もまた吉田は、三宅のところへ出掛けて行った。彼が三宅のいえ近くへやって来ると、そこの八畳に、ぼつ（ママ）ねんと坐っている三宅の姿が、生垣越しに見えて来た。その時彼は、やけに足をあげて、そこの垣根を蹴飛ばしてやろうかと思った。彼にはこの場合、物と物とのけじめを附ける為にしつらえてある、「垣根」なるものが、焼（や）けに彼の気持ちを煽ってきてならなかった。

　で、一心にそうした焦燥さを感じながら、吉田は門とは名ばかりの門をはいって行った。それから、これも名ばかりの庭先へ行って突ッたった時だった。

「あがりたまえ。」とばかり、三宅は吉田のやって来るのを、待ちかねていた者のようにして、詞（ことば）をかけてくれた。

「僕、今日君は留守かと思った。」

「どうしてさ。」

「どうしてッて、何しろこのお天気だからさ。」

こう言いながら吉田は上へあがった。上りしまに彼は、そこの左右に、二枚宛かさなり合って立っている障子をみた。とまれ矢庭にそれを蹴飛したい焦燥さを感じた。——彼はこの障子に眼をとめた時に、いましがた彼の妻と、彼は障子紙をはりかえる替えないに就いて、言いあった事を思いだしたからだった。思いだしたと言えば、そこに立っている障子紙も、彼のうちに立っているそれと、寸分違わなかったからだ。——ところどころに膏薬張りがしてある。そして、地色は老婆の肌ででもあるように、茶掛かって濁っている。それがまた、この場合焼けに彼のこころを煽ってきたのである。

「今また差配のやつがやって来てさ。思いきり僕の胸糞を悪くして行きやがった。」

やがて吉田は、どう贔屓眼でもって見ても、三宅の持物としては、不似合至極な、大型な紫檀卓子のそばへ来て腰をおろした。それは、三宅が、亡くなった長兄の形見として手にいれた物だった。

ところで三宅は、吉田同様、昨日今日は、煙草銭にも追われて来ると、この長兄の形見をどこかへ売りこかして、金に替えたいと言いつづけているのである。これはその前の日のことだった。

「どっかに古道具屋がないだろうかかな。」と言ったのは、(ママ)三宅がこう言ったのは。

「さあ。この辺にはな。」と言ってからだった。「ほら、郵便局隣りに一軒あるじゃないか。『新古道具商』ッてうちが。」と、やっとの事に、吉田が思いだした儘にこう言ってやった。

「ああ、そうか。一つ、きゃつのところへ掛合ってみようかな。」

これは、それより一日置いて前の日だった。三宅が、醤油をあつらえに行くという妻にことづけて、それと一緒に、酒を五合ばかり持って来るように、そう言えと言ってやったのは好いが、こいつ電気のつく頃になっても、一向に音沙汰がないのだそうだ。で、日暮れに、銭湯へ行こうとする妻に、もう一度そう言って催促させてみると、酒屋の言いぐさがいい。

「直ぐにもお届けしますから、今度のだけは、現金にして頂けますまいか。」と来たものだそうだ。と三宅の妻も、不意に臍のあたりを、突ッつかれでもしたように思ったのだろう。

「それじゃ好うござんすわ。」とばかり、これを投げつけるようにして、其処から出てきたのだそうである。

「人食ってるじゃないか。金を持ってる位なら、誰があんなどぶろく屋へ、こっちからお
み足を運んでくやつがあるもんか。」と言ってから、三宅がはなすのだった。――

「こうなりゃ仕方がない。ありさえすりゃ、おふくろの腰巻だって、売りこかさなきゃ生

きちゃ行けない。だから、今日は一つ、その新古屋へでかけて行って、この紫檀卓子をかけあって来ようよ。君の知ってる通り、いよいよ僕も、金にかわる物といっては、もうこれだけになっちゃった。」と言ったのは。この曰くいんねん附の代物を眼にすると、吉田は、

「三宅のやつ、口では鼻糞のように言っても、いざとなると、未練の糸でもって、括りつけにされてるのかな。」と思いながら、其処へどっかりと腰をおろした。下してから、

「今また差配のやつが云々。」というやつを言ったのである。と三宅は、それを受けていった。

「また能くるな。差配のやつ、君のところへさ。」

「なんのこたあない。暴力団にみこまれた、物持ちのうるささだ。僕は。」

「そいつはちと当らなさ過ぎるがな。だけれど、うるささ加減は、同じことかも知れない。」

「知れないどころか、それ以上さ。何故といって見給え。物持ちはいくらうるさくとも、元々持っているんだから、時と場合によっちゃ、『福は内、鬼は外。』でもって、幾らかでも、持っているやつを、ばら蒔くことも出来ようじゃないか。だが僕などは、それこそ無い袖だから、なんと言われたって、振りようがないんだからな。」

こう言ってから吉田は、その癖、彼のためには悪鬼羅刹のような差配を、みごと振飛ば

し、追出して終ったまでの経緯を語って聞かした。それから彼はまた、彼の妻から、足らわず勝の米塩について、滅茶苦茶に泣きつかれた事をはなした。

唯此の場合語らなかったのは、事のここに立至るまでの原因だった。それは、同じところに勤めていただけに、三宅の今日あるのも、皆彼とおなじ事からだった。

つまり彼等は、世の不景気の煽りをうけて、この春脆くも休業しなければならなかった赤池銀行から追われたところから、今の窮迫地へとは落ちてきたのだった。この窮迫地への出発もどうようなら、彼等がこの出発当時手にしていた旅費、――窮迫地への出発旅費というのは、ちと可笑しいけれど、彼等がその後何ケ月かの命をつないで来ていたのは、一に解雇当時雇主からさずけられた、手当金がそれだった。

ところで、多くもないこの手当金は、寝ていて食えば、山も空しくなる前には、馬の口にする、あの犬の食物もどうようだった。そして、これは、はなからして吉田が知っていたように、三宅だとても、いやというほど承知していた事だった。だから彼等は、ともに彼等の妻から発する警告を待つまでもなく、それぞれに就職口にあたって見たのである。が既に百万円の資本を擁していた銀行の入口へ、「休業」の札をぶらさげさせて来た世の不景さは、何処へ行っても、彼等にあらたな就職口を授けてはくれなかった。その結果が、ついに差配をしてお百度をふませたり、酒屋をして、取引方の拒絶をさせて来たのだった。

だから吉田は、こぼしても好ければ、彼の胸のうちに、波々ともり上っている愚痴なるものを、この時この際、思いきり零してやろうかとも思った。が考えてみると、これは幾ら繰返したところで、所詮どうなる事でもなかったから、彼は彼の胸の上へ、「あきらめ」と言う蓋をして、愚痴という愚痴は、一言もそとへは洩すまいとした。唯それだけに彼は、その日差配のやって来たことや、彼の妻が、その日その日の米塩のことに就いて、はては涙迄もみせて来たことを語ってからだった。

「僕もこれから、暴力団へでも加入しようかな。加入して物持のところへ、押掛けて見ようかな。」と言ってきた。吉田はこれを、能く絵でみる龍のように、まるで火でも吐くようにして言ってきた。

「賛成賛成。——僕、これから就職口なんか見附るひまがあったら、其処いらの籔へいって、竹槍の五六本もこしらえる積りだ。」

「まったくそうでもしなきゃ、僕達の命にかかわろうと言うもんだ。」

こう言ってからだった。吉田は顎でもって、眼のまえの紫檀卓子をしゃくりながら聞いてみた。

「こいつまだ売らないのか。」と。

「うむ。今売りそこなったんだ。こいつを。」

三宅はこう言ったかと思うと、すぐ後をつづけて、

「どうだい。ちと其処いらをぶらついて来ようか。」と言ってきた。

「よかろう。」

そこで吉田は、三宅同様、焦茶色のハンチングを手にして、共にそとへでた。出しなに、

「お邪魔しました。」という詞を、裡のかなたにいる、三宅の妻のほうへ掛けることを忘れなかった。

外へでると、それまで其処の桐の木のうえでもって、頻りと鳴きかわしていた一羽の百舌が、どこかへすいと飛んで行った。その百舌の影をみおくった眼を、手元へひくとたんに、庭の片隅に、花はつけず、実ばかりを結びつけている朝顔のつるが、吉田の眼にからんできた。その時に彼は、秋も次第にたけて来たのをおぼえた。

それから彼等は、打出した碁盤でもみるように、ところどころに打建っている家の間をぬけて、畑地のほうへと出てきた。畑には、引きわすれられた茄子があった。また、これから盛んになろうとしている葱もあった。また、其処此処には、陸稲があり、里芋があり、大根もあった。これらがところどころに粉でも零したように見える白雲はあっても、一体にたかく張られた浅葱幕のような空のもとに、凝と しずまり返っていた。

この間を彼等は、かたみに語りあいながら歩いてきたのである。話は三宅の売りそこなったという、紫檀卓子のことから始まっていたのである。

三宅のはなしに依ると、それは吉田が、差配とやり取りしていた時だっただろうと言うことだった。前の日の暮れかたに、彼が教えてやった郵便局隣りの新古屋へいって、明日紫檀卓子をみに来るようにと言って来たのだそうである。と丁度三宅夫妻がひるめしの箸をおいたところへ、その新古屋が、連れを一人つれてやって来たのだそうだ。聞くとその連れというのは、新古屋とは同業者でもって、これは次の駅近くに店をだしているのだそうである。

「御承知の通り、手前はやっと昨今店をだしたばかりで、元手もうすい上に、まだ能くはこの道のことには通じていませんような訳で……」と言って、今一人の道具屋を引合した新古屋は、もみ手をして見せたそうである。

それから、三宅もさる者である。座敷のまんなかに据えてある紫檀卓子へ、欝金木綿でできた乾布巾をかけながら、これを幾らで引取って貰えるだろうかと切出したのだそうである。と二人の道具屋は、変態性慾者が、一個の佳人にでも対する時のようにして、その紫檀卓子の肌をなすったり、またこれを横にしたかと思うと、今度は仰向けにして、仔細に点検した上でもって、二十円に買おうと言うのだそうである。新古屋についてやって来たほうの道具屋が、そう言うのだそうである。

で、これを耳にすると、元来気短な三宅は、むかむかして来たそうである。だから三宅はその時、

「じゃ今からこいつをわって、銭湯へでも持ってって見ましょうよ。」と言ってやったそうである。ともう一度紫檀卓子の肌をなすった道具屋は、もう五円奮発しようと言ってきたそうである。そして、

「あなた様は、これを紫檀卓子だとしてお求めになったんでしょうけれど、本当は花梨ですからね。」と言ってきたそうである。

これがまた、燻出している三宅の疳癪玉へ火をかけて来たから、三宅はわれを忘れて呶鳴りつけたそうである。

「帰れ、帰れ。いくら貧乏したって、僕、まだ贋金使いはした事はないんだ。これが花梨なら、僕、腹をたたき切って、死んでやろう。だが断って置くぜ、その時には、この僕の腹をたたき切らしてくれる、君達もたたき殺してやるからそう思え。」といって、その紫檀卓子を、天井までも舞いあがらせるような調子でもって、呶鳴りつけてやったそうである。

「いやどうも、旦那のように……」

「まったく、驚きましたね。」

道具屋達は、かたみにこう言いながら、煙草や帽子を手にとるが早いか、親の死にめにでも赴く時のようにして、帰って行ったそうである。が此方は三宅である。三宅はそれを聞くと、

「腰をぬかすなら、勝手にぬかすが好いや。――なんだと。旦那がどうした。愚図愚図言わずと、とっとと失せやがれ。莫迦野郎。」とばかり、道具屋達のうしろから浴せかけてやったそうである。と其処へつぎの間にいた三宅の妻が、

「良いおきちさんね。あなたも。」と言ってきたそうである。これが始まりでもって、三宅と三宅の妻とは、貧乏人のならわしで以て、その中とうどう、米櫃から火を出して終ったのだそうである。

この話を耳にすると吉田には、道理で今日は、三宅の妻が、ついぞ顔だに見せなかった謂われ因縁のほども、独りでに読めてきた。同時に、三宅がそうした、狂態といえば狂態を演じたのも、その因ってきたるところは、これ皆貧乏からだと思うと、その場合彼には、なんと言って好いか、それさえ一向に分らなかった。ところへまた、三宅が言ってきた。

「どこかに違った古道具屋がなかろうかな。僕、五十円なら手離すんだがな。何しろあれは、今から二十年もまえに、兄が五十円出して、知合いから譲りうけたんだそうだからな。」とばかり、滅入るような歎声をもらしてきた。

「さあ、何処ッかにありそうな者だがな。もう一軒位は。」

吉田はこう言いながら眼をあげて見ると、そこはもう何通りというのか、八百屋、薬屋、染物屋などのある通りだった。で、その突きあたりの、洋服屋のまえに出た時だっ

た。彼は、飛んで行こうとする小鳩をだきすぐめる(ママ)ような思いでもって言った。——

「ある。ある。この先の炭屋のとなりに、がらくたを商っている店が一軒あったっけ。彼処(あそこ)へ行って、一つ掛合ってみようよ。」

こう言うが早いが、吉田はそこを右にまげて歩きだした。彼はその時、彼の持っているオーバコートをみつめていた。と言うのは、汚れていても、脊広はもう一年位、がまんすれば手を通せない事もなかったけれど、一方オーバコートは、何処をどうしてなりと、今年は是非仕立直さなければ、身につける訳には行かないように甚くなっていた。だからその事をおもうと、今度はむしょうに、これが仕立直し賃がほしくなって、幾度だが(ママ)、彼のこころに唾を飲まして来た。

「ある。ある。」

とそこへ三宅が、「古道具高く買います。」というペンキ塗りの看板の出ているのを見たからだろう。こういって出しぬけに声をはずませた。が軈(やが)てそこの店頭へきて立った時だった。古机、古本箱、古鏡台、古鉄瓶、古アイロンなどの雑居している売台をまえにして、瀬戸物火鉢に手をかざしていたそこの主人と顔をみあわすと、我をわすれた者のようになって、三宅が声をふり絞ってきた。——

「さきほどはどうも……」

三宅は、引息というやつで以て、こう言ったかと思うと、もう元来たみちを引返していた。その様子をみて取ると、吉田は吉田で、一向にわけは分らないながらも、これまた仔馬のようにして後へひき返してきた。と三宅は言うのだった。

「あいつさ。先刻僕がどなりつけてやったのは。」と言うのを、ほき出しでもするような調子でもって口にしてきた。

「だって君はさっき君がどなりつけてやった古道具屋ッてのは、阿佐ケ谷近くにいるんだと言ったじゃないか。」

　吉田は、吉田で、やっとの事、三宅のことばに依って、引息でもって物を言ったり、飛び六法でもって駈けだしたりした、謂われ因縁なるものがはっきりして来た。がしかし不思議なことには、この時ばかりは、笑いはその影だにも彼の口には上らなかった。本当なら、この場合当然のぼらなければならない笑いも、ついにその影だにも、彼の口には上らなかった。反対にその滑稽さ、その皮肉さも、皆これ一八、三宅の貧乏さからして来ているのだと思うと、彼には自然と涙さえも感じられてきた。だから彼は、

「だって、君はさっき云々。」といった後は、重荷を脊負った牛もどうよう、凝と頭をさげていた。心のうちでは、屹度三宅は、三宅の顔を、あのカメレオンのように、火や水にそめなしているだろうと思いながらも、遂に吉田は、眼をあげる気にはなれなかった。


（「宇宙」昭和二年一一月号）

雪空

野村が太田博士のところを出たのは、午後の一時過ぎだった。彼はそこを出ると、曙町から電車にのって、神保町へやってきた。神保町で以て彼は、須田町方面にいく電車にのりかえようと思った。そう思って巌松堂のまえまで来ると、一人のおとこが、

「やあ。」といって、野村のそばへ寄ってきた。見るとそれは、かつて彼が、芝の弁護士のところで以て、書生をしていたころ、おなじように日本橋の弁護士のところで以て、書生をしていた橋田だった。

「やあ暫く。」

野村も、それと分ると、こういって挨拶した。

「君、その後どうしてる？」

「相変らず僕、つまらない事してるんだ。」とこういってからだった。野村は、

「君、その後どうしてる。」と、今度は逆に出ていった。

「僕、まだ土居のとこにいるんだ。」

「まだ土居のとこに？」と思わず野村がいった時だった。橋田は象のような眼に笑いを見せながらいってきた。──

「僕やっとの事で、一昨年の試験にパスしたんだ。パスしたのは好いけど、別にことといって、行くあても無いところから、やっぱり土居の事務所にごろごろしてるんだ。」

「そうか。おめでとう。ちっとも知らなかった。じゃ君も、いよいよこれからだな。本当に働くのは。」

「まあ、世間並にいえばそうだけど、なかなかそうは行かないよ。」といってからだった。今度は橋田が、ちょっと出直した形で以ていってきた。「どうだ。切符を一枚無駄にしないか。どこか其処いらで、茶でも飲もうじゃないか。」

　誘われてみると、無下にそれを退けるいわれもなかったので、野村は直ぐとこれに応じた。それから彼等は、そこの電車路をつッきって、向うかどは更科のうらになる、一軒のカフェへ入っていった。

　そこへ行くまで、彼等は弁護士の書生時代に知っていた誰彼の名をあげて、それらの動静をかたりあった。が驚いたことには、野村の知っていた者は、橋田同様、たいてい弁護士になっていた。だからそれと知った時には、さすがの彼も、ちょっと出しぬかれたような、味気ない感じがしないでもなかった。然しそれはほんの瞬間だった。つぎの瞬間には、そんな感じなどは、油紙の上へこぼれて来た、あの水脚を見るも同様になっていた。

もともと野村は、芸術家たろうとしている人間だった。だから彼は、その時も「今にみていろ。俺もきっと、一大傑作をものしてやるから。」と思うと、はなに受けた屈辱感などは、もう何処かへすっ飛んでしまった。

やがて彼等が、そこのカフェへ入ってからだった。

「君、どうしてるんだ。現在。」といってまた橋田が野村に聞いてきた。そこで彼は、その後引続いてやっている職業をはなした。それは雑誌記者だった。

雑誌記者といっても、野村のやっているのは、名を「愛の婦人」といって、会員組織で以てやっている婦人雑誌だった。これを司っているのは、石見といって、現在二十代のものが、まだこの世へ出ていないころに、もう高等師範を出ている男だった。この男、以前家庭教師をしていた関係からして知っている瀬下伯爵を、総裁という名で以て戴いて、それをずっと続けているのだった。これを彼はその時はなすことにした。

それから野村は、橋田から聞かれるままに、その雑誌は現在、二万近い会員をもっていることから、編輯にたずさわっている者は、彼の外に、男女二人あることもはなした。そして、彼はサラリイを六十五円貰っていることから、その収入の関係上、現在もなお、賄なしの間借りをしているのだということをも、残らずはなした。飲食はいっさい、外でしているのだということをも、剰すなくはなした。

でこういうことがあってから、また彼等は、世間の景気不景気についての話をしばらく取りかわしていた。その中、四杯のカフェと、同数のシュウクリムとを口にして終うと、彼等はそこから出てきた。そこを出て、かどの更科の前へくると、野村はわけをはなして、これから本所へ廻ろうという橋田とわかれて終った。わけというのは、彼のつとめている社なるものは、その先の小川町にあることだった。

神保町と小川町とは、それこそ眼と鼻との間である。だからこの間を歩いてきた野村は、もう物の十分もたつか経たないうちに、愛の婦人社へはいっていた。それは、彼処の電車通りにある、大西という洋品店のまうらに当るところだった。

野村はそこへ、つかつかと入って行くと、入口真正面においてある一個の置台のうえからして、二個の頭がのぞいていた。一個は、編輯主任をしている上山であり、他の一個は、会計係の安部だった。彼等は、あまり所在なさからだろう、その置台のかげへ持ちだしてある、木製三尺角の大火鉢をかこんで、互に暖をとっていた。

この様子をみてとると、野村は、

「只今。」といって挨拶をした。そして、左の頬ッぺたに、眼立つほどの赤痣のある上山の顔をみるまえに、「二月二十二日。」と出ているカレンダの上にかけられてある、柱時計のほうへ眼をもって行った。と時間は三時に十分前だった。

「どうだった。太田博士は？」

そこへ上山がこう言って来た。

「案ずるよりは、生みやすいというやつでした。快よく引受けてくれました。」

野村はこう言いながら、まだ月賦もかたづかない外套をぬいで、それを其処の外套掛へかけると、すぐ両手を火鉢の上へもっていった。

「御苦労。御苦労。そりゃ好かった。」

「このごろ、ひどく雑誌がよくなったなどといって、『愛の婦人』をほめてましたよ。」

こういうことをいいあっているところへ、横合いから安部が口をいれてきた。――

「外は大変でしょうな。今日はまた、甚く冷えるから。」

「大変ですよ。また雪がきそうですよ。」

「雪がですか?」

野村が雪というと、安部はちょうど、プロペラの音を耳にした子供のようにしてきた。つまり安部は、その時首を猪首にすると、老眼鏡をあげて、入口の硝子戸越しに空模様をみようとした。だから野村はいった。――

「雪は嘘ですがね。とにかく外の寒さったらありませんよ。耳なんぞこれこの通り、乾椎茸みたいに、なっちゃいましたよ。」

「それからあれだ。先刻高代夫人からして、例の原稿をことわって来たよ。何かごたごたが起ってきて、とても原稿なんぞ書いてる隙がなくなったからといって、端書をよこしたよ。で仕方がないから、その代りとして、山本さんのところへ、――山本治作さんのところへ、鵜沼君にいって貰ったよ。」

安部が野村のことばによって、やっと猪首をたてなおすか直さない中に、また上山がこう言ってきた。

「そうでしたか。そりゃまた、ミス鵜沼にお気の毒でしたね。」

「どうも、女ってやつ、時々なんだかんだと言っちゃ、違約してくるんで困るよ。君、よく太田博士にわけをはなして、頼んできてくれただろうね。」

「そりゃ大丈夫です。期日も、来月の八日までということにして来ました。」

「まあ太田博士は、間違いなかろうけど。」

「大抵は大丈夫でしょうけれど、事故というやつは、誰にだって、起きるまでは分りませんからね。」

「それから君、明日君が社へくる時に、吉川さんのところへ、一寸廻ってきてくんないか。例の原稿を、是非今月中にもらいたいといって。」

「承知しました。」

「済まないが君、明日の朝は、すこし早目にいってくんないか。吉川さん、八時には家をでる人だからな。」

「ようござんす。」

　野村のいるところから、吉川の家までは、距離にして確かに四里はある、だから、そこへ八時までにいくには、どうでも朝の六時には起きなければならなかった。それが彼にとっては、三日間の絶食を強いられるよりも、もっともっと苦痛だった。彼はもし出来ることなら、明日ともいわず、もうその場限り、暇をとって終いたかった。そう思ってみる上山の容貌は、彼にはまさに、一個の不滅の氷塊だった。

そこへ、小使が出てきていうのだった。――

「野村さん先程あなたのお姉さんから、電話がありましたよ、へい。」

「姉から電話?」――

「へい。お姉さんから電話がありましてな。身体の工合いがわるいから、へい、直ぐ病院へまいるようにということでした。へい。」

病院と聞いた刹那には、野村は眼の前へ、ものの話に聞いたことのある鬼の手を、いきなり突きだされたように思った。だから、彼はそれに気をとられて、碌すっぽ口もきけなかった。そこへまた小使がいってきた。――

「病院は蠣殻町だそうですよ。へい。日本橋の蠣殻町で、佐久間病院というんだそうですよ。へい。」

「何時ごろ。電話のかかって来たのは?」

「一時半ごろでした。へい。」

「どうもありがとう。」

不断は、めったに礼などいったことのない野村だった。その野村も、この時ばかりはなんと思ったか、こういって謝意をあらわしたりした。と其処へまた上山がはいってきた。

――

「君の姉が病気だって?」

「そうらしいんです。」

「だって、君の姉は一人なんだろう？」

「そうです。」

野村はこの間、粕漬にした鮪のような火鉢の炭火をみていたから分らなかった。だが彼にはなし掛けている上山の顔も、ことに眼が、皮肉そのものらしい光りで以て一杯になっているの状は、はっきりと読みとることができた。彼はそれを、彼のこころで以て、はっきりと読みとることができた。

「だって、あれじゃないか。その姉なら、君、何時だったっけ。死んだといったじゃないか？」

「そうです。」

「君は、『そうです。そうです。』というが、事実そうなら、変じゃないか。あれはたしか今から二、三年前のことだった。その時分に死んだ姉が、なにか、今時分また病みわずらって、病院へはいってるというのか？」

「どうもそうらしいんです。」

「おかしいじゃないか。話が？」

「そうです。」

「時々君は、嘘をいっていけないよ。つまらない嘘を。」

野村は、出しぬけに彼の手を、燃えさかる紙焙の上へおッつけられたような感じがしたので、この時は黙っていた。其処へ、地虫のような上山のことばが続いてきた。――

「何時だったっけな。なんでもあれは、須原さんに、原稿をたのんだ時のことだ。僕、その日社へくる電車のなかで以て、ずっと須原さんと一緒になってるのに、君は、『今朝ほど、信州へ講演にいったって事でした。』なんていうんだからな君は、向うへ行ってみもしないでさ。社へ帰ってくると、真顔になって、そういう出鱈目なことをいうんだからな。あの時とおなじで、君はきっと、嘘いったんだろう。姉の死んだってことも。」

野村はこういわれても、なお唖のようにしていた。と嵩にかかって、其処へまた上山がいってきた。——

「そんな下等なことは、好い加減にしないと、君も出世しないぜ、(ママ)幾ら雑誌や小説を読んでいても、出世しないぜ。」

この時も野村は、ちょうど舌をなくなした者のようにしていた。が心のうちでは、そういう嘘を口にして歩く彼自身を責めるよりも、むしろこの場合は、相手の上山を難ずるの念で以て一杯だった。というのは、須原のことは暫らく措(お)き、姉のことなどは、一に上山や石見のさせた事だったからである。だから出来るものなら彼は、上山を摑えて、こういってやりたかった。——

「あなたも覚えてらっしゃるでしょう。これは今から三年前の秋のことでした。秋も終りのことでした。僕、肋膜をわずらって、二月余りというもの、どっと床(とこ)につきっきりになってたことがありました。あの時、あなたや社長は僕に対して、どうした態度をお採りになったでしょう?」と、こういってやりたかった。屹度(きっと)野村がこういったら、上山がいうだろう。――

「そうさ。君があの際、社へ前借をもうしこんで来たけど、社ではそれを断ったさ。何故といえば、社では一切、前借はさせない事にしてるから。」と。もしこういって来たら、野村は、もう一度押返して聞くつもりだった。

「そりゃ分ってます。社のほうでは、あなたや安部さん以外の者には、どんな理由があろうと、一切前借はさせないって事にしているのは、僕も知ってます。ですが、僕の場合は、かなりの重体だったんです。それに僕には、誰一人あって、力になってくれる者はなかったんです。これは今もおなじですが。ですのに、あなたや社長は、もし金の入用のあるなら、君の姉にださせたら好いだろう。君の姉は巨万の富を擁してる、金物屋のかみさんだってじゃないかといって、僕の願いを、まぐれ猫もどうよう、足蹴になすったじゃありませんか。」

野村がこういったら、上山はなんというだろう。上山は、

「そりゃそうだろうから、僕達、そういったまでの話さ。」といって来るだろうか。若しそうだったら、野村は、さらに第二、第三の矢をつがえてやる積りだった。

「成ほどそりゃ、前通りばかりを見て、少しも内の品物に手にふれない方達は、そうお思いになるでしょう。僕と僕の姉とは、その後どんな関係にたってるかということを、一切御存じのないあなた方は。」といって、ちょっとでも間を置こうものなら、相手もさる者である。上山はまた、その隙に乗じて、愚にもつかない文句をはさんで来るだろうから、

それを思い知っている野村は、この場合、一切煙草など口にせずと、話を押し進めていく肚だった。つまり、彼は、

「あなた方は。」というと、これが文章なら、是が非でも、句読点をひとつ打たなければならない、それも打たずに、直ぐと、「ところでおなじ姉弟でも、僕の姉と僕とは、おふくろが違ってるのですからね。」とばかり、その後をつづける積りだった。

「おふくろが違っているうえに、僕の姉は、もう小学校も卒えないうちに、東京へ出て来たんですからね。無論これは、僕のおふくろと、生さぬ仲だからというところからも、僕の姉は、もうそのころ国を売って、東京へとび出して来たんでしょう。既にそうした関係のあるうえに、僕の姉はその後引続いて、家のほうからは、何等の仕送りだって受けちゃいないんです、これは、しなかったり、受けなかったりしたのじゃなくて、貧乏しきっていた僕の家では、幾らしたくとも、もうそういうことは出来なかったんです。がこれが僕の姉の身にすると、僕や僕の家に対して、反感のたねにはなっても、微塵好意をかもす所以にゃならない訳です。といったら、大抵僕と僕の姉との関係だって、お分りになるでしょう。なんぼ豚のような人間にだって。」

此処までいって来たら、いくら急ぎの道中でも、野村はみ腰をおろして、一息入れようと思った。その間に、上山が頷いてくれれば好し、若しそうしなかった場合には、槍か鉄砲でも持って、打ってかかる覚悟だった。いってみると、

「自慢にはなりませんが、僕の姉も、生れつき僕並に、あまり聡明利発でもないところへ

持ってきて、今もいったように碌すっぽ教育らしい教育さえも受けちゃいない関係からでしょう。微塵物に対して情なぞ持っちゃいません。これが人に対しても同様です。」とばかり、野村は彼の姉なる人の、その人となりをも説いてやろうと思った。それから、「その癖僕の姉は、ここ二十年足らずというもの、ほっと息をつぐ間もないくらいに、苦労をし通して来たらしいんです。ですが、何分にも、無知な人間にできあがってる者ですから、自分同様、苦労に苦労をしぬいている人間をみても、それに情を掛けてやろうなどとは思わないらしいんです。これは独り僕の姉のみじゃありません。世間にはよくあるやつです。叩きのめされて、物になってきた人間は、栄耀栄華になればなるほど、自分が今日をなしたのも、これみんな自分の力なんだ。だから、自分のように成りたきゃ、みんな自分の力でもって成ったらよかろう。というような考えにばかり囚われて、微塵人に眼をかけてやろうなどとはしないものです。それです。僕の姉なども。」ともいって、更にそれを説明してやろうと思った。こういった上で以て野村は、

「そういうわけですから、どんな事を僕たのみに行ったたって、僕の姉は聞いちゃくれませんでした。お前のことは、お前でしたらよかろうという、くさり切った哲学にこり固まってる僕の姉は、躓いた石ほどにも、僕のことなんぞ、考えちゃくれないんです。ですから僕、これは一昨年のいまごろでした。何かのはずみから僕、姉を殺しちまったんです。姉が病死しちまったといって。でないと、これから先、僕また、どんな病みわずらいをしないとも限りませんから、その時の用意に、そういう嘘っぱちもいったんです。」と、はっ

きりいってやろうと思った。

「恥をいわなきゃというやつです。僕の姉が、いまの金物屋へ、後妻にひき取られたのは、本所の小料理屋で以て、女中をしていたのがそもそものひっ掛かりらしいんです。其処へ金物屋が、時々飲みにきたのが始まりで以て。」などということだけは、野村自身や、彼の姉が名誉にかけて、決して口にしまいと思った。だが自余のことは、出来るものならこの場合、残らず上山にはなしてやろうと思った。が然し、いざとなると、所詮それもこれも、皆彼には出来ない相談だった。

何故といえば、成ほどこれは、一面野村が、彼が姉の死をいつわった理由を明かにするのには、結構役立ちはするけれど、他の一面には、その罪を、当の相手たる上山に、転嫁しようとする者のようにも取れるからだった。いや、これも最初の計画からいえば、その目的の一つだったけれど、彼にはこの場合、なんとしても、上山の面を犯すだけの勇気はなかった。いいかえると彼には、現在の職を賭してまで、嘘をついた顚末を、上山に語ろうという気にはなれなかった。

その中にも野村には、病院で以て、危篤におちいっているという、姉のことが気になってきた。その姉は彼にとってそれまでは何等の力にもならない人間だった。する気さえあれば、随分と力になってくれるだけの資財はもっていたけれど、姉のこころは、微塵それを彼に割いてくれようともしなかった。その姉が、いまわの極に、彼を呼びむかえようとしているのである。それだけ彼には、なおと気掛かりになる物があった。

今日の電話は、むろん野村の姉が嫁している家の者の計らいで以て、彼のところへ掛かって来たのだろう。とすればと思って、彼はちょっと首をひねってみた。

「もしそれが事実だとすれば、今後彼等は、この僕に対して、どうした態度を採ろうというのだろう。姉が回復すれば、僕と彼等との係わりも、やっぱり今まで通りになるのだろうが、万一姉が、いまを限りに眼をつぶるとしたら、彼等はどうする気なのだろう。」と想うと、あさましい話だが、野村のこころは、独りでに躍りあがって来た。彼はそこに、姉の形見分けとしてはいって来る、幾枚かの着物と、それに添えられてある千円という金を、——もしそうなった場合は、それ位のものは貰えるだろうと思って、暫らくは空中にでも坐っているような気持ちになってきた。

つぎの刹那には、野村はその金の使用方法について、思いを致してみた。彼はその金が手にはいったら、現在彼が恋している女をむかえて、小さくとも好い家庭を作ってみようかとも思った。

また、その次の刹那には、その金が手にはいったら、現在勤めている、土龍の住家もおなじような「愛の婦人」社を辞して、専心創作に努めてみようかとも思った。その時には、野村にそうした好機会をめぐんでくれた、腹は違っていても、たった一人の姉であった人の生涯を描くことにしようとも思った。

若しそれがいけなければ、彼が心身ともに綿のようにして動きまわっても、何等酬いられなかった、「愛の婦人」社時代における、彼自身を題材にしようかとも思った。いや、それよりも、そうした思いを抱かせられた今日のことを、そのまま採って以て、これを一篇の材料にしようかとも思った。

こう考えてくると、空想はさらに空想を生んで、野村がものした処女作は、一度公にされるが最後、一個彼は不世出な作家として、いまの文壇から喧伝されるの状に変ってきた。だからそうなると、彼にはその日神保町にめぐり会った、旧友のことなども思いだされて来た。そして、そこに会心の笑みが、独りで感じられてきた。

「じゃ君、愚図愚図してないで、とにかく、その病院へいったら好かろう。何しろ病人が、危篤だというんだから、急いで行ったら好かろう。」

そこへ上山がこういってきた、始めは憤りから発して、中ごろ悲しみに浸り、最後は空想に酔っていた野村へ、上山がこういってきた。

いわれて見ると、成ほどその通りだった。少くとも野村自身は、その場合、そうした空想などを追って、火鉢のそばに凝としておれる身分ではなかった。というのが悪ければ、その空想を実にする点からいっても、彼はもうそこをはなれて足を佐久間病院へむけなければならない人間だった。

「じゃ僕、ちょっと行ってまいります。」

気がつくと、野村もやおら起ちあがった。起ちあがると、それから先はちょうど脱兎のようになって、彼は小川町の停留場のほうへ駆けだした。

その間にも野村の頭は、姉のことで以て、もう一杯だった。そして、不思議にも此処へくると、彼は姉の回復のみを念じていた。姉がそれまで彼に対して採っていた、石のような態度などは忘れたもののようになって、唯只管（ただひたすら）に、姉の回復のみを祈っていた。

それと、野村は、上山がいいつけた、明日の用事を、吉川のことを考えてみた。だがそれは何方（どっち）みち、姉の容体にかこつけて、見事明日は、すっぽかしてやることに、彼はこころの中で以て、独りぎめに定めてしまった。

（「週刊朝日」昭和五年一月二六日号）

此処にも皮肉がある
或は「魂冷ゆる談話」

一

夜の七時頃だった。長島が松谷のところへ寄ったのは、——彼は松谷のところへ寄る前に、Oに居る友人のところへ寄ったので、路の順序、N駅傍の踏切りを渡った。そして、N駅の北通りを、真直に歩きながら思った。——

「変ったものだ。此の通りも。」と。

成程其処には、以前からパン屋、荒物屋、呉服屋などがあった。そして是等が一定の距離なら、其の間々へ配置されたステーションのようにして、二三軒の小料理やカフェーがあった。然(しか)し、それが此の夜歩いてみると、まるで主客顛倒していた。つまり其の夜は、もうカフェーや小料理屋に、麻雀倶楽部まで加ったそれが一定の距離になって、荒物屋、パン屋、呉服屋などが、其の間々へ配置されたステーションのようになって居た。だから、数えたら十指にあまるだろう中の、一軒のカフェーの額のあたりに点じられて居る、ネオン、サインへ眼をやりながら、彼は思った。

「時間が三年経つに従って、あかん坊も三つになるのは仕方ないけれど、此処も暫くこない中に、もうすっかりエロ、グロ化されたのだ。」

こう思うと、其の時彼の唇へ、氷のような笑いが上った。無論此の笑いの中には、其処に住んでいる人間という人間は、皆持っていた涙を流しつくして、今では、もう生ける屍同様になって居るのだろうと言うのが、丁度大川の柳の蔭に游泳している、あの鯉魚の動きのようになっていた。がそれも暫くすると、

「彼等および彼女達は、これと言う考えも持たず、持って居るのは、僅に本能的な慾望のみだろう。それが何時達しられるか分りもしないのに、彼等および彼女達は、万一の僥倖をあてに生きて居るのだろう。」と言うのに変った。——彼等および彼女達について、最初にした思いが、大川の柳の蔭に游泳している鯉魚の動きなら、これは其の鯉魚が、物に激して、飛躍する時のような調子があった。がそれもやがて、

「何れは、詛われた者の踏まなければならないプロセスだ。あの底の知れない溝。そして其処にあるのは、人間をして、各自が持っている嗅覚をよそにしたくなる悪臭から成って

いる泥土のみだ。そこに彼等および彼女達は、ジャズ・バンドにつれて、チャアルストンでもし尽すが好い。」と言うのに転じた。これは、暴風と豪雨に依って生み出された、あの洪水のような勢を持ってだった。

がそれが彼の頭へ来るか来ない中だった。それまで其処の両側へはなって居た眼が、ふと彼の上に向けられた。と彼は、其処に伏していた敵軍のする一斉射撃を受けた時のように、立処に立竦んでしまった。何故といえば、其の後の彼は、少くとも現在の彼は、彼が其の時憎悪し、罵倒し、はては呪詛までした彼等および彼女達と、同様の生活人だったからである。そして、見ると其処は、丁度彼の立寄ろうとして来た、松谷のところへ折れる横町の入口だった。

遠く眼を放って見ると、其処の両側には、榛と欅とが、もえぎの葉を枝につけて立っていた。(マヽ)それが、路傍ところどころに建っている、電燈を受けて照りかがやいて居た。これが何も初夏の風景らしかった。

二

「誰かと思った。珍らしいな。君が僕のとこへやって来るのは。」

「それよか僕、君は留守じゃないかと思った。」

長島が、松谷のワイフに案内されて、松谷が応接間兼書斎にしている六畳間、いや、ひょっとすると其処は、松谷達のベッドルームなのかも知れなかった。其のルームに通ると、松谷が快く迎えてくれた。だから長島は長島でもって、こう言って酬いた。

「冗談言っちゃいけない。僕、大抵夜はいるよ。」

「だろうと思ったから、――一応は留守かなとも思った物の、そう思う念が、――居るだろうと思う念のほうが強かったから、それで以て、心は超スピード、飛行機でやって来たのさ。」

「あれだってじゃないか。君はまた、大阪汽船の方を、止したてじゃないか。」

「止したよ。だけど断っとくが、今度のは、紛うかたなく僕の方から止したので、決して向うから止させられたんじゃないぜ。何時かも池田のやつ、僕が中森製菓を止した時、『やっぱり中森製菓へ出てる?』とこう言うから、『彼処は止したよ。』と言うと、こう人間が相手の権威を犯しそうな事を口にする時、屹度する事になっている微笑を浮べながらさ、『まさか今度は、止させられたんじゃあるまいな。』と言うんだ。で以てカーテンかと思うと、下手なドラマ程長いと言うだけあって、池田のやつ、『無論、君からすれば、何方路、結果においちゃ同一だろうけど、――止させられたから止したと言えば、そうも言えるけどさ。』僕、いきなり、ひッぱたいてやろうと思った。」

「君もまた、恐ろしく僻んだもんだな。」

「冗談言っちゃいけない。憚りながらこう見えても僕、マネなみに、僻みは持った事なしだ。と言いたいけど、正直言えば、これは僕の負けおしみで、昨今の僕は、僻み其の物かも知れない。」

「だから僕、言うんだよ。そいつあいけないよ。それよか、雲雀のように朗かに、思いきり働くのよ。」

此処へ松谷のワイフが、茶を入れて持ってきた。

「只今紅茶を入れますけど、ミルクをすっかりにしちまいまして……」と言うのを添えて茶を持ってきた。

「何うかお構いなく。もうこれで結構ですよ。」

長島は、何方かと言えば、来客がある度、少くとも、番茶や駄菓子の接待をしなければならないと言う、一種の不文律を持っている此の世のコンベンショナル。それに対しても、一味の反感を持っていた。だから彼は、これ以上の接待を受けるのが、寧ろ苦痛だった。其の証拠の一つに、彼が此の時口にしたトンは、自然にするどかった。そして、そう言うと彼は、思い出したように、ゴールデンバットに火をつけた。心の中では、貧しさ故に、止そう止そうと思う莨を止せない彼自身のセンチメンタルさを嘲笑しながら。同時に、人間生活様式のうえに、幾多ある、無用な、不合理な、奢侈贅沢な風のあるのを思って、彼は其処にもまた、たまらない憤りをおぼえた。

三

で彼がそうなると、一方松谷もどうしたのか、それ限り押黙ってしまった。――松谷のするのは、敷島をのむだけだった。これがあれでタイムにして、物の十五秒は続いてからだった。それが松谷に依って破られた。

「君は何うする？　これからさき。」

「そりゃ言うまでもないさ。何処か口を見つけて、勤めんだな。其処へ。」

「ところで、そいつあるかな。何しろ此の頃は、淘汰につぐ淘汰、解雇につぐ解雇ならざるなしと言った風だからな。」

「いや、ありそうにもないから、一つ死に身になって、探す気だ。少し僕のいい方が、アイロニカルじみてるけどさ。」

「まあ、そうだな。」

長島は、此の時松谷の詞（ことば）の裏をのぞき見た。と其処には、彼が今も言ったように、其の後の不況さにプラスすること、狷介不羈（けんかいふき）な彼自身の、――彼長島の性格を以てするのだから、十中八九まで、話は不調におわるだろう。万一これが纏（まとま）ったとしても、それは飽迄一時のことで、次の時間には、長島は退職するか、でなければ解雇されるだろう。と思って居るのが、かなりはっきりした形において、長島のこころに映じた。だから長島は、一度瓦斯(ガス)の使用を誤った者は、それから先、瓦斯をサタンの使者ででもあるかのように恐れる者だとあるのを思い出した。

で長島は、松谷が百パーセント以上に、疑いの眼でもって、彼を観ているのを知ると、彼は寂しくなった。彼は唯一人、路を踏迷って、見果てぬ枯野の末を、とぼとぼ辿って居るような気持ちになった。が然し彼は、それに対して、――松谷の詞に対して、詞を返す気にはなれなかった。何故と言えば、妻子を持っている現在の彼は、それらしい口を見つけて、一日も早く就職しなければ、愈(いよいよ)迫りくる饑餓の手に掛からねばならなかったから。其処で彼は、

「何処かこうないだろうかな。君の心当りに、僕を使ってやろうと言うところが……」と言った。――長島は、はっきりした人間がこれを耳にしたら、屹度顔を染るだろうと思われるような、哀しい媚を見せてこう言った。

「一つ心掛けて見ようよ。屹度って訳には行かないだろうけどさ。」

これは事実だった。そして、一つは其処から出発して居る所為(せい)だろうか、此処には、盲が慣れない土橋に差掛かりでもしたようなトンがあった。だから、此の詞に対した時にも長島は思った。

「だから頼むよ君。あれだ、今も言ったように、これが河原へ出て、砂利を拾うのなら、

何も気にしやしないけどさ。」と。だけれど、此の場合それも詞となって、彼の口に上らなかった。そして此の場合、彼が黙ってバットを吸ったが、これがキッカケか、それとも松谷が、手にして居る籠を打振って居るような物の言い方のおえたのが、丁度カーテンになる合図のベルででもあるかのようになって、此の場の空気は、急にまた冷たく、急にまた重く沈んでしまった。が折も折、其処へ一隻の救助船が立ちあらわれた。

「如何。長島さん。宜しかったら、何うぞ召上ってくださいな。」

「いや、何うも。何うぞお構いなく……」

丁度其処へ、松谷のワイフが、紅茶と、これは何れあまり物なのだろう。銀紙に包んだチョコレートとを持って入って来たから、長島も、これには厭応なし、一寸こうした応酬をしなければならなかった。そして、松谷のワイフが、長島のワイフの事や、彼が愛児の近況などを聞いてくれたので、それに対しても、彼は仕方なさそうに、二三応答した。が松谷のワイフも、形ばかりの挨拶が済むと、彼女は次の間へかえった。

「御ゆっくりなすってくださいましな。電車は随分遅くまでありますから……」と言いながら返った。これが又開幕のベルになって、二人の間に話がはじまった。

四

「そりゃ僕も、抜け目なく心掛けて置くよ。」

「是非一つ、頼むよ。」

「無論君も、如才なかろうけど、何処だって好いじゃないか。心当りのあるとこだけ、残らず口を掛けときたまえ。これはチャイルドと違って、幾ら多くたって、ちっとも邪魔にはならないからな。」

「サンキュウ。そりゃ僕もしてるよ。それに、未曾有の不況時代に入ってから、一九二〇年後か、あの欧洲大戦後のような好況時代なみに、好き嫌いを言っちゃ居れないからな。僕も今度は自覚したよ。だから僕は、僕のやれる事なら、何んでもやる積りだ。何うにかこうにか僕達が、食って行けるだけの物が貰えるところでさえあれば……」

「まあ、そうだな。其の意気でもって当るんだな。」

「もう君、腹に入るものは、ウォーターばかりだと言うようになってから、眼前へ山海の珍味を並べられてさ、『こんな物が、咽喉へ通るか。』もなかろうじゃないか。古いやつだけど、『飢する者は食選ばず。』だよ。」

「などとこう君のように、そう無闇と、消極的になっちゃ困るけどさ。」と言ってから、何と思ったのか、松谷はこう言い足しをした。——「君は今夜、まッすぐに、君の家からやって来た？」

「いや、一軒寄り路した。いや、二軒だ。二軒寄り路をした。がこいつ二軒が二軒とも、申合せたように、皆留守さ。」

「それはあれじゃない？　相手は教誨師で、君は今夜無心に行った？——怒っちゃいけないよ。君。こりゃ笑談だから……」

「いや、常談だか、本意気だか知らないけどさ、今夜は無心や借金に行ったんじゃない。一軒はあれだ。まあ早くいうと、一種のブローカーだな。これに僕、田舎から頼まれた酒の販売方を、彼に頼んであるので、それで寄った。」

「一軒はブローカーで、一軒は？」

「もう一軒はあれだ。僕が中森製菓にいた頃に知った人間さ。樋口という、これのところへも、実は此の間から、就職口を頼んであるので、それで以って、今夜寄ってみた……」

「それなら好いけどさ、僕、また、二人が二人とも、相手が教誨師じゃないかと思ったから。」

　松谷はこう言うと、嬉しくてするのか、それとも悲しくてしたのか分らなかったけれど、一種こう複雑な微笑をした。これが又長島には、下等なビーフの繊維のようになって、彼のこころの奥歯に挟まった。だから彼は、小楊子のように、調子の先もとがった詞附でもって言った。――

「何うしたんだ。教誨師が。」

「いや、何うもしやしないさ。僕、唯そうじゃないかと思ったから、一寸そう言った迄のはなしさ。」

五

最初長島が、小当りに、小楊子の先でもって掘ると、松谷はもう逃げ足になった。それを観てとると、最初はそれ程でもなかった教誨師なる者が、此処でもって、何か知ら、一段と奇怪な存在になって、彼の心につづいてきた。だから此の時ばかりは流石に彼も遠慮を忘れて聞いてみた。――

「だって可笑しいな。あれじゃないか。僕が今夜尋ねた人間が二人とも、申合せたように留守だったと言うと、君は、『相手が教誨師じゃない?』とこう言ったじゃないか。さもさも君は、依拠する処ある物のようにさ、今そう言ったじゃないか。」

「そりゃ言ったさ……」

松谷の言いぐさは、それまでに唯の一度も眼にした事のない、あるグロテスクな昆虫でも手にした時のような調子があった。だからこれが、未だ能く長島の耳につくかつき切らない中だった。彼は竹篦返しに言った。

「だって可笑しいじゃないか。君の言いぐさが。まあ言って見ると、人が山鳥を持って、山から来たと言ってるのに、君は飽迄、海から来たのだろう。手にしてるのは、鱈か鯔かとばかり、質問してるも同じじゃないか。」

こう言うと長島は、もう手にして居た小楊子を、打捨ててしまおうと思った。――此の詞に依って、相手の繊維が取れるか取れないか分らなかったけれども。意外にも、其の繊維が動き出した。それは其の時の松谷の詞に依ってである。――

「つまらない事を、また君が気にした物さ。そりゃこうさ。――僕の古くからの友人でいて、其の後S刑務所の教誨師をしてるのがある。此の教誨師だ。それは。」と言って、彼は飲みのこりの紅茶へ口をつけながら、後をつづけた。――「其の後彼は、刑務所から自宅へと言っても、これは官宅だが、此の官宅へ帰っても彼は、殆ど居留守の使いッ放しだから愉快じゃないか。『今日は。』が『今晩は。』になり、更にこれが『ごめんください。』に変っても、其処は空家どうよう、内からは、絶えて応答の声なしさ。」

「そりゃ又、人を食ってるじゃないか。而も教誨師の癖にさ。そりゃ一体、何うした理由から始まってるんだ。」

これはないようで居て、其の癖能くある事である。例えばあの蘭である。蘭も名があればあるだけ、尚と栽培し難い。反対に、あの姫紫苑のような雑草は、どう刈除しても、屹度其の翌年はまた視界にあまって繁茂する。がそれと是とは反対だったけれど、もう取ろうと言う決心が薄らいで来ると同時に、奥歯にひそんで居た下等なビイフの繊維が取れた。いや、それがやっと取れかかった。だから長島もついそれに誘われて、又こう言って聞いてみた。

六

「そりゃこうさ。――中尾俊道は、――其の教誨師は、中尾俊道と言うんだが、此のミスタ俊道、毎日毎日S刑務所へ勤めてる仕事はいろいろありそうだけれど、其の中一等重い仕事というのは、看板通り、其処へ入ってる人間に対して、仏教を説き、教誨にこれ力めてることだ。屹度のことだから、彼は総べてを親鸞の言行に採って、つまり彼は、親鸞の言行中に含まれている意味を解説して、須く人間は、一個独立自主しなければいけない。余力あれば人間は、此の社会のために貢献するところがなければならない。それをするには人間、先ず働き、先ず衣食住の道を講じなければならない。ところで諸君はどうだ。諸君の現状はどうだ。成程それは、窮余実行したのだろうけど、諸君は、最も人間として愧ずべき詐欺、横領、姦通、窃盗、強盗などの罪を犯して、我が国民の慈悲に依ってやっと其の日其の日を経て居るような風であるなどと言うのだろう。僕は、一度も彼から教誨された事がないから、委細は分らないけれど。」と言ってきた彼は、此の時また紅茶茶碗を彼の口へ持って行った。それを眼にすると、長島が言った。——

「ところで哀しいかな。現在の諸君は、あの犬猫や、牛馬にも劣るものだ。それを認識出来たら、諸君は今日から仏前に跪(ひざまず)いて、懺悔生活をはじめ、定められた刑期が満ちて此処を出た時、宜しく諸君は、謙譲、質素、努力の生活につかなければならない。是諸君が、六字の名号の下において、懺悔生活をした、其の実を挙げる所以である……」

「此の念願を持って此処を出るなら、広い世間は、双手を開いて、諸君をウエルカムするだろう。とあるのを、言い落しちゃいけないよ。」

　頼まれもしないのに、長島が彼なりの可能性を発揮して、謂わば中尾教誨師の声色を使って居るところへ、馳駆する装甲車のようにして、松谷がこうした詞を加えた。松谷は屹度、これを中尾俊道のするところの教誨におけるモットーのように思ったらしかった。それは、松谷の詞が持っているニューアンス、若しくはパッションに依って推する事ができた。が然し、それが此の時、長島にあっては、軽からぬ驚きだった。——元々長島の扮した役は、彼自身、頼まれもせぬのに、好んで扮したのだから、それは幾ら奪われても好かったけれど。

　で、松谷は、ベストを尽して言ったのだろうが、彼はこう口にしてから言った。——

「あれだぜ君は。これから何をやるより、此の際一つ、キネマの弁士になるんだな。素的じゃないか。君がやったゼスチュアなど……」

「などと言って、幾ら油掛けたって駄目だよ。チップは出しッこないから。」

これは長島だった。彼はこう言うと、憑かれた者のようになって、調子を持った笑を発した。と同時だった。松谷も何うしたのか、調子高に笑い出したのが、其処につるされている電気の下でもって、それこそ、あの雲雀のように、如何にも朗かなリズムを奏であった。がそれが室内中の空気に化してしまってからだった。

「戯談じゃない。それよか、まだ君のグッド、フレンド、ミスタ中尾の後日譚がある筈だ。それを続けて貰おう。其の上でのことだ。僕のことは。」と、長島が言った。

七

「じゃ、いざ物語らんと一つ、坐を構えようかな」と、松谷は、こう応じてから、彼はしずかに後をつづけた。それに依ると、これは彼のメンバアなるが故に、中尾教誨師は、それらしく熱心に説教して、午後の五時に、彼の自宅へ帰る、とある晩のこと、一人の人間が尋ねてきた。彼のワイフが、其の人間の姓名を聞いて、これを中尾教誨師に取次いだ。が中尾教誨師には、幾ら首を傾けてみても、井戸の中へ沈んだグレートストンのように、一向に相手に対する記憶が、頭へ浮かんで来ない。其処でもう一度、ワイフに用件を聞かすと、委細は中尾教誨師に面接さえすれば、事明白になる。だから、一寸中尾教誨師に面接したいと言って居るとあったから、中尾教誨師は、不意に、不当な所得税金の決定書を手にした時のような表情でもって、玄関へ出てみた。と入口土間のところに、こう榛の木に凭れかかった、一束の藁のようになって居た一個の人間が、中尾教誨師のスタイルを眼にしたからだろう。いきなり頭を熊の子のするそれに擬してみせた。

で其の時、中尾教誨師が瞳孔を据えて見ると、それは半月ばかり前、S刑務所を刑期満ちて出た、万引常習犯人だった。と気づくと同時に、其の人間の詞が、中尾教誨師の耳にきた。

「刑務所にいた中は、いろいろとお世話さまになりました。ありがとうございました。お蔭と先頃世間へ出して頂きました。出た当時は、お役所から頂戴した仕事の賃金でもって、其の日はあぶれても、冷飯を食べ、煎餅布団にお柏が出来ました。が出来なくなったのは、昨夜からでございます。何しろ世間は御存じの通り、恐ろしく不景気ですから、何処の口入屋へまいりましても、何うした職業紹介所へ行きましても、もう戸惑いして、釜のお尻を手探りしてるよう、一向に仕事の口はございません。ですから、中兼ましてございますが、此処ほんの一両度の御飯代と、今明日、何処か安宿の屋根下へ入れるだけのお足を、御拝借させて頂けないでしょうか。若し今夜御先生から、断りを食ったが最後、手前はまた、刑務所の御厄介にならなくっちゃなりません。兼々御先生の御説教にあった通り、国民様の御慈悲になるより外、これと言う手立もございません。」と言って、後は流星の尻尾のように、もう余韻を其処の空気中に托してしまって、為る事と言えば、それは又熊の子の仕草を復習するのみだった。

「で何うした？　ミスタ中尾は。」

話が此処まで来ると、長島はこう言って聞いた。それから先のことを。

「そう言って泣きつかれると、流石の中尾も、袋の鼠でもって、幾ら逃げようにも逃げられず、仕方なく、其の熊先生に、金を二円くれちゃった。」

「金を二円？」

「はなは、二個の五十銭銀貨を出したのだ。そうだ、中尾の言う熊先生、『あっしも意気地なさから、つい人迷惑は働きますけれど、其処が冠っている皮だけなと、人間の所為でございましょう。受けた御恩は決して忘れは致しません。今夜ぬすとにお遭いなすったとお思いになって、何うかもう一両がとこ、お恵みくだすってくださいまし。』と言うので以て、片手に五十銭ずつの銀貨を握りながら、熊先生、今度は其処の沓脱ぎへ、山苔となっちゃったから、仕方なし、其処へプラス一円と言うことにした。」

「莫迦な話だな。」

「まあ、そうだ。で、中尾が言っていた。何事も前世の因果だ。とこう諦めて、くれる物はくれてやった。」

「嘘つけ。観念論の化物。」

「熊先生にくれてやる金があったら、此方へ廻せ。お礼心に我等ジン呼ばんだろう。君なら屹度そうだ。」

「此の際戯談は抜きにしてさ、それで分った。それからだろう。君のグッドフレンドが、誰が尋ねて行っても、一切留守使用を励行し出したのは。」

「まあ、そうだ。いや、熊先生一人の襲来だけなら、まさかそうはしなかっただろう。だけど是が風をなして、其の後と言うもの、セアタディやサンディなみ、一週に一人は、刑務所に在りし日の御礼言上兼マネー無心の徒が押掛けた。此処においてか流石の彼も、一策案出せざるを得なかった。尤も、そうはしても、これが僕でさ、玄関に立つが早いか、『加藤君いる？　松谷貞次。』とこう呼ばわった場合に限り、特別貴重品扱いさ。唯彼の居留守を食う組は、風のようにして、玄関の戸へ音響を与える代物さ。」

「じゃ、一寸聞くが、あれか君は。此の頃の僕をベーヤでなく、人のごみ箱をあさり廻る、ワイルドドックだとこう定めてるのか。」

「戯談言っちゃ、いけないぜ。あれだよ。僕が今そう言ったのは戯談も戯談、生粋生えぬきの戯談さ。そうだ。それに昨日だった。昨日のサンデーに、中尾教誨師、ひょッこりやって来た。教誨師もサンデーは休みだから。其処で帰る時、いずれお世辞だろうけど、彼が僕に言うのだ。『君、夜分でも話に来ないか。』と。それに対して、僕がなんと酬いたと思う。僕は言ってやった。『折角だけど、僕、止すよ。だって、幾ら人生が退屈だからと言って、君のところへ、無駄足踏みに行くにも当るまい。』と、こう言ってやった。一つはそれからの思い附き。君が僕のところへ来る途中寄った、二軒が二軒とも皆留守だったと言うからさ。」

「それでもって、残らず分った。だからそりゃ好いさ。唯かわいそうなは、君のグッドフレンド、ミスタ中尾だな。彼の留守居使用法話だよ。」

八

全く長島には、つまらなかった。丁度それは、物思いに沈みながら、独りドライヴして居る魂のうえに、行きなり悪臭のつきまとった泥土をはね掛けられたも同様だった。成程、考えて見ると、自然に昼夜の別、晴雨の差があるように、一切の物事に表裏があり、矛盾の存するのは、寧ろ当然かも知れない。とは思いはした物の、此の夜此の時にかぎり、それは人間における、最も醜悪な方面を眼へおッつけられたような、無限の嫌忌さを感じた。此の無限の嫌忌さは、また彼の魂の底の底まで、冷めたくしようとした。そして、やっと是が平静に返るまでに、タイムにして優に五分間は要した。――彼が、松谷のする話を耳にしながら思った。軽罪から重罪まであで長島は思った。

る犯人の、一種の集合団体であるS刑務所内の空気は、毒瓦斯散布前後における時のように、重く暗いもののように思った。だから此の暗く重い空気の中にいて、それらの犯罪人に、一道の光明を齎(もた)らす任になる教誨師は、あのサンデーのように、時間空間とに絶した、一個の人格者でなければならないと考えていた。が是がタイムにして五分間ぐらい経過すると、それは飽迄レントゲン下に於ける、一個のモダンであり、同時に一個のシャンである人体のようになってきた。と言う意味はこうである。——

彼は教え、且つ説くところの人間であるとは言え、恐らく彼とても、精々は、各自の宗派を旺盛ならしめんが為に、其処に幾多の無理を犯して設けている、あの宗教大学を卒えたか卒えない位の人間だろう。そして、彼もまた人間の子である限り、彼や彼のワイフの為に、生活の保証を立てなければならない関係から、其の職に身を置いているのだろうが、即ち教誨師なのだろう。とするなら、彼は、現代における一個社会革命の念まで持っては居ないだろう。持って居るのは、彼のサラリの増すのを期待して居るの念がある位のものだろう。これを待つ間の手段方法として、彼は自身から、彼の口にして憚らないそれを、微塵実行して居ないのは仕方ない。とこう長島は思った。

でこう思う想いは、やがて長島には、中尾教誨師が、刑務所を出た人間から無心されると幾らでも好い。分けてやらねばならなかった。が哀しい哉それは、多くも取っていない、彼のサラリ中へ手をつける事だった。と言うほうへ迄、長島は彼の想像を働かせた。

此の働きは、遂に其処に蔵せられて居た一大皮肉事を発見させてくれたので、彼は満腔の謝意を、其の働きの前へ持って行きたくなった。

九

「あれだぜ、君。今度強盗強姦を犯したのは、元長崎に検事をして居た人間だぜ。」

「それが何うしたと言うんだよ。」

「また持病の発作か。――そう口惜しがるなよ。人に先んじられたからと言って。」

「だって、そうじゃないか。今では前のだが、当時僕達の鉄道大臣がさ、何んとか言う罪名の下に捕われて、目下予審中だ。それにさ、同様一国文教の衝にあたっていた僕達の文相が、やはり刑法第幾条かに依って、一年何ケ月だか、それとも二年足らずだったかの懲役をすべく、先頃其の判決をされたじゃないか。」

また此の時だった。――長島が、松谷のする談話に依って、一時は彼の魂の底まで、アイスの中へ投じてから、五分間というタイムを経て、やっと平静な心理に立返った時、彼には、こうした会話が思い出された。――何時だったか、写真入りで以て、ニュースの二段半抜きという、其の前々夜、前橋に行われた強盗強姦罪の記事が出た時だった。彼は、彼のフレンドとで以て、勤め先のテーブルに凭れながら、互に語りあったそれが此の時、彼の頭によみがえった。無論、当時彼は、東洋石鹸に出ていた者だった。

　で此の刹那だけは、彼自身、日々パンの料に追われて、今にも心臓痲痺を起しそうになって居ながらも、流石一味快適な呼吸が、チャイルドに授けられる母乳のようになって、彼に恵まれた。が次の刹那には、考えただけでも、また心臓痲痺か、脳溢血でも起りそうになる程、切迫しきった身の窮状さが、憎々しい程はっきりと、彼の頭について来た。だから彼は言わねばならなかった。――

「まあ、そうした方が、人間安息出来そうだ。だから、それは一切、其の教誨師に委して置くよ。僕の事なども。でないと、それこそ。其の中に僕もまた、君のグッドフレンド、ミスタ教誨師に、余計と安息時間を与えなければならない虞があるからな。」とこう言って彼は、松谷に頼まねばならなかった。無論此の中には、呪いほどの皮肉を交えてだったけれど。

「そりゃ心得た。」と言って松谷は敷島へ火をつけてから後を続けた。――「如才もあるまいけど、君もあれだぜ。此処という心当りのある限りへ、口を掛けて置きたまえな。今も言ったように、こいつチャイルドと違って、幾ら多くたって、善とも決して悪くはないから……」

「ああ、そりゃ抜け目なく、頼んであるよ。だが一つ君も、此の際心配してくれたまえ。僕達親子妻子を助けてやると思って。」

「オーライ。そりゃ承知した。」

此の時、次の茶の間にあるのだろう。桂時計の音がテン打った。だから長島は、これを耳にすると、其処から出ようと思った。然し其の時また、来る時は、すこし明るきに失せずやと思った通りのシインも、何んだか、何か知ら、こう真夜中の山路でもあるように考えられた。更に悲しかったのは、其の夜家を出る時、彼の愛児が、彼に土産をねだったことだった。それに彼は、背かねばならなかった事だった。

「石間が家に居てさえくれれば、俺だって、キャラメル位は買えたのに。」

長島が松谷のところへ来る途中に寄った中の一人、それは石間というブローカーだったが、彼さえ家に居てくれたら、長島が言いなり、五円位のマネーなら一つ返事でもって、快く貸してくれたに相違ない。と思うと、彼には人生思いの成し難さが、今更のようになって、染々とこころの奥深く沁みこんだ。それは彼の胸へライオンの持っている歯に依って、縦横九センチメートル、深さ骨に達するような疵の中へ、もろに沁みるように沁みこんだ物である。

（「文藝春秋」昭和六年五月号）

土産物の九官鳥

一

「お早よう。お早よう。」

両側は東西折衷風な建築。これが榊や枳殻(からたち)の生垣。でなければ、板塀や煉瓦塀などでもって取囲まれていた。此の一種の文化町を、吉村が歩いてくると、何処からだか、こうした声音がふと彼の耳についた。だから彼は、よく少年時代にし合う悪戯中の一種である、耳を引張られたように、聴覚を声音のした方へ持っていった。

と彼が現在歩いている家の右隣りになる、枳殻の生垣のうちに立っていた、東京工科大学教授、工学博士野田謙三の令嬢咲子と彼との視線が、そこで以てバッタリ合した。その強烈さは、二人の中間で、火花を散らさないのが不思議なくらいだった。が此の時だった。ピンク色のワンピイスを身につけた彼女がいった。——

「お早ようございます。」

「お早ようございます。」

彼女がしてくれた朝の挨拶に対して、彼はこう酬いた。そして、こう酬いながら彼は思った。

「誰だろう。今のさっき、『お早よう。お早よう。』と朝の挨拶をしてくれたのは。」

だけれど、幾ら思いめぐらしても、其の正体は、ついに分らなかった。其処で彼は、彼女に聞いてみた。

「咲子さんでしたか。今し方、『お早よう。お早よう。』と言ったのは?」

此の時彼女は、黙った儘、彼女の親達が意識しながら材料をえらび、克明に植えつけたような歯をみせた。と彼の頭へ、ゆくりなく、彼女と反対の歯の持ぬしである、彼のワイフの事が映った。だけれど其の時の彼は、彼のワイフの歯などの上に、こころを留めているタイムを持って居なかった。それどころか、彼の気持は、今のさっき耳にした、メゾ・ソプラノの事でもって一杯だった。そして、此のトーンや其のニュウアンスが、何としても、彼をして其の持主を彼女に決定させようとした。が一抹其の間に疑問があったとすれば、其の詞が、余りにも粗野で、所詮ガアルが、ミスタアに呼びかけ得る性質のそれでなかった事だった。と折も折、其処へ彼に取って、疑問の主である、メゾ・ソプラノが聞えた。――


「お早よう。お早よう。」と言って。

「あれです。あの声の持ぬしは誰方でしょう。」

「あれはね、新吉と言う、九官鳥なんですのよ。」

「サンキュウ。それでやっと分りました。ですけど、昨日まで、ミスタ新吉は、お宅にいませんでしたね。」

「ええ、そうなんですの。それを昨日の夕方、上海から帰ってらした佐伯の叔母さん、佐伯の叔母さんが康子へおみやにくだすったんですのよ。」

　こう言いながら、ノウズの心持低いのが疵だけれど、其のスタイルと言い、其のスタイルの上に湛えられて居る、チャアミング其のもののような、眼を咲子は一寸向う向きにした。

　此の時彼は、彼の舌へ、はげしい痙攣を感じた者のようにして居た。と其処へ彼女のことばが打続けられた。――

「ミスタ新吉はね。あれなんですのよ。チャイナア・ポエトリイもやりますのよ。『お早よう。今日は。』の合いの手にね。――チャイナア・ポエトリイの歌詞は、あたし達に、ちっとも分りませんわ。ですけど其処にあるトーン、ニュウアンス。つまり其処にあるメロディと来たら、そりゃ素的なんですのよ。」とこう言うと彼女は、彼女の持っている癖の一つである、右手でもって右頰を圧する事。それを試みた。かと思うと、彼女はまた後をつづけた。

二

「あれなんですの。それは、ピン止めにされた、あの胡蝶のように凝と耳をすましてますと、独りでにあたしのハアトが、長い間命にかけて待ちわびていた、中へは一杯、此の世ながらの宝石の秘められている、ゴウルドボックス。周囲に打たれてる鋲という鋲は、残らずプラチナなんですの。其のボックスを、あのマンキイが、彼女のチャイルドを抱きしめてるようにしながら、夕霧でもって、咫尺もなお分らないようになってる、それはそれは深い、谷底へ落ちこんで行くような感じがしますのよ。――あたしそう思いますわ。此のポエトリイのヒイロオとヒロインは、屹度命と命とでもって、固く結びあって居た仲なのよ。それが突然襲来したあの颶風のような、ある不合理な事情がさし迫ったのでしょう。ですから、彼と彼女とは、幾ら激動しても、もう涙も出なくなった互の眼を見交し、哀しい最後の思い出に、しっかり掛けた錠前のように、互の手と手をにぎり合って静かにデッドした時のような感じがしますのよ。」

　言いおわると、彼女は、黒水晶のようなアイスに、白露を点じたような輝きを見せた。これが彼の視線にはいると、即座に彼のハアトも、重石の下に圧されて了った。だから彼は、暫く啞になっていた。

「こんな早くから、何方へ。――まさか今日は、会社行じゃないでしょう。何故って、今日はサンデイですもの。」

「あれです。僕、今日は、社の重役のところへ行くんです。――昨日社がひけて、家へ帰ろうとしてたんです。と其処へ社の重役が僕を呼んで、『君は帰りがけ、銀座の伊東屋へ廻って、レタアペエパアを買ってくれないか。こいつを明日、明日の朝僕んちへ届けてくれないか。』と言うのです。『承知しました。』――重役の命令ですから、ノオもイエスもありません。それで今日はこれから、重役のところへ、彼の命令を果しに行くんです。」

「御苦労さまね。でも、お天気が好くて何よりですわ。」

「まあ、それだけ、せめてもの拾い物ですがね。」

　此の時初めて吉村の唇へ、かすかな笑いがのぼった。だけれど是は天候についての、会心さから来て居たのではなかった。事実はそれと、全然関係のない、彼が雇われて居る茨城石炭会社の重役、橋田が彼等に、少くとも此の場合は、彼に対して採った不遜横暴な態度についての無限の反感さが、此の時一個の微笑となって、彼の唇へのぼったのだった。

そして暫くの間だったけれど、彼の唇へ此の反感の生んだ微笑をうかべて居ると、又彼には、独りでに我が国におけるプチブルの尤たる野田家、そこの長女である彼女の身のうえが、頻りに羨やまれもした。だけれど、そうかと言って、此の場合、其の反感をやるに足りる、是という復讐方法は見出せなかった。其処で彼は、「グッドバイ。」と言って、年齢にも不似合いな、石のような態度でもって挨拶をした。

三

「ええ、行ってらっしゃい。」――彼女は、彼の挨拶をうけるとこう言って酬いた。酬いたかと思うと、「吉村さん、あなた御如才もありますまいけど、お帰りに、あたしにもおみやを買ってきて頂戴。そうそう。佐伯の叔母さんが、康子に九官鳥を持って来てくだすったようにね。」と、彼女は、いわば彼女一流のユウモアを附足した。彼女は、片手に燃えたつ枳殻の新芽をいじりながら、彼のほうに向けた眼差は、またも滴らんばかりの微笑を湛えて。

「承知しました。屹度あなたのお好きな、あのリリイ香水を買いましょう。あれはピノオでしたね。」

彼も此の時冗談に、如才なくこう言って請合った。

「まあ吉村さんて、何時（いつ）もお世辞の好いこと。だけどあたし止してよ。何故って、あなたのマダムさんに申訳ありませんもの。そう言うこと、あなたにおねだりしては。」

「ではそうしましょう。僕、あなたの御意（ぎょい）のままにしなきゃならない人間なんですから。」

「まあ憎らしい人。」と言ってからだった。

「今日は直ぐとお帰り？」

「ええ、今日は、レタアペエパアを先方の玄関におくと、直ぐと帰ります。今日は、お使い上手なドッグのように、御用が済むと、元来た路を真ッつぐに帰ります。」

「なら今日あたしの家へ、今日あなた、テイを召しあがりに入らっしゃらない？」

「サンキュウ。ヴィリマッチ。是非そうさせて頂きます。」

　彼が頭の上の薄鼠のソフトを取って、こうちょっと小腰をかがめると、彼女は彼の方へチャアミング其のもののような、一瞥を投げながら言った。

「これは真実（ほんとう）よ。あれよ。今日はね。康子が佐伯の叔母さんから頂戴したミスタ新吉のために、康子がマスタアになって、黄昏時（たそがれどき）から、あたし達が集って、ディンナアをする事になってるんですのよ。ですから、今日の黄昏時、あなたは、あなたのマダムさん御同伴でもって、是非入らっしゃってくださいましな。」と言って、一寸ポオズを置いてから後を言いつづけた。――「あの、此の世での悲痛と、此の世での寂寞さ其のもののような、ミスタ新吉がソロオする、チャイナア・ポエトリイを聞いてやってくださらないこと。あたしタイムも、彼のソロオを聴いてやるには、黄昏時こそ、一番ふさわしいと思いますわ。」

「サンキュウ。ヴィリマッチ。では、是非伺わせて頂きます。是非マイワイフを同伴して、そうさせて頂きます。屹度、センチメンタアなマイワイフは、ミスタ新吉のソロオするポエトリイを耳にすると、彼女は彼女の胸をかき抱き、彼女の眼からは涙を流すことでしょう。」と言ってからだった。彼の頭の中を、彼と彼女との間には、現在のよう結婚同棲するまでに、どんなに涙と涙を啜りあい、どんなに血と血を吐きあったかが、電（いなずま）のようになって、縦横無尽に馳駆（ちく）した。がそれに彼はこころを留めながら言った。――

「グッドバイ。じゃ行って来ます。今日は、僕の会社の重役のためでなく、あなた達の愛してらっしゃる、ミスタ新吉のために、一ッ走り行ってきます。」

（「マッダ新報」昭和七年五月号）

乳首を見る

×

やっと残っている火種を見つけて、それへ炭をついでからだった。貞子は言った。なかば独言のようにしてである。——

「まあ嬉しい。これで安心だわ。」

だけれど、瀬戸火鉢の向うにいる春子からは、何うした詞もなかった。其処で貞子は、五徳の上へ鉄瓶を乗せた。乗せると今度は、メリンスの風呂敷から取出した握り飴を、茶簞笥の中の小皿へ取分けるとまた言った。今度は春子に向ってである。

「召上れ。直ぐとお湯が沸いてよ。」

「だって、あたし……」

「あれじゃないこと。お鮨はあなたに買って来たんじゃない。さあ、召上りましょうよ。」

「だってあたし、先刻お店で、チキンライスを頂いたのよ。ほら、知ってるでしょう。髯の上林さん。上林さんの御馳走よ。」

「いや、御馳走さま。──こう言う時よ。春子さん、御馳走さまッて言うのは。」

「厭な人。」

「常談は常談、一つ位は食べられてよ。召上れよ。」

こう言った時、貞子はもう小肌を一つ口にした。口にしてから思った。──訳は、これから春子に聞かなければ分らないけれど、今夜看板になるとだった。是非聞いて貰いたい事がある。だから、今夜だけ邪魔させて貰いたいと言うのでもって、銀座の店を出ると、近所の屋体から鮨を買って、其処へ流して行くタキシーを拾うと、彼女達は、四谷坂町になる貞子の借りている部屋へ帰って来たのだからである。と言うのは、丁度其の翌日が貞子のために、月一度ずつある休み日だったたから。

「ああそうだわ。此の人、お店でチキンライスを食べなくとも、今夜もうお鮨は、咽喉へ通らないかも知れないわ。」

「そりゃ好いことよ。だけど、何うしてあなたは？」

無論其の時、貞子は春子に、こう言って聞くことを忘れなかった。と春子は言うのだった。——

「あたし、休んでも好いわ。若しかして、今夜遅くなったら、明日あたし、休んでも好いわ。」

其処で貞子は、頼まれる儘に、春子と一緒に帰って来たのである。が既にそうした事情だっただけ、此の夜の春子は、異常な事件持ちだったに相違ない。とするなら、鮨と限らず一切固形物は、春子の咽喉へ通らないのが本当だと思った。——貞子はこう思った。

×

「じゃ、始めない。お話ッて、何んなこと？」

そう思うと貞子は、こう言わずに居れなかった。——彼女は、何れ（いず）それは、異常な事件だろうと思えば思うほど、丁度船来のびっくり箱でも開ける時のようにして、こう言わずに居れなかった。が彼女が口にした小肌を、綺麗に食べてしまっても、春子からは、何うした詞もなかった。だから彼女は、足元から立った雁の影でも追うようにして、そっと眼をあげて見た。と春子は、彼女とは反対に、白い二重顎を、淡紅色地の襟に埋めていた。

「ええ、春子さん、お話なさいよ。」

其の様子を見ると、貞子はかわいそうだとは思ったけれど、時の機勢（はずみ）、またこう言わずに居れなかった。――彼女はもう一つ、今度は赤貝の紐をつまみながら。

「あれなの……」

「なあに。『あれなの』ッて?」

やっと口を切ったかと思うと、春子のそれは、棒切れに遭った蜥蜴の尻尾のようになったから、貞子は、幾分の焦燥さも手伝って、もう一度こう言った。

「あれなのよ……」

今度は、貞子は黙って鮨を食べていた。――言いたいのは、此方ではないと思って、鮨を食べていた。

「あれなの。あたし、体のようすが変なのよ。」

「まあ、体のようすが……」

「ええ、そうなの。」

「あなた、先生に診て貰って?」

春子の詞尻(ことばじり)は、異常な興奮のせいだろう。風を受けている柳の枝のようだった。だから、これが貞子の耳にきた時、彼女もまた、全身へ水を浴びたように感じられた。がそうかと言って、此の場合彼女まで、春子と一緒になって居れなかったから、此処で一筒、カンフル注射でも打った気になって言った。

「だってあたし、先生を知らないんですもの。」

これも、野分に遭っている尾花のようだった。

「あれなのよ。何処だって好いわ。産科婦人科へ行くのよ。」

貞子の詞が切れると同時に、其処へ春子のする、歔欷嗚咽（きょきおえつ）の音がした。これが彼女の耳につくと、次の刹那に、それから受ける感じの総（す）べてが、彼女の中枢神経に絡みついた。だから彼女も其の時は、彼女が持っている意識をよそにして、声帯と涙腺とを、一緒に破きたいような衝動を覚えたけれど、彼女の理性は、此処でもって受けた衝動に、いきなり急停止をかけた。

×

「だって、そうじゃないこと。体のようすが変なら、先生に診て頂くのよ。それからよ、考えて見るのは。」

で衝きあげて来る胸を押えながら、此の時貞子は言った。と春子は、尚も歔欷嗚咽をし続けた。これを耳にすると、彼女の同情は、純一無雑では居れなくなった。

「何時（いつ）からなの。体に変のみえたのは？」

「先々月からなの。」

「相手はだあれ？」

体のうえに見られた異変。それに気づいた時期について、やっと口を利いた春子は、ここへ来るとまた唖になった。そして春子は、春子の持っている事件の現在のみでなく、未来における結果について、思いをさせられる点から来ているのだろう。矢張り春子は、歔欷嗚咽をし続けて居た。だから、そうと察すると、憫れに思いながらも、何か知ら彼女としては、声を励まさねばならなかった。——

「あれなの。上林さんじゃないこと?」

「随分ね。あんな恐い風をした人じゃないことよ。」

此処でも貞子は、

「御馳走さま。」と言いたかったけれど、流石其の場の空気は、そうした「遊び」を遊ばせてはくれなかった。だから彼女は神妙にいった。——

「じゃ、村田さん?」

黙って春子が、張り子の虎のように、首を左右に打振るのを見ると言った。彼女はまた。

「じゃだあれ。言ってごらんなさいよ。」

「前川さん……」

「前川さん。」

こう貞子が鸚鵡返しにして、眼をあげた時、春子は詞の調子と一緒に、今にも消えてなくなりそうにしていた。

「じゃ、好いじゃないこと。——好いッて事もないけど、芳江さんの人、あなたも知ってるでしょう。芳江さんと出来ていた山本さんとも違ってるから、好いじゃないこと。あたし焼けてよ。——ごめんなさい。これは常談だけど……」

「だって、あたし伺うしましょう。」と言ったかと思うと、それに続いて、歔欷嗚咽する春子の声が、貞子の耳についた。そして、春子は、袂から取出したハンケチを、眼頭へ持って行ったかと思うと、今度はそれを口元へ持って来たのが、彼女の眼についた。

貞子は、これらに耳目を仮しながら、暫く黙っていた。黙って鮨を食べおえると、スターに火をつけて口にした。と其処へ鉄瓶がたぎって来たので、彼女は、京都出来の急須を持ち出して茶をいれた。

「春子さん。お茶召上れ。やっと入ってよ。」

「ありがとう。」

×

それから貞子は、さもおいしそうに茶を飲んだ。事実其の時の茶はおいしかった。少くとも彼女にはそうだった。が然しそうして居る間も、彼女は、春子の持っている話の先を聞きたかった。何れそれは、取り損った綾取りの糸を見るも同様だろうとは思ったけれど、いや、そう思えば思うほど、彼女の好奇心は、火影へ集まる夏虫のようになって、尚のこと、それから先の話が待たれた。其処でまた彼女は聞いてみた。――

「あなた、体のこと、前川さんにそう言って？」

貞子の問いが、もう百里の先でもって消えた頃だった。やっと涙を呑んだらしい春子が口を利いた。――

「そりゃはなしてよ。」

「前川さん、何んと言って？」

「はなあの人、『常談言ってらあ。』と言うのよ。」

「何んと言って。其の時あなた。」

「『常談じゃないわ。これ御覧なさいよ。』と言って、あたしお乳を見せてよ。」

「まあ、あなたお乳を……」

「ええ、そうなの。あたし、出して見せたわ。」

「何んと言って。其の時前川さん。」

「『それを僕、知るもんか。お門違いの間の悪さだ。其の事なら、君、一等能く知ってるだろう。だから君は、君の相手にそう言ってやったら好いだろう。』と、こうなの。」

「まあ……」

貞子はこう言って、暫く考えさせられた。だがそれは、間もなく破れた。

「そいで?」

「そいであたし、独りでに泣いちゃッたわ。だって、あんまりです者(ママ)。あの人。――泣きながらあたし、そう言ったわ。『好いことよ。あたし死んじまうから。』と。だってあたし、心からそう思ったんですもの。――『あなただって、知ってらっしゃる筈よ。あたしが誰を知ってるかッて事位。あたし今度の店へ出てから、外で泊りなんぞするのは、あなたとだけよ。』と言ってやったわ。」

「前川さん、何と言って?」

「『僕、知るもんけえ。そんな事。』とこうよ。」

「随分ね。そいで?」

「それだけよ。其の時は。」

「だって、それからも逢ってるでしょう。あなたと前川さん。」

「そりゃ逢ったわ。」

「お店だけじゃないでしょう。」

「随分ね。貞子さん……」

「何が随分なの?」

「だってあなた、人をからかってらっしゃるんですもの。」

「そりゃないでしょう。あたし、そんな失礼なことしないわ。」

「あら、ごめんなさいね。貞子さん。あなた怒っちゃった？　あたし、そんな気でもって言ったんじゃないわ。」

「御常談でしょう。あたしこそ、ごめんなさい。あたし、そんな気でもって、言ったんじゃないことよ。」

事実は将にそうだった。だから貞子は、意外な春子の挨拶をうけとると、幾分狼狽しながらこう言った者の、何(ど)(ママ)うしたと言うのだろう。無惨にも其の場の空気は、自然としらけていた。同時に彼女が此の時感じたのは、二月もなかば過ぎの夜気が、しんしんとして身にしみて来ることだった。だから、それに気づくと言った。彼女は。

「春子さん。あなた寒くないこと？」

×

「いいえ。」

「あたし、ぞくぞくしてよ。」

こう言うと貞子は起って、春子のうしろになる押入から、一枚の褞袍(どてら)を取出した。それは荒い絣(かすり)の錦紗(きんしゃ)だった。これを取出すと、

「ごめんなさい。お古よ。あなたこれを掛けない。」と言う詞と一緒に、春子の肩先へ掛けてやった。

「ありがとう。ですけど、あなたは？」

「あたし、これよ。」

今度も言下に貞子は、一枚の丹前を取出した。これも物は錦紗だった。錦紗の絣で、それは春子のよりは少し小さかったけれど、絣はおなし絣だった。これを引ッ掛けると彼女は、元のところへ返っていった。――

「春子さん。あたし達、しっかりしなきゃいけないことよ。何んなおッかない事の前にだって、そうよ。」

春子からは、何んの返しもなかった。其の時貞子は思った。――

「あたしの心、春子さんに通じないのか知ら。」

また彼女は思った。――

「そんな分らないことないわ。春子さんにも、厭という程分ってるわ。唯春子さんは、あたしのように、はっきり落着く力がないんだわ。はっきりと落着くだけの、経験と教養とがないんだわ。」

でこう考え、こう知ると、十人のうち九人まで、もう匙を投げるのが世の慣わしだった。が貞子だけは、独り此の例外だった。

「そうだわ。偉大な力を持ってる者は、尚独りでも生きて行けるわ。だけど、微少な力しか持ってない者は、他の力を借りなければ。」と思うと、彼女は事情に依っては、春子のために、出来るだけの事をしてやろうと誓った。と言うのは、それまでに彼女の知っている春子は、彼女に劣らない、哀れな過去を持って居たからだ。

×

例えば貞子だった。彼女は郷里の女学校を卒えると間もなく、親の手に依って結婚させられた。そして、同棲後五ケ月経つか経たない中、もう彼女は、彼女の生家へ帰らなければならなかった。と言うのは、彼女のハズは、結婚直後、彼女以外、他にラバアのあるのを口にして、決して彼女をワイフらしく待とうとしなかったから。

「覚えてるが好いわ。あたし其の中きっと、今度の思いを返すから。」

婚家を去る時、まるで死人のようだった彼女にも、尚此の思いのみは生きて居た。そして、此の事があってから後、一ケ年経つか経たない中だった。今度また親の手に依って、処もあろうに、子供の二人もある中年者。しかもそれは、貧乏故に涙を呑んでいる者達の膏血(こうけつ)を搾るので有名な、岩井という高利貸のワイフとして送られようとした。だから、其の話が十中九まで纒りかけた時、彼女は生家を逃出して、東京へ来たのだった。そして、東京へ来てからの生活、それはまた、血で血を洗うも同様だった。

其処には、現在やって居る女給以外、名ばかり良家の女中、女事務員、女工、派出婦等をしなければならなかった。そして、其の蔭には、無知貪慾な会長、好色破廉恥な重役、横暴無比なポリス等があった。

「生れるんじゃなかった。生れんじゃなかった。」

だから貞子は、まるで獣のような、こうした人間に接する毎に、こうした思いを繰返さねばならなかった。だけれど、幾らそう思いつめても、強く生に執していた彼女は、死に就くことも出来なかった。出来ないとなると、彼女は新に思った。――

「戦いだわ。此の世は戦いだわ。あたし敗けても好い。戦いに戦って、戦い抜いでやるわ。」と。

ところで此の決心も、長時間中に加えられてくる誘惑の前には、ともすると大風にあっている木の葉のようになろうとした。唯貞子がそれに堪えたのは、それまでに甞めさせられた此の世の味いが、余りにも苦く、余りにも辛く、彼女の味覚を痲痺させて居たからだった。が彼女と同じ思いに泣いて居るのは誰あろう。それは彼女のフレンドであるところの、春子が即ち其の一人だった。

成程、今鋭利なメスを執って、貞子と春子とが甞めてきた、此の世における悲痛さ、辛苦さの内容を解剖する日になると、無論其処には、幾分の相違があるだろう。だけれどこれは、飽迄厳重な解剖をこころみた場合にのみ限られて居ることで、大体においては、一寸判別に苦しむほど、爾く両者の持っている寂莫さ、苦悶さとには、幾多の類似点共通点があった。少くとも、貞子にはそう思われてならなかった。

×

で一つは、此の点から出発して居るのだろう。貞子が春子の口を通して、それまで春子の経てきた生活道程を知った時、彼女は春子を、唯単に、一個のフレンドとしてのみ待つことの出来ない、或る特種の親しみを覚えた。だから其の後彼女は、彼女自身の幸福さを願うように、朝夕春子の幸福さを祈った。

其の彼女が、此の夜春子の口ずからして聞知った事といえば、それは春子が、世にも悲しい事件中の、ヒロインになって居る事だった。だから、それと知った時、彼女の胸は、果しない冬枯れの野のようになった。唯其処にあるのは、荒れ狂う風の音と、其の風に吹かれて飛んでいる、あの烏の影のみのようになった。だけれど彼女は、何時までも、其の風景にのみ見恍れて居る訳には行かなかった。其処で彼女はいった。——

「悪く取っちゃいやよ。ねえ春子さん。何時頃なの。あなた西尾さんと、そうした関係になったのは？」

彼女は、此処まで来ると、後はもう火のようになって、少しでも余計に、春子の持っている事件を知りたいと思った。それに依って彼女は、現在春子が攻められて居る苦痛さから、救い出してやりたいと思った。

「八月よ。八月の初めだわ。」

「そいじゃあれね。今から、六ケ月ばかり前になるのね。」

「ええ、そうよ。」

「でもって、あれなの。其の後あなた、西尾さんと、逢っちゃ居ないの？」

「ええ、そうなの。――今言ったでしょう。あたし、体のことをはなしてから、あれで二三度逢ったわ。それッきりよ。あの人、もう影も形も見せないんですもの。」

「そいであなた、レターを出して。レターか、でなきゃ電話を掛けて？」

「電話は掛けないわ。だけどあたし、幾度だか、レター出してよ。だけど、あれなのよ……」

「出したけど、何うしたのよ？」

「何んとか言ったッけね。――そうそう、梨のつぶてなの。」

「そいじゃあなた、池本さんに、お願いすれば好いじゃないの。池本さん、西尾さんの親友じゃないこと。」

「だって、あたし……」

「極りが悪くて、頼めない。」

「ええ、そうよ。」

　貞子は此の時、今更に人生の皮肉さを思わせられた。同時に彼女は、成れる者なら、自分もう一度、春子のような時代、春子のような境遇に身を置いて見たいと思った。が然し、次の瞬間には、所詮そう成れない悲しみより、寧ろそう成れない喜びを覚えた。もう彼女は、嬉しいと言えば嬉しいけれど、底の底には悪魔の跳躍している、そうした恐ろしい夢は、此の上見てはならないと思った。

×

「春子さん。あなた明日お休みね。」

「ええ、若しかして、明日お寐坊さんをしちゃったらね。其の癖あれなの。明日はあたし、遅出よ。」

「いいえ、明日はあれしましょうよ。何んなに早く、目んめが覚めても、あなた休むのよ。」

「何うして?」

「だって、そうしましょうよ。明日一つ、先生に診て頂きましょうよ。」

春子は、此処でもって唖になった。だから貞子は、聾者になって続けた。——

「先生に診て頂いて、それと定まったら、またそれぞれ、お話しましょうよ。分った？」

春子はまた、此処でもって歔欷嗚咽しだした。

「少しも心配する事ないわ。すっかり話は、あたしつけてよ。」

貞子の詞がきれると、春子は一段と烈しく歔欷嗚咽した。だから彼女は、子供に対する母のようにして言った。——

「春子さん。何も泣くことないじゃないの。明日先生が、そうだとおっしゃったら、あたし西尾さんに会ってあげるわ。会ってあたし、能くはなして、あなたの体のこと、心配のないようにするわ。」

「駄目よ。あの人……」

「何うして。何うして駄目なの？」

「だってあの人、ちっともあたしの事等、思っちゃくれないんですもの。」

「だからあたし、西尾さんに会って、あなたの事、よくはなしてやるわ。」

また春子は唖になった。此の唖、こう言う時、日本人なら誰でもするように、火箸を手にして、灰へ文字を書出した。だから自然口のほうは、貞子のメンバーになった。

「春子さん。あれよ。そりゃ西尾さん、そんなにベリーカインドじゃないかも知れないわ。そう言っちゃ何んだけど、それどころか西尾さん、大の不良かも知れないわ。だけど、好いことがあるのよ。西尾さんには、また西尾さんのね。」

「好いことッて言うと……」

「そりゃこうよ。――あれでしょう。あなた知ってるか何うだか知らないけど、西尾さんのおとうさん、東京紡績の重役でしょう。だから、此方の出方一つでもって、まさか西尾さんだって、自働車の中から、夕立を見てるような訳には行かないわ。」

「そりゃ、何ういう意味。」

「あなた、分らないのね。」

「分らないわ。あたし。」

「だって、そうじゃないこと。西尾さん、心から親切のない人だとするのよ。それならそれで、尚と西尾さん、親切人の持っちゃ居ないみえがあるわ。だから此方は、相手のみえを附目にして、話をするのよ。」

×

春子はまた唖に返った。だから流石に今度は、貞子も少し焦れていった。――

「まだ分らない？」

「だって、貞子さんのお話、何時かはやった、クロス・ワードみたいんですもの。」

「じゃあたし、はなして上げるわ。そうじゃないこと。相手がみえ坊なら、みえ坊に利くよう、『これをあなたが打捨らかして置いちゃ、結局、あなたの御名誉にも係わりはしないでしょうか。』とこう持掛けるのよ。話を。——『あたし達、新聞屋さんにも近附があれば、弁護士の方とも知合いがありますわ。』とも言うのよ。だってそうじゃないこと。あたし達、東毎の松井さんや曙の石島さんを知ってるでしょう。弁護士だってそうよ。野崎さん、山路さん、武田さん、皆知ってるじゃない。だから、相手の出ように依っちゃ、幾らだって、はなしようはあってよ。」

「だけど、あれでしょう。若しそうなったら、あたし、お店から、お暇を頂かなきゃならないでしょう。」

「もちよ。」

不断から、気障なこととは知って居たけれど、相手が相手のところから、つい貞子は、其の気障さ加減を発揮した。

「あたし、困るわ。」

「あなたも、随分ね。だってそうじゃないこと。現在あなたは、生死の巷にさまよってるんじゃないこと。なら何も……」

「ええ、ありがとう。分りましたわ。」

「分って。」

「ええ。」

「こう言う時ね。これが殿方なら、何を措いても、ポンポンと、シャンペンよ。」

「本当ね。」

貞子は、何気なし、男を例に引きなどしたけれど、言いおわると、嬉しいどころか、反対に瞼が熱くなった。それに春子も、行掛り上、これも何気なしにだろうけれど、兎に角彼女の詞に同じてくれた。それを知ると、彼女は愈溜らなかった。

「人間に愛慾のあるのは好いわ。だけど、何うしたらこれが、時と人とに依って、こうも哀しい形を取って来るんだろう。」

此の時また、貞子にふと、こうした事が思われた。だけれど、それは中々、彼女には分らなかった。それだから余計と、彼女の胸の暗さは深まっていった。

×

「春子さん。あなた、おッぱいを見せない?」

これは感極まったと言うところから始まったのだろうか。貞子は出しぬけにこう言った。何しろ彼女は、まだ妊娠だけはして居なかった。だから、こう言った時の彼女には、一種の好奇心が働いていたのも事実だった。

と春子は、丁度盗んできた物でも出すようにして、最近流行し出したお召銘仙の襟を左右へ開けた。観ると、其の色彩なり、其の感じなりが、丁度羽二重を張ったように思われる、右の胸のところに、春子の乳があった。此の乳がまた、丁度小さな茶碗をふせたようになっていた。が心持ち貞子が、及び腰になって観ると、これが茶碗なら、糸底になるところが、薄く眉墨を掃いたようになって居た。だからこれを眼にすると、彼女の頭へ、何時か婦人雑誌でもって読んだ事のある、妊娠についての記事が思い返された。思い返すと今度は、一種名状し難い感じが、彼女の頭の中を通りぬけた。

「ありがとう。寒かった？」

だから、こうした挨拶も、空虚な響きしか持って居なかった。

「そうでしょう。」

これは春子だった。春子は、死んだ子供の年齢でも数えるような調子でもって言った。

「だって、あたし知らないことよ。あたし、妊娠した事ないわ。」

貞子の詞も寂しかった。詞の意味も調子も寂しかった。だけれどそれは、今更何うする事も出来なかった。それどころか彼女は現在、彼女よりももっと形取った、悲しい事件に坐して居る人間を知っていた。でこれに気づくと思った。――

「そうだわ。問題は幾つもあるわ。自分のこと。人のこと。だけど今は、自分の事よりもっと前に、春子さんの話をつけなければならないわ。」

こう思うと、何うしたと言うのだろう。不思議な位、それまで感じていた寂しさも、自然に色彩を消していった。

「そうだわ。あたしも寂しい。だけど、春子さんも寂しい人だわ。それがはっきりとあたしに分るわ。だからあたし、今度も出来るだけの事はしてあげるわ。」

また貞子は思った。――

「そうだわ。力のある者が、力のない者の為を計るのは、余りに当然だわ。ところで、実際はと言えば、皆此の正反対だから、厭になっちまうわ。――あたしなど、何の点からしたって、人の力になるより、人の力にたよらなければならない人間だわ。だけど、若しあたしに出来る事があれば、あたし、喜んでそれをするわ。それをして上げるわ。」

此処へくると彼女は、胸も開き、頭も軽くなった。それればかりでなく、彼女は、新に力の加わるのさえ覚えた。

「芝区白金三光町一八。」

此の間にまた、こうした所番地が頭を掠めていった。――春子の誘惑者だと言えば誘惑者になる、あの西尾の所番地が。

（発表紙誌・年月号不明／「群像」令和元年七月号）

嘘〈三幕〉

人　物

谷　治三郎。小説家
木村正太郎。洋画家
同　たか子。同夫人

年　代　現代の早春。

場　所　東京の山の手。

第一幕

舞台は、治三郎の下宿している家の居間である。

時間は、午前十一時ごろである。

幕があくと、治三郎は床についている。その枕元の火鉢のそばに、正太郎が坐っている。

正太郎 おい、起きろよ。
治三郎 ……。
正太郎 おい、好加減に起きたらどうだい。幾時だと思ってるんだい。
治三郎 ……。
正太郎 よせやい。狸は。
治三郎 うるせいなあ。せっかく人が、これから善い夢でも見ようと思ってるのに。
正太郎 なんだって。善い夢でも見ようと思ってる。
治三郎 そうさ。だから、今日は勘忍してくれ。
正太郎 よし。君がそういって頼むなら、僕はこのまま帰ってやってもいい。だが、君はまたどうしたら、今日にかぎってそう何時(いつ)までも、煎餅布団にかじりついてるんだい。

治三郎　……。
正太郎　何もこれが、かわいいラバーだというじゃなしさ。そう何時までこびりついたって、始まらないじゃないか。
治三郎　……。
正太郎　おい。どうだい。今日は僕が御馳走するから、一緒に僕の家へこないか。——僕は昼飯は御馳走するよ。
治三郎　……。
正太郎　よう。起きろよ。
治三郎　うるせいなあ。（床返りをうって、こっちへ向く。）僕はもう、飯を食っちゃったんだ。——十時ごろ、外で食ってきたんだ。
正太郎　なんだい、それは。——朝飯をか。
治三郎　朝飯と昼飯とを、一緒に食ってきたのさ。
正太郎　そうか。——じゃ、腹はできたし、用はなし。というところから、どりゃ一寝入りと、こう出掛けたところなんだなあ。今日は。
治三郎　まあ、そうだ。——本当は、書かなきゃあならない原稿もあるんだけれど、何しろ今日は、睡くて眠くてたまらないんだ。
正太郎　だが、起きろよ。——そうだ。君の襦袢が縫えてるかも知れないぜ。昨夜、僕のところのやつが、縫っていたから。それを取りかたがた、今日は僕と一緒にやってこないか。——好い天気だぜ。そとは。

治三郎 せっかくだが、今日は勘忍してくれ。それに、襦袢はそんなに急がないんだよ。物はわるくとも、いま着ているのがもう一枚あるから。

正太郎 じゃ、君のほうはそれで用なしだろうが、どうだい。今日は一つ家でも焼いた気でもって、僕につきあわないか。僕と一緒に、はなしにこないか。

治三郎 ……。

正太郎 どうも君がいないと、この世の中がさびしくていけねえや。それに、僕のところのやつが、君が一日二日も顔をみせないと、その騒ぎッちゃないぜ。まるで、自分のラバーとの中を、堰かれでもしたように、さびしがってるんだからなあ。——君が一日顔をみせないと、風でもひいたのじゃなかろうかの、腹加減でもわるくしたのじゃなかろうかなどといって、なんのことはない。まるで腕白を持ったおふくろのようにしてるぜ。——こりゃ僕もおなしだが、僕のとこのやつときたら、それはまた格別なんだからなあ。どうだい。今日は一緒にこないか。無駄話でもしようじゃないか。

治三郎 せっかくだが、今日は勘忍してくれ。僕は睡くてたまらないんだから。（また、床返りをうって、向うむきになる。）

正太郎 ああ、なんだなあ。君は昨夜、白山へでかけたんだなあ。性懲りもなく、白山へでかけていって、また土砂降りにあってきたんだなあ。それですっかり読めた。今日はこれから、ふて寝をしようというんだなあ。かわいそうに。

治三郎　よせやい。君じゃあるまいし。
正太郎　おっと待った。「君じゃあるまいし」だって。御常談でしょう。そりゃこっちでいうこった。
治三郎　……。
正太郎　どこへ行ったんだい。白山の。
治三郎　……。
正太郎　君一人で行ったのか。
治三郎　……。
正太郎　おい。黙っていちゃ分らないじゃないか。なんとかいいねえなあ。
治三郎　どうだって好いじゃないか。そんなこたあ。
正太郎　というのは、飽くまで君のほうのいい分だ。これが僕の身にしてみると、僕は君さえ、昨夜君の行った家と、その時かけたおんなとの名さえあかしてくれるなら、そこは友達冥利だ。僕はいまから、押ッとり刀でもってでかけて行って、君の恨みをはらしてきてやってもいい。
治三郎　……。
正太郎　いやか。君は。——そうだろうなあ。君は。下手に僕をやったが最後、また二重にも三重にも、恋の嫉刀というやつを研がなければならないからなあ。
治三郎　なんだって。恋の嫉刀を研がなければならないッて。

正太郎 そうだろうじゃないか。まさかに君もわすれやしまい。何時か市川へ行った時のことをさ。

治三郎 つまらないことをいってらあ。(こういうと治三郎は、床から離れて、廊下のほうへでて行く。――間もなく彼は帰ってくる。今度はそこの火鉢をはさんで、正太郎と差(さし)になってすわる。)

正太郎 どこへ行ってきたんだい。

治三郎 なあに、憚(はばか)りよ。

正太郎 そうか。――憚りへ行って、また昨夜の恨みをあらたにしてきたことだろうなあ。かわいそうに。

治三郎 もうよそうよ。そんなつまらないことは。

正太郎 ああ。君がよしてくれといって頼むなら、よしてもいいよ。

治三郎 僕はべつに、頼みはしないよ。

正太郎 じゃ、もう一席、あとを続けようかな。

治三郎 続けたきゃ、勝手に続けるさ。

正太郎 なんだい。怒ったのか。君は。

治三郎 僕はべつに、怒りはしないよ。

正太郎 だって、君の顔をみていると、『それがしはまさに、怒りもうし候。』と書いてあるからさ。

治三郎　あるいは、そうかも知れない。

正太郎　僕は、君の顔をみていると、思いだすなあ。あの時のことを。

治三郎　なんだい。あの時のこととは。

正太郎　いや、これをはなしちゃ、君はなおと怒るかも知れないが、何時か市川へ行った時のことをさ。あの時には、ちょうど君は、いまとおなじような表情をしたからなあ。

治三郎　よせやい。君。――どうも君はうるさくていけないよ。つまらないことを君は、何時までもしゃべる癖があっていけないよ。何かなあ。君は人に、そんないやがらせをいって、相手が顔色をかえるのを見ると、面白いかなあ。

正太郎　いや、御説ではあるが、僕だって、そんなことは、特に面白くはないなあ。こう見えても、僕はまだそれほど堕落してはいないつもりだ。

治三郎　なら、もうよそうじゃないか。恐らくは君だって、人間という者は、みなそれぞれに、自己の誇りというやつを持っていることは知ってるだろうからなあ。――人間は、その誇りを、他から犯されると、誰だって、快く思わないものだということくらいは、……。

正太郎　おっと、待った。そりゃ、僕だって知ってらあなあ。だから、そんなに君が気にするならよすよ。よせばもう文句はないだろう。

治三郎　……。

正太郎　（暫くしてから、）何もそう、君のように怒らなくたって好いじゃないか。みんな僕は、常談にいってるんじゃないか。

治三郎　……。

正太郎　じゃ君は、昨夜はどこへ行ってきたんだい。――きっと君は、昨夜はどこかへ遊びに行ってきたんだろう。でなきゃ、朝のはやいのを売物にしている君が、今日にかぎってこの時間まで、床についている訳がないからなあ。

治三郎　だって、好いじゃないか。僕は君達とちがって、まだ独身なんだからなあ。

正太郎　今度はどうも、君のほうがいけないぜ。――そう何も君のように、やけに突ッかかってこなくたって好いじゃないか。

治三郎　べつに僕は、突ッかかりやしないじゃないか。

正太郎　だって、いまのような物いいをされちゃ、これが聞かされてる身にすると、そう取れようじゃないか。

治三郎　そうか。そいつは、僕がわるかった。じゃ、あやまるよ。

正太郎　いや、何もそうあやまらなくたっていいよ。だが昨夜はどこへ行ったんだい。白山か。

治三郎　君は、僕が遊びに行ったとさえいえば、何時でも白山ときめてるが、僕だって金を持ってる時には、何も白山ばかりとは限らないよ。――そのくせ昨夜は、僕は友人におんぶして行ったんだが。

正太郎　誰だい。その友人というのは。

治三郎　君の知らない男さ。——山口といって、——山口勇吉といって、これも小説を書いてる男さ。
正太郎　それと昨夜は、どこへ行ったんだい。
治三郎　なあに、昨夜は、その男にさそわれてさ。大森へ行って遊んできたんだ。
正太郎　どうだったい。面白かったか。
治三郎　さあ、面白かったというのかなあ。
正太郎　だって、君達のしてきたことなんだぜ。——どっちだ。
治三郎　さあ。半分半分だなあ。
正太郎　そうか。——あれだなあ。面白くなかったほうは、例によって例のごとく、君は市川の二の舞いを踏まされたって寸法じゃないのかい。
治三郎　せっかくだが、今度の相手は、君じゃなかったからなあ。君のような、超人間じゃなかったからなあ。
正太郎　というのは、どっちなんだい。——善い意味でかい。それとも、悪い意味でのかい。
治三郎　これも、半分半分だといったほうが、一等適切だろうなあ。
正太郎　なんだか分るもんか。だがそれにしても、君としちゃ、今度の大森行きは、できのほうだなあ。——それとも本当は、また市川の二の舞いか。一切体裁ぬきにして、めくってのけたところは。

治三郎　そう君が疑ぐるなら、そのいわれ因縁なるものをはなしてやってもいい。

正太郎　僕も、聞いてやってもいい。

治三郎　そういった風に、君が物体（もったい）をつけるなら、よしておこう。

正太郎　おい。きわどいところで焦（じら）さずと、すっぱりしゃべりたまえなあ。

治三郎　君が神妙に聞くというなら、しゃべってもいい。

正太郎　聞くよ。この通り、膝のうえに両手をおいてさ。

治三郎　これは今朝のことだ。——今朝の八時ころででもあっただろうか。僕が一人で寝ていると、音もなくそこの襖をあけて、すッと這入ってきた者があるんだ。まるでこう、風のようにしてさ。

正太郎　なんだい。それは。——物取りか。それとも、戸惑いした化物か。

治三郎　僕もそう思ってみると、これが山口のところへ出ていたおんななんだ。——僕のところへ出ていたおんなは、外から呼んだのだ。それが夜があけると、帰って行ったと思いたまえ。あとで一人寝ている僕のところへ忍んできたのが、山口のところへ出ていたおんななんだ。

正太郎　よせやい。猫八じゃあるまいし、そんな物真似は。

治三郎　物真似なもんか。これはいまのさっき、僕の眼前でおこなわれたことなんだからなあ。

正太郎　嘘つけ。——なんじゃないか。もしそれが事実なら、ちょうどルノアールが、毛筆でもって、唐紙へ書いた山水画をみてきたというも同しだろうじゃないか。――断っておくが、「風景」じゃないぜ。「山水」をだぜ。でなければ、ドストエフスキイのものした、「闇の力」という戯曲は、いい戯曲だなあというも同様だろうじゃないか。

治三郎　じゃ、よすよ。――そんな嘘ッぱちを聞かしちゃ、君が耳のけがれになるだろうからなあ。

正太郎　なんだい。また怒ったのかい。気のはやい男だなあ。――いや、これは僕がわるかった。あやまるよ。

治三郎　……。

正太郎　よう。あやまったら好いじゃないか。終いまではなしたまえなあ。

治三郎　いや、もうよそう。――君のように、そう一々、理由もなしに駄目をだされちゃ、大抵僕でなくたって、はなす気はなくならあなあ。

正太郎　だから僕は、あやまってるじゃないか。――それから、どうしたんだい。君は舌鼓(つづみ)をうちながら、それを口にしてのけたなあ。

治三郎　君じゃあるまいし。

正太郎　こいつは御挨拶だなあ。――じゃ、どうしたんだい。それがしなどの、口にあわないからという理由でもって、ひらに御辞退したのかい。

治三郎　まあ、そうだ。僕はそういう不倫(ふりん)なことは嫌いだからなあ。

正太郎　莫迦(ばか)だなあ。君は。――あったら据え膳を前にしながら、それには手もふれないで、引きあげてくるなんてやつがあるもんか。

治三郎　そこが、君と僕との違うところさ。——山口のところへ出ていたおんなが、僕のところへやってくるまでの段取りは、君と僕との間にあったそれと同一だが、これが君なら、君が餓えてる者が食を得た時のように、がつがつしてむさぼり食うだろうが、僕は決して、そういうさもしいことはしないなあ。いや、しなかったなあ。——僕はおんなが僕の床のなかに這入ってくるのを見てとると、僕は反対にそこから抜けてでてしまった。「すっかり寝坊しちゃった。もう幾時だろう。」とかなんとか、そういった風なことをひとりごちながら床からでて、僕は山口の寝ている部屋へ行ってみたんだ。——だから、僕達はそこをでてからも、なんのこだわりもなく、面白おかしく、笑いきょうじながら帰ってくることができたんだ。そりゃ僕だって、その時は、まさに三百おとしたも同様の気持ちがしないでもなかったが、しかしそれも、外へでてしまうと、落したそれの何倍かを拾ったもおなじような心持ちになってきた。すくなくとも僕は、一個の善事をしたという喜びでもって、胸の踊るのをおぼえた。

正太郎　そうだろうなあ。弱者という弱者はみなそうだよ。君がそれに箸をつける度胸があれば、恐らくは君は、市川へ行った時に、ああいうどじを踏まなくとも済んだんだろうからなあ。

治三郎　常談いってらあ。そんな分らないやつがあるもんか。そりゃ君のように、無闇と強者（きょうしゃ）がってさ。人の思惑（おもわく）を察せずに手当り次第に盗み食いするのも好かろう。——食っている間だけはそれも好かろう。だが、食ったあとでは、きっと食傷するにきまってるからなあ。

正太郎　などと、おどかしッこなしにしようぜ。よしまた、それが事実だというなら、そういう手合いは、きまって、歯をはじめ、胃腸のよわいところからきているのだ。その証拠には、世の強者という強者は、みんなそれを鵜呑みにしてなおしゃんとしているからなあ。

治三郎　あるいはそうかも知れない。――君のような超人間はなあ。――誤れる超人間はなあ。

正太郎　何も、「誤れる」はないだろう。君に真似ていえば、正しい超人間はみなそうだ。それにしても、君はちと偽善者すぎるよ。――君は、たれかかるよだれから、湧きたってくる唾を飲みこんだおなし口でもって、いうことだけは、さもさも意味のあることでもしでかしてきたようなことをいうんだからなあ。飽くまで君は、かわいそうな男さ。

治三郎　何か。それは常談か。それとも本気なのか。

正太郎　どっちだって、好いじゃないか。

治三郎　だが、これが常談なら、ちとこう、休み休みいってもらいたいなあ。

正太郎　そりゃ、お互さまにさ。

治三郎　何が、お互さまにだい。

正太郎　だって、そうじゃないか。僕のいうことが、君の気にさわったというなら、僕だっておなじように、気にさわろうじゃないか。――君だって僕のことを、誤れる超人間に擬してさ、思いきり冷笑をなげつけたろうじゃないか。

治三郎　そうさ。誤れる超人間らしいことをしたりいったりして、君はなお恬としているから、僕はそういったのだ。それがわるければ、君もすこしは、反省してみるが好かろう。

正太郎　それも、お互さまにだ。――もし僕が反省してみなければならないものなら、君だって同様にだなあ。

治三郎　何を僕が反省してみるんだい。

正太郎　それが分らなきゃ、教えてやろう。――君はも少し、ユーモアのなんたるかを、解するようにするんだなあ。できたら君はそれを、君自身にも持つようにするんだなあ。

治三郎　ありがとう。せいぜい僕も、そうなれるように心掛けよう。だが、それとともに、僕はちょっと君に聞くが、あれか、人間という者は、よしそれが、一夜の売笑婦であろうとも、自分の友人のところへ出ているおんなをだ。それをひそかに犯すことが、愧べきことではないだろうか。さらにそれを、その友人のまえへ高々と持ちだして、「色男には誰がなる。」といって、威張りちらすことは、さらにさらに、卑しいことじゃないだろうか。

正太郎　そりゃ、卑しい、憎むべきことかも知れないさ。ただし、弱者の間だけにはなあ。

治三郎　そうか。道理で君は、あれ以来僕にのぞむんだなあ。——これも、僕の見ていないことだけに、疑えばきりがないが、とにかく、僕のところへ出ていたおんながだ。僕の寝ている間に、君の床のなかへ這入って行ったということを提げて、しょっちゅう君は、この僕を辱しめるんだからなあ。ちょうどそれは、愛煙家が、不断に煙草をとりだしては口にするように、君もしょっちゅうそれを僕のまえで口にしては、僕を煙にまこうとしている所以なんだろう。

正太郎　そうさ。君は疑えばきりがないがというけれど、僕には、いまこうして、君と差になっているのが確な事実のように、あの時のあの出来ごとだって、確な事実なんだからなあ。それが口惜しければ、君もこれから先、すこし気をつけたらよかろう。——人の物を犯す犯さないは別として、君自身は、ちと気をつけたらよかろう。悪いことはいわないから。（といわれて、治三郎は黙って、暫く脣をかんでいる。それにつれて、正太郎も暫く黙っている。やがて、治三郎によって、その沈黙がやぶられてくる。）

治三郎　じゃ、僕は君にちょっと聞くが、君はいま僕に、君の夫人が、僕のことを気にしてるといったねえ。——総てが、ラバーのようにして、僕を待っていてくれるといったねえ。

正太郎　ああ、いったよ。それがどうかしたのかい。

治三郎　それから、君はかつて僕に、僕が君のところへ行って、猥談というのか。男おんなの話をしてくる晩には、きっと君の夫人が、ちょうど今日君が僕を寝かさないようにして、夜ッぴて君を寝かさないので困ると、君が僕にはなしたことがあったっけねえ。

正太郎　ああ、そんなことが、あったかも知れない。いや、それはあっただろう。それがどうかしたのかい。

治三郎　それから、も一つ聞きたいことがある。それは、君の夫人が、いままでに幾度だか僕のところへ、君の用を持ってやってきたことがあるのを、君はおぼえているだろうなあ。そればかりではない。これは君の知らないことかも知れないが、君の夫人は、その外にも幾度だか、用事に行ってきた帰りだといって、僕のところへ寄って行ったことがある。それを僕は、ものはついでだ。この際あえて、君の耳へいれておきたい。

正太郎　ああ、それも確だ。僕が君のところへ、僕のところのやつを、使いによこしたことは。それから、それ以外に、僕のとこのやつが、君のところへ寄ったのは、いま君のいった通り、これは僕の知らないことだが、しかし、君がそういう事実もあったというなら、それも確に僕は承知した。がそれがどうかしたのかい。

治三郎　いや、どうもしやしないさ。ただそれだけのことさ。——それだけのことを、僕は君にたしかめておきたかったのだ。

正太郎　そうじゃあるまい。どうだ。もう君も、鞘(さや)をはらって斬ってきたんだから、一層その刀でもって、僕にとどめをさしたら。

治三郎　何も、それには及ばないよ。
正太郎　卑怯な男だなあ。君は。まるで猫のような男だなあ。猫も、紙袋をかむったような男だなあ。僕にはちゃんと分ってるんだ。君がとどめをさせないというなら、僕が手を貸して、させてやってもいい。
治三郎　常談だろう。
正太郎　何が常談だい。こうなんだろう。君は。――君が僕にいいたいのは。――「君のとこのやつと、僕とは関係があるのだ。」と、こういうんだろう。君は。
治三郎　いや、僕はそうはいわないよ。断っておくが、そういう恐ろしいことはいわないよ。
正太郎　嘘つけ。でなければ、なんだって君はいまのように、一々箇条立って、僕に駄目をついだのだ。僕達はお互に、はっきりする時には、はっきりしようじゃないか。
治三郎　そりゃ好い。――はっきりする時には、はっきりするのは、そりゃ好い。だが僕は、君がいまいったような考えがあって、君に聞いてみたんじゃないんだ。僕も君にいいたい。君はも少し冷静になる必要があるなあ。
正太郎　大きなお世話だ。それよりも君は、手にした刀でもって、僕にとどめをさしたらどうだ。抜いた刀を手にして、慄えあがっているなんて図は、あまりに見っともいいもんじゃないぜ。どうだ。
治三郎　そう何も、君のように取りみだすがものはなかろうじゃないか。何が何したら、僕が君にとどめをさすんだ。君がそういった風に、総べてを独り合点して、やけに身悶えすると、それこそ目に見えぬ刀でもって、君は、君自身を割くことになるかも知れないぜ。割くが最後、君が唯一の誇りにしている「強者」なる者をも、根こそぎないものにしてくるかも知れないぜ。だから、君ももう好加減によしたらどうだ。

正太郎 いや、僕はよさないよ。よせるものか。君がどうでも、とどめをさすのがいやだというなら好い。僕には僕の覚悟があるから。

治三郎 なんだい。覚悟があるとは。

正太郎 いやさ、君がそうして、僕を嬲殺(なぶりごろ)しにしようとするなら、僕は君に、その刀を渡したやつを捉えて訊くから。——僕は、僕のとこのやつに、どこをどうしたら、君にその刀を渡したか、それを訊きただしてみるから好いや。

治三郎 そりゃ君の勝手さ。君は君の好いようにしたまえ。

正太郎 するよ。きっとしてみせるよ。(幕)

第二幕

時間は、第一幕のおこなわれた日の、午後の十時ごろである。

舞台は、正太郎の家の茶の間である。

幕があくと、そこの長火鉢のそばに、たか子が坐って、檽袢の襟をつけている。

――襦袢は、治三郎のものなのである。

とそこへ、表入口の戸のあく音がしてくる。たか子はその音を耳にすると、起って玄関のほうへ出て行く。今度はそこから、

「お帰りなさい。」という声がしてくる。間もなく、正太郎をさきに二人が茶の間へ這入ってくる。それから、正太郎だけまず長火鉢のそばに腰をおろす。

たか子 どこへ寄ってらしたの。
正太郎 どこへ寄ってきたって好いじゃないか。
たか子 御飯をめしあがってらしたの。
正太郎 食べたよ。
たか子 あなたまた、お酒をめしあがってらしたのね。（といって、かの女もそこに腰をおろす。）
正太郎 それがどうしたのだ。
たか子 どうもしやしませんわ。――あなた今日、誰かと喧嘩でもなすっていらしたんじゃない。
正太郎 ああ、してきたよ。――喧嘩をして、俺はまけてきた。まけて俺は、明日からは世間へも出れないようにされてきた。
たか子 御常談ばッかり。（といって、かの女はまた、襦袢の襟をつけだす。）

正太郎　それは谷のだろう。
たか子　ええ、そうよ。
正太郎　よせ。そんな物は。
たか子　どうして。好いじゃありませんか。もうすぐ済むのよ。——あたし昨夜は睡くなっちゃったから、これだけ残して寝たんですのよ。
正太郎　なんでも好いから、よせといったら、よせ。
たか子　もうちょっとよ。すぐ済むわ。
正太郎　よせといったら、よさないか。（というと、いきなり彼は手をのばして、襦袢をひきとる。ひきとったそれを、ずたずたに破って、そこへ叩きつける。）
たか子　どうするのよ。あなた。随分だわね。あなたは。それは谷さんのじゃありませんか。
正太郎　谷のを破いちゃわるいか。
たか子　だって、人さんの物を破いちゃわるいわ。
正太郎　何。わるい。そうか。お前も人の物を破いてはわるいということは知っているか。
たか子　そりゃ知ってるわ。あたしだって、それくらいのことは。
正太郎　じゃ、俺は聞くことがある。——俺はお前に聞くことがある。
たか子　……。

正太郎　お前と谷とは、関係があるだろう。——関係しているだろう。
たか子　……。
正太郎　どうだ。黙っていちゃ、分らないじゃないか。
たか子　随分だわね。あなたは、——なんですか、あなたは、今夜にかぎって、あたし谷さんの襦袢を縫ってあげてるのが、そんなに気にさわったんですか。
正太郎　何をいってるんだい。俺はそんなことを聞いてるんじゃない。俺は、お前と谷とのことを聞いてるんだ。
たか子　あたしと、谷さんとが、どうしたというんですの。
正太郎　おい。しらばッくれるのはよせ。今夜俺は、お前の出ように依っちゃ、お前を生かしちゃおかないかも知れない。そのつもりで返答をしろ。
たか子　……。
正太郎　どうなんだ。あるのか。ないのか。正直にいえ。きっとあるんだろう。
たか子　どうしたというの。あなたは。随分な人ね。そんなこと、あたし知るもんですか。——なんでしょう。あなた今日、谷さんとこへ寄ってらしたんでしょう。あなた、谷さんと喧嘩してらしたんでしょう。きっとそうだわ。
正太郎　それがどうしたのだ。
たか子　でもってあなたは、そんなつまらないことを、あたしにおっしゃるのね。
正太郎　莫迦をいえ。——いや、それでもって、俺がお前に聞いているんだとしても好い。俺はただ、お前と谷との間に、関係があるかないか。それを聞いてるんだ。どうだ。はやく返答をしろ。

たか子　だって、あたし知らないわ。そんなこと。――あなたが、どうでも返事をしろとおっしゃるなら、あたし知らないから、知らないというまでですわ。

正太郎　人を莫迦にするのも、好加減にしろ。もうちゃんと種があがってるんだ。俺はもうちゃんと、生きた証拠をにぎってるんだ。そんなだまかしに乗るような俺じゃないんだ。

たか子　……。

正太郎　どうだ。いえねえだろう。幾くら不貞にできていても、流石にお前は、この俺の前には、これはこうだ。あれはあれだと、はっきりしたことはいえないだろう。

たか子　……。

正太郎　どうだ。なんとかいわないか。もうここまできて、唖の真似なんぞしていたって始まるかい。今夜俺は、どこをどうしてでも、白状させなければ措かないから、そう思え。

たか子　……。

正太郎　なぜ黙ってるんだ。いわないなあ。（といったかと思うがはやいか、彼はたか子の横ッ面をひっぱたく。）

たか子　何するのよ。あなたは。（かの女はこういうと、ひっぱたかれたところを、片手でもって押さえる。）

正太郎　どうするもんか。俺はひっぱたくんだ。痛ければはやくいえ。関係があるとかないとか。それをいえ。

たか子　いってるじゃあありませんか。あたし。――知らないから知らないと、わたし、きっぱりといってるじゃありませんか。

正太郎　嘘つけ。俺はそんなことを聞いてるんじゃないんだ。俺は本当のことを聞いてるんだ。

たか子　本当のことッて。これが本当のことなんですわ。

正太郎　まだいわないなあ。しぶといやつだ。（といったかと思うと、またたか子の横ッ面を、続けさまに、二つ三つうつ。）

たか子　どうとも、あなたの思いどおりにしてください。（というと、かの女は片手にひっぱたかれたところを押えて泣きながら正太郎のそばへにじりよって行く。）

正太郎　どうでもお前が、本当のことをいえない。いわないとこういうなら、俺はお前を、俺の思いどおりにしてやろう。

たか子　ええ。あなたのお好きなようにしてください。（といってまた泣く。）あなたはいま、たしかな証拠を持っているんだとおっしゃったわねえ。それをいってください。それをいってください。

正太郎　いえというなら、いっても好い。――それは俺が今日、相手の谷から、はっきり聞いてきたんだ。——僕は君の夫人と関係がある。とこう谷が、ぬけるようにはっきりといいきるのを、俺は聞いてきたんだ。どうだ。これでもまだお前は、嘘だというのか。

たか子（黙ってすすりあげている。）

正太郎 黙っていちゃ、分らないじゃないか。何がかなしくて泣いてるんだ。——俺ははなから、お前の素振りを変だと思って睨んでいた。お前が谷に対する素振りを。それが今日谷にあって、俺は彼の口ずから、彼がこうこうだというのを聞いた時に、俺はそう思った。これが書きあげた絵なら、それをうまくはまる額縁へはめて、さらにそれを、適当な光線のもとにおいたら、こうもあろうかと。そればかりではない。気がついて見ると、なるほどその絵は、たしかに俺の手になった物には相違ないが、しかし、その額縁といい、そのおかれてある部屋というのは、みな谷のものだということが分ってくると、俺はその絵を、そのまま谷にくれてやる気になってきた。そうじゃないか。この場合、お前は絵だ。その絵は、この俺の丹精になったものだが、こうして見ると、お前だって、この俺の暗い部屋の隅に、ろくろく額縁にもはめず、まるで首をくくった者のようにしてぶらさげられてるよりは、総べてがお前に適した谷のところへ行ったほうが、お前だって好かろうじゃないか。俺も男だ。お前がもし正直に、本当のことを聞かしてくれるなら、俺はもうなんの未練ものこさない。俺は捨てるようにして、谷の手へお前をくれてやるつもりだ。——どうだ。関係があるのか。ないのか。きっとあるんだろう。

たか子　……。

正太郎　まだ強情をはっているのか。（といったかと思うと、やにわに火箸を手にして、それでもって、たか子の頭をうつ。それから立ちあがって、足蹴にする。）どうだ。これでもまだいわないか。——お前が何時までもそうして黙っているなら、俺だって何時までもこうするから、そう思え。（というと、また火箸でもって、頭をうつ。）どうだ。関係があるんだろう。それをいえ。

たか子　谷さんが、本当にそうおっしゃったんですか。

正太郎　疑ぐりぶかいやつだなあ。そういったから、そういったといってるんだ。どうだ。本当なんだろう。二人の間に関係のあるのは。

たか子　……。

正太郎　黙っていると、容赦はないぜ。（というと、今度はまた、火箸を握りなおす。）どうだ。はやくいえ。

たか子　もしそうだったら。いいえ、そんなことはまるで嘘ですわ。ですがもし、もしそうだったら、あなたはどうするおつもり。いいえ、あたし、そんな恐ろしいことは、微塵おぼえがありませんけれど。

正太郎　何をいってるんだ。はっきりいえ。はっきりいえ。

たか子　……。

正太郎　そんなことは分ってるじゃないか。――もうそうなら俺は、猫の子でもくれてやるようにして、お前を谷にくれてやろうといってるじゃないか。

たか子　……。

正太郎　どうだ。どうだ。まだいわないなあ。（というと、また火箸でもって、頭をうちすえる。）どうだ。これでもいわないいか。

たか子　もうし訳ありません。（というと、突ッぷして泣く。）

正太郎　谷と関係があるのか。

たか子　もうし訳ありません。

正太郎　なんだ。「もうし訳ありません。」それでことが済むと思うか。出て行け。

たか子　……。

正太郎　出て行け。

たか子　……。

正太郎　出け行けといってるのに、聞えないか。（というと、火箸でもって、たか子の頭をうつ。さらに足蹴にする。）

たか子　だって、あなたは………。

正太郎　何がだってだ。俺はむやみと、飼い主の手へ噛みつく犬のような人間はきらいだ。――そうじゃないか。僕はいま、お前との約束をはたすんだ。谷の手へ、お前を猫の子でもくれてやるようにして、くれてやろうといった、それをはたすのだ。

たか子　ええ、分りましたわ。あたし、明日になったら、出て行きますわ。こういう、夜よなかでなしに。

正太郎　ふざけるない。夜も昼もあるもんか。それはこっちでいうこった。この俺を蝙蝠（こうもり）のように、夜でなければ外へもでれないようにしたのは誰だ。出て行け。俺はもう一分間だって、お前をここにおくわけには行かない。出て行けといったら、出て行かないか。（といったかと思うと、また足蹴にする。）（幕）

第　三　幕

舞台は、第一幕とおなじである。
時間は、前二幕のあった翌日の午前八時ごろである。
幕があくと、治三郎とたか子とが、火鉢を真中にして、坐っている。――たか子の顔には、前の晩正太郎にうたれた痕がついている。つまり、左の目尻のあたりが牡丹花（ぼたんか）でも彫ったように、青くあざになっている。

治三郎　どうしたんです。奥さん。泣いてばかりいては、分らないじゃありませんか。

たか子　（黙って、やはり泣いている。）

治三郎　あなたは昨日、木村君から、いやなことをいわれたでしょう。そりゃ僕にも分っています。

たか子（なおも黙って、泣きつづけている。）

治三郎 なるほどそりゃ、あなたの身にすると、あなたはかなしかったでしょう。――かなしくもあれば、又口惜しさも口惜しかったでしょう。だから僕はあやまります。いってみると、あなたにそういう思いをさせたのは、なかば僕のせいですから、それは僕があやまります。勘忍してください。

たか子 いいえ。

治三郎 本当に済みませんでした。悪いところは僕があやまります。

たか子 いいえ。あたしこそ、あなたにそうおっしゃられると、なんといっていいか、分らなくなりますわ。

治三郎 木村君は、きっとそのことで、あなたをひっぱたいたんでしょう。痛かありませんか。お顔に、青くあざができていますね。

たか子 いいえ。そんなでもありませんわ。――少しはひりひりしますけれど、そんなでもありませんわ。（といって、右手を左の目尻へ持って行く。）

治三郎 だが、それにしても乱暴ですね。木村君も。何も、そんなにまでしなくとも、よさそうなもんですがね。

たか子 これはあの人の癖ですわ。――何時でもあの人は、自分の気にいらないことがあると、あたしをひっぱたくんですわ。それに昨夜は、……。

治三郎　昨夜。昨夜ですって。

たか子　ええ、そうなんですの。昨夜の十時ごろでしたわ。木村の帰ってきたのは。それに木村は、酒に酔って、帰ってきたんですのよ。

治三郎　じゃ木村君は、どこか飲み屋へ寄ったんですね。僕のところを出ると。——なんでも、僕のところを出たのは、お昼ちかくでしたから。

たか子　じゃ、きっとそうよ。あの人はのんべいですから。

治三郎　そうでしたか。それじゃ昨夜は、一つはその酒のせいもあったんでしょう。

たか子　そうかも知れませんわ。それに昨夜は、あたしをひっぱたくだけならいいんですが、しまいにはあたしを、踏んだり蹴ったりするんですの。

治三郎　そいつは驚きましたね。お怪我はありませんでしたか。あなたは。

たか子　いいえ。怪我ッて怪我はしませんでしたわ。ですがあたし昨夜、一人で休みましたの。ですが、こうなんだか体中が痛んで、よくは眠れませんの。——木村は昨夜、あたしをそうすると、もうぷいと外へでかけて行って、今日あたし出てくる時にも、まだ帰りませんでしたわ。

治三郎　どこへ行ったんでしょう。木村君は。それにしても驚きましたね。何もそんなにまでしなくとも、好かりそうなもんですがね。

たか子　ですがあの人は、昨夜あたしが、そうですといったから、もうよしたんでしょうが、それでなければ、……。

治三郎　いや、ちょっと待ってください。なんですって。昨夜あなたが、そうですといったからですって。それはなんのことです。

たか子　いいえ、あの人は、昨夜帰ってくると、いきなりあたしに、お前は谷さんと関係があるだろう。とこういうんですの。

治三郎　そりゃ分っています。

たか子　あたし、そんなこと、身におぼえのないことですから、知りませんといったんですの。

治三郎　そりゃ、そうでしょう。あなたとしては、そうおっしゃるのが、当然ですからね。――木村君が、あなたを攻めるのよりは、もっと当然ですからね。

たか子　すると、木村が聞かないんですの。なんといっても、聞いちゃくれないんですの。しまいに、そんな嘘をいったって駄目だ。もうちゃんと種はあがってるんだ。もう俺は、ちゃんと生きた証拠をつかんでるんだ。こういうんですの。

治三郎　それはまた、なんのことなんです。僕にはちっとも分りませんね。

たか子　あたしだって分りませんでしたわ。だからあたし、聞いてみたんですの。それはなんですって。すると木村は、僕は君の夫人と関係があるんだ。君はそれを知るまい。――あなたがおっしゃるのを、俺はちゃんと聞いてきたんだ。とこう木村がいうんですのよ。

治三郎　そりゃ嘘だ。いや、それは真赤な嘘です。――で、あなたはどうしました。

たか子　あたし、なんといわれても、微塵身におぼえのないことですから、知らない。知りません。——あたしはこういい張っていたんですの。
治三郎　すると。
たか子　するとあの人は、やにわにあたしをひっぱたくんですもの。それから、あたしを踏んだり蹴たりするんですもの。
治三郎　どうしました。それからあなたは。
たか子　あたし、ただかなしくて、泣いてましたわ。
治三郎　それからですか。木村君が外へでていったのは。
たか子　いいえ。木村はその前に、もう関係ができてるものなら仕方がない。お前もいやでなければ、俺は、お前の相手にお前をくれてやろう。だから本当のことをいえ。いわないと、俺はお前を生かしちゃおかないからと、こういうんです。
治三郎　それから。
たか子　あたし、やっぱり泣いてました。だって、あんまり無理なことばかりいうんですもの。あたしかなしくて、やっぱり泣いてましたわ。
治三郎　それに業をにやして、木村君が外へでて行った。こういう段取りですか。
たか子　いいえ。違いますわ。——あたしそうしていると、それこそ木村は、まるで気違いのようになって、これでもか、これでもかとばかりに、打つやら蹴るやら、その騒ぎッちゃないんですのよ。——そうされるとあたし、もう決心してよ。どうで殺される気でもってあたし、そういってやったわ。──わたし、谷さんとは関係があります。立派に関係がありますッて。

治三郎　そういったんですか。あなたは。

たか子　ええ、そういっちゃったの。すると木村はまた、あたしを打ったり、蹴ったりするんですのよ。今度は、すぐに出て行けといって、そうするのよ。──木村が外へでて行ったのは、それからですわ。(と聞いて、治三郎は呆気にとられている。それにつれて、たか子も黙っている。)

治三郎　あきれかえッちまいましたね。──僕には、木村君の態度も慊りません。同時に、あなたの態度にも愛想がつきました。本当に、あなた達は、なさけない人達ですね。

たか子　だってあたし、そうするより外に、しようがなかったんですもの。

治三郎　あなたはそうおっしゃるでしょう。だがこれが僕なら、僕は決して、そうしません。

たか子　じゃ、どうしたら好いんでしょう。──あなたは、あたしが木村から疑われて、木村のために、殺されたほうが好いと、こうおっしゃるんですの。

治三郎　そうです。──もし、その疑いを晴らすことができない場合にはです。それと、相手がそれを恨みに持って、あなたを殺すなら、そしたら僕は、その時はあなたに、死んでもらいたかったと思いますね。──僕なら、きっとそうしますね。

たか子　そりゃ、無理ですわ。
治三郎　そうかも知れません。だが、僕はそう思いますね。
たか子　だって、あたし……。
治三郎　だって、あたしがどうしたんです。あなたも少しは物の道理を考えてごらんなさい。なるほどそりゃ、あなたが木村君から、あなたの貞操を疑ぐられるということは、たしかに辛いことでしょう。同時に、木村君が、その疑いをとくために用いた手段方法なるものは、苛酷に失していたかも知れません。辛辣をきわめたものだったかも知れません。がしかし、そうかといって、何もそのためにあなたが、そういう恐ろしい嘘をいうにはあたらないじゃありませんか。
たか子　……。
治三郎　これもです。これもあなた一人で済むことなら、自から問題はべつですが、ことの結果はといえば、あなたのために僕まで、とんだ濡れ衣を着なきゃならないじゃありませんか。
たか子　だって、それは……。
治三郎　なるほどそれは、木村君の採った態度はいけなかったでしょう。ですが、幾くら相手の態度がいけないからといって、何もあなたまで、それとおなじ態度を採るにはあたらないじゃありませんか。僕はそれをいうんです。
たか子　だって、それは。——じゃ、あたしお聞きしますわ。あなたはまたなんだって、木村にそういうことをおっしゃったんでしょう。

治三郎　とあなたはおっしゃるが、それは全然嘘です。誰がそういうことをいいました。いや、木村君のいったことは、それは飽くまで嘘です。きっとそれは、木村君が、あなたへの攻め道具にするために、自分の手でもって、捏造したんでしょう。

たか子　まあ。

治三郎　それに違いありません。――なるほど僕は、木村君が、あなたを疑えば疑がわれるようなことはいわなかった訳じゃありません。がしかし僕は、あなたと僕とが、関係があるなどということをいったおぼえは、断じてありませんから。

たか子　だって、あの人は、――木村ははっきりと、そういったんですわ。

治三郎　そりゃ、いったかも知れません。だがいまもいった通り、それは木村君が捏造したもので、僕の知ったことじゃありませんからね。

たか子　そいじゃ、あなたのおっしゃったのは。

治三郎　僕が木村君にいったのはこうです。――僕は前の晩宿をあけて、――これは一昨日のことですが、一昨日の晩僕は宿をあけて、帰ってきたのは、なんでも十時ころでした。それから僕は、前の晩の補いをしようと思って、床についていたんです。――前の晩はよく眠れなかったから。すると、そこへ木村君がやってきてくれたんです。

たか子　……。

治三郎　それから、木村君は例によって、僕をひやかすんです。――うるさく、僕をひやかすんです。

たか子　何をひやかすんですの。

治三郎　……。

たか子　あなたのお気にさわること。

治三郎　そうです。まあ、いってみると、僕がおんなから、嫌われがちだということなんです。

たか子　そんなことはありませんわ。

治三郎　まあ、黙って聞いてください。――木村君は、しきりとそれをいうんです。しまいに木村君は、僕の知っているおんなと、関係ができたことがある。つまり僕と馴染だったといえば馴染だったおんなと、木村君が関係したことがあるというんです。といったところで、僕は何も、いまここで、木村君の品行をどうのこうのというのじゃありませんから、そこのところは、誤解のないようにしてください。

たか子　そりゃ、分っていますわ。

治三郎　それを木村君は、昨日もまたうるさく口にしていて聞かないんです。

たか子　それから、どうして、あなたは。

治三郎　僕は、あまりそれがうるさかったから、ついつかぬことまでしゃべったんです。

たか子　あたしとのことをですか。

治三郎　いや違います。そうどうも、あなたのように、早合点して頂いちゃこまります。

――僕のいったのは、木村君がそういった風に、うるさく僕にのしかかってくるから、僕は、木村君の説が、必ずしも正鵠（せいこく）を得たものではないという一個の反証としていったまでです。

たか子　……。

治三郎　それは、つまりこうなんです。――君は僕のおんなをとったことがあるからといって、やけに威張りちらすが、君の夫人だって、不断から僕に、かなりの親しみを持ってくれてるぜ。その君の夫人が、かつては君の用を持って、僕のところへやってきたことのあるのは、君も知ってるだろう。

たか子　そうおっしゃったの。あなたは。

治三郎　そうです。というのも、ちょうど木村君が、昨日もあなたが不断から僕のことを気にしているの。それはまるで、恋人に対するようだのといったからでもありしたんです。――ただ、それだけのことなんです。僕のいったのは。

たか子　本当。それは本当。

治三郎　本当ですとも。僕はあなたも御存じのように、嘘をつくことは嫌いです。首を斬られても、嘘をつくことだけは嫌いですから。

たか子　……。

治三郎　そうです。それに僕が、そういうことを木村君にいったのは、いまもいったように、一つは僕が、睡かったせいからもきてるんです。――僕が前の晩の寐（ね）が足りなくて、頭のなかがまるで、からっぽのようになっていたからです。——からっぽになっている頭のなかが、何かこう、そうです。まるでこう、煙にでもむしかえされてでもいるようになっていたせいもあったんです。それを木村君が、尾に鰭(ひれ)をくッつけてはなしたのが、いまあなたのおっしゃったようなことになったんでしょう。

たか子　そうでしょうか。

治三郎　でなければ、よりどころがないじゃありませんか。僕にいわせると、木村君も卑怯です。このうえもない、卑怯なやりかたです。がそれと同時に、僕はあなたの採った態度だって、同様だと思いますね。いや、この際あけすけにいわして頂くと、僕は、木村君以上だと思いますね。

たか子　だって、それにしても、あんまり甚いわ、甚すぎますわ。——木村は、嘘だといえば嘘、拵らえごとだといえば、その拵らえごとでもって、あたしを攻めて聞かないいんですもの。——お前が白状しなければ、俺にも覚悟があるなんていって。

治三郎　そりゃそうかも知れません。だが、あなたも木村君からそうして脅迫されると、根も葉もないことまでに、花を咲かせたり、実をむすばせたも同様のことをしたんじゃありませんか。僕はそれを憎むんです。それを卑しむんです。そうじゃありませんか。

たか子　だって、あなたはいまこうおっしゃったでしょう。——木村が、不断からあたしあなたを、思っているといったと。

治三郎　ええ。いいました。

たか子 それがあなたも分って。

治三郎 分っていれば、どうなんです。そりゃ僕にも分っています。僕はそれを、うれしいと思っています。いや、うれしいと思っていました。だが、それとこれとは、なんの関係もないじゃありませんか。

たか子 そうでしょうか。

治三郎 そうですとも。それよか僕は、あなたはどうするお積りで、そういう恐ろしいことを、おっしゃったのか分りませんね。

たか子 ……。

治三郎 もしこれが、いまあなたのおっしゃったように、一時の危難からのがれる方便として、そうおっしゃったのだというならばです。今度はあらためて、それを取りけそうじゃありませんか。

たか子 どうするんですの。それは。どうして取りけすんですの。

治三郎 それは、いまから木村君のところへ行って、するんですね。

たか子 駄目ですわ。それは。

治三郎 そうかも知れません。だが、それもこれも、してみたうえでなければ、本当のことは分りませんね。そうじゃありませんか。僕はそう思いますね。

たか子 いいえ。あたしそうは思いませんわ。

治三郎 いや、そういうことは、いまここで、あなたと僕とが、いくら争っていたって、分りッこないにきまっています。だから僕は、論より証拠、木村君にあたってみるのが、何よりだと思いますね。

たか子　……。

治三郎　そうしようじゃありませんか。それに僕は、こう思いますね。――いまもいった通り、もともとあなたは、これが刑事問題なら、尋常な訊問をうけて自白したのではなくて、いわば係りの者があえてした、不法きわまる拷問のために、そういったところにもないことまで自白してのけたのでしょうから。もしそうなら、今度は場所が公判廷であるだけに、ことのここに立ちいたった顚末(てんまつ)を、残らずのべてみようじゃありませんか。僕は当事者というのでしょうか。とにかく僕は、一旦今度の事件の関係者として、飽くまで、事実をありのままにはなしてあげます。だから、あなたも僕と一緒に、お宅へ行って、木村君に会ってみようじゃありませんか。

たか子　いやですわ。あたし。

治三郎　どうしてです。どうして、あなたはおいやなんです。

たか子　だって、それは幾くらはなしても、きっと駄目ですわ。

治三郎　どうして、駄目なんでしょう。

たか子　だって、あの人は、こうと一旦思いこんだことは、梃子(てこ)にだって動かない人なんですもの。これは、あなただって、よく御存じじゃない。それに、ことがことですもの。

治三郎　いや、木村君には、たしかにそういう一面があります。だが、よく膝をまじえてはなしあったら、反って氷を火にいれたようにならないとも限りませんからね。それに、いまあなたが、ことがことだからとおっしゃったが、僕からいえば、ことがことだけに、なおと会う必要もあれば、またそれだから僕は、話はつきやすくはないかとも思いますがね。

たか子　まあ、そういえばそうかも知れませんわ。だがあたしいやですわ。あたし死んでも、もうあの人のところへ帰りませんわ。帰るほどなら、あたし死にますわ。

治三郎　じゃ、あなたは、これからさきどうしようというんです。

たか子　……。

治三郎　あなたが、どうでも木村君のところへ帰るのはいやだとおっしゃるなら、それも好いでしょう。それはみなあなたの自由ですから。しかし、それにしても、これから先あなたは、どうしようというお考えなんです。

たか子　……。

治三郎　はっきりと、その考えがなければ、――その考えがついていなければ、しようがないじゃありませんか。

たか子　あれでしょうか。

治三郎　なんです。あれでしょうかッて。

たか子　あれでしょうか。――あなたのところに、置いて頂けないでしょうか。

治三郎　駄目です。とんだことです。それこそ、あなたじゃありませんが、駄目なこッてす。

たか子　……。

治三郎　考えてごらんなさい。僕には、木村君の手前というものがありますからね。

たか子　あったって、好いじゃありませんか。

治三郎　そうは行きませんね。また、これを無視してかかるとします。

たか子　ええ。

治三郎　いや、いま仮りに、これを無視してかかるとしてからが、いまの僕には、とてもあなたをお引きうけするだけの力を持ってやしません。だから、所詮これは、できない相談です。

たか子　なんですの。それは。――力とおっしゃると。

治三郎　力というのは、あなたを養って行く力です。

たか子　それなら、あなたに御心配おかけしませんわ。あたし。――そのことなら、あたしなんとでもしますわ。――あたし、あなたのためになら、死んでもよござんすわ。

治三郎　御常談でしょう。

たか子　いいえ、あたし本気ですわ。

治三郎　あなたは、本気かも知れません。ところで、それが本気なら本気なだけ、僕はいやですね。

たか子 どうして、おいやなの。

治三郎 その訳はいろいろあります。第一、あなたのおっしゃることは、所詮あなたにも実行できないからです。

たか子 いいえ、あたし。

治三郎 ちょっと待ってください。——というと、あなたはきっと、これを悪意にお取りになるでしょう。その結果あなたは、意地にもきっとこれを実行してみせますと、こうおっしゃるでしょう。また、それだけに、いざとなればきっとあなたは一生、これを実行してのけるかも知れません。だがそれは。

たか子 いいえ、あなたは。(といって、かの女は、歔欷嗚咽する。)

治三郎 あなたは、僕があなたを疑ぐっていると、こうおっしゃるんでしょう。いや、それもあります。ですが、ここでは、それはきっと実行されるものとして僕はいうのです。——それは実行できても、決してあなたはそのために、幸福じゃないと思いますね。僕は。

たか子 (黙って、やはり歔欷嗚咽をつづけている。)

治三郎 そうじゃありませんか。それはかなりのお荷物です。それをあなたが背負いながら、僕と一緒に歩くうちには、きっと足腰がたたないようになってきます。それを僕が、黙ってみておれるでしょうか。

たか子 (なおも、前とおなじ仕草をしつづけている。)

治三郎　だから僕はいうのじゃありませんが、もともと僕は、男という男は、いや、人のことは知りませんが、すくなくとも僕は、一生自分の対照になってくれるおんなのためには、何を措いても、生活の保証にだけは立ってやることにしたいと思っています。だから僕は、いくら困っているからといって、この際あなたから、そういう補助をして頂こうとは思いませんね。

たか子　分りましたわ。あなたは、あたしをお嫌いなんですわ。

治三郎　いや、それは違います。僕があなたの願いをしりぞけるというのは、みんな僕がいまいったような訳だからです。――いまの僕は、毎月払わねばならない、この宿への払いも、ともすれば滞りがちになろうという身分なんです。だから僕は、さびしいけれどもこの年になるまで、凝（じっ）とこうして、独りでいるんです。――恥をいわなければ、理が聞こえないというから、僕もこういうことをいうんですが。

たか子　いいえ、嘘ですわ。それは嘘ですわ。あなたは、あたしをお嫌いなんですわ。

治三郎　困りますね。あなたのようでも。

たか子　そうでしょう。きっとそうですわ。

治三郎　じゃそうかも知れません。もし、そうだとすれば、あなたはどうします。あなたは、木村君のところへお帰りになりますか。

たか子　いいえ、あたし帰りませんわ。

治三郎　じゃ、どうするんです。

たか子　あたし死にますわ。（といって、また泣く。）

治三郎　まったく、あなたのようでも困りますね。（といって、机の上へでている、ナイフや錐を取りあげて、それを抽斗(ひきだし)へいれる。）どうでしょう。わけは僕からはなしてあげますから、木村君のところへ帰りませんか。もう木村君だって、そろそろ家へ帰ってるでしょうから。

たか子　（黙って、泣きつづけている。）

治三郎　泣いていたって、始まらないじゃありませんか。それよか、木村君のところへ、帰ろうじゃありませんか。

たか子　（なおも泣きつづけている。）

――幕――

（「演劇新潮」大正一三年七月号）

愚劣な挿絵

浅野五郎。洋画家。徳治の友人。
西村徳治。同上。
谷口咲重。徳治と同棲している女。

時は秋のなかばである。秋のなかばの宵のことである。
ところは、東京の郊外である。

舞台は、徳治の応接間であり、書斎であり、また画室になっているその一室である。
幕があくと、五郎がそこの椅子によっている。と間もなくそこへ徳治がはいってくる。

五郎　どうだった。

徳治　ないや。——一枚宛しか持っていない、僕の袴と、袷羽織までないや。

五郎　なんだ。そいじゃ、自分の持ち物以外、君の物まで持っていったのか。

徳治　どうもそうらしいや。

五郎　そいつやちと甚いなあ。

徳治　まるで泥棒だ。覚えていやがれ。獣め。

五郎　だが、それにしても、何かこう、書置いていきそうなものだがなあ。例えば、原田のところへ行くなら行くといってさ。

徳治　そりゃ人間のすることだよ。

五郎　だが、もう一度そこいらを見てみたまえなあ。

徳治　いや、幾ら見たって、この通りだよ。あいつが何時でも書置きなどをのっけて置くのは、きまって此処なんだからなあ。（と言って、かたえの卓子を顎でしゃくる。）

五郎　おかしいなあ。

徳治　おかしければ、笑うさ。

五郎　いや、僕には、どうも咲重女史が、原田のところへ行ったもんだとは思われないなあ。

徳治　じゃ、どうしたと言うんだ。君は。

五郎　さあ、僕はどうしたものか、はっきりしたことは分らないけれど、原田のところへ身を寄せたものだとは思われないなあ。
徳治　だって、いま青木がそう言っていたじゃないか。昨日の午後、きゃつが原田のところへ来ていたって。
五郎　青木はそう言っていたさ。だが、青木は、二人は今後、同棲するのしないのなどと言うことは、これっぽちも（と言って、右の人差指のさきを、親指のさきでもって押えながら、）口にやしていなかったからなあ。
徳治　そりゃそうさ。幾ら莫迦(ばか)でも、青木の前で、もって、そう言うことをしゃべるやつもなかろうじゃないか。
五郎　そう言えば、そうだけれど、……
徳治　僕には、ちゃんと分っているんだ。
五郎　君にいわせると、そりゃそうかも知れないけれど、……
徳治　僕にはちゃんと、掌を指差すようにはっきりしてるんだ。何故といえば、僕はきゃつを、原田のところへ追いやったんだから。（と言ったかと思うと、矢庭にたちあがる。立ちあがって、卓子のうえに出ていたナイフを取るより早く、それで以て、そこの画架にのっていた一枚のカンヴス、それは咲重の半身像をかきかけてあるものなのだが、これを破いてしまう。）

五郎　どうするんだよ。そんな事はよしたまえ。（と言って彼も立ちあがる。）

徳治　なあに、こんな物にはもう用がないんだ。（と言って、腰をおろす。）

五郎　勿体ないじゃないか。そんな事をしちゃ。（と言って、これもまた腰をおろす。）

徳治　何が勿体ないんだ。こうなりゃ、もうこんな物には、僕は用がないんだ。（と言うと、また立ちあがって、其処いらに立てかけてあった絵を、二三枚打つける。）

五郎　君、落ちつかなきゃいけないよ。（と言って、彼もまた立ちあがって、これをとどめる。）

徳治　打捨っといてくれたまえ。僕はこうでもしなければ、生きちゃ居れないんだから。

五郎　まあ、君、掛けたまえ。（と言って、徳治を椅子にかけさせる。）君はすぐと、火のようになるからいけないんだ。総べてのことに対して。

徳治　僕にいわせると、君はまた、余りに水のようだからいけないんだ。丁度この頃の水のようだからいけないんだ。

五郎　あるいは、そうかも知れない。

徳治　だが僕は、君が羨ましい。

五郎　じゃ君も、僕のようにしたらどうだ。

徳治　ところで、そうはいかないから、僕は苦しいんだ。

五郎　僕にいわせると、君は直ぐと火のようになりたがるから、総べての場合に、成ることをも、成らないようにしちまうんだ。

徳治　そんなやつがあるもんか。

五郎　そうじゃないか。例えば今度のことだってそうじゃないか。（と言って、彼も椅子に腰をおろす。）

徳治　今度のことッてなんだい。

五郎　そうじゃないか。——僕は今度のことだって。みんな君の性格からして、事ここに至ったんだと思うな。

徳治　いや、それは君の誤解だよ。

五郎　いや、僕にいわせると、君の火になる性格が、火のないところにも煙をたたせてくるんだ。

徳治　と言うと、どう言う事なんだ。それは。

五郎　それはこうなんだ。——君がつまらぬ事から疑いをおこして、挙句のはてが、相手の者へ、つまり咲重女史に対して臨むから、今度のような事にもなるんだ。——ここのところをもっとはっきり言うと、君は咲重女史が、ちょっと原田の噂をしても、もうそれは、原田と咲重女史との間にある特別の関係でもあってする事でもあるように早合点するから、事穏（おだやか）にいかなくなるんだ。僕は、それを君のために惜しむよ。

徳治　常談じゃない。

五郎 何が常談なんだい。これは君のカンヴスに就いても云えることだ。――君はあまりに単純過ぎるよ。

徳治 などと言うのも、君が色盲だからだ。

五郎 いや、それがいけないんだ。君はちっとも、他人の批評に、耳を仮そうともしないから。

徳治 そうさ。色盲か、でなければ近視者流のいうことなどに、一々耳を仮していて溜るものか。

五郎 全く、困った者だ。君も。

徳治 それは、お互いさまにだ。

五郎 そうだろうか。(彼はこの時、立ちあがる。立ちあがって、其処いらを歩きだす。)

徳治 君には、分らないんだ。

五郎 ……

徳治 少くとも君には、いまの僕の気持ちは分らないんだ。

五郎 ……

徳治 恋する者の心持ち。また、それを失った者の気持ち。いや、そうじゃない。それを奪われた者の心持ちなどは、君にはまだ分らないんだ。

五郎 あるいは、そうかも知れない。(と言って、椅子に腰をおろす。)

徳治　僕は、金がほしい。僕は旅にいきたい。それにしても、僕は金がほしい。

五郎　また、お株がはじまった。――それは君ばかりかよ。

徳治　いや、君は、今度のことなども、一に僕の性格。一に僕の不徳さに帰するけれど僕は決して、そうは思わない。

五郎　じゃ、それは何からきてるんだい。

徳治　これはみんな、この僕が貧乏な点からきてるんだ。

五郎　それは、君の僻（ひがみ）だよ。それは、卑しい君の僻だよ。

徳治　僻のもんか。僕達の喧嘩という喧嘩は、何時でもこの僕が貧乏してる点からして始まるんだ。

五郎　それは、何も君ばかりじゃないよ。

徳治　そりゃ僕ばかりではないさ。だが、その中でも、僕のところは烈しいんだ。今度だってそうだ。あのすべたが、岡田でもなく、長尾でもなく、原田のところへ走ったと言うのも、これ外でもないんだ。彼は、僕達にくらべて、比べ物にならない程の物持ちだからだ。それが、僕には溜らないんだ。（と言ったかと思うと立ちあがって、其処いらを歩きだす。）

五郎　ならもう、それで好いじゃないか。もうそれはそれで、諦めるより外仕方がなかろうじゃないか。

徳治 そうさ。仕方がないさ。だが、それだけに僕は、余計と口惜しいんだ。

五郎 だって、若しそうなら、それは仕方がないじゃないか。

徳治 いや、僕のいうのはこうなんだ。――それは仕方ないが、僕は一日でも、そうした盲と一緒にいたのかと思うと、もう溜らなくなるんだ。そう言った、虚栄の権化と、同棲していたのかと思うと、もう溜らなくなるんだ。

五郎 どうも困ったもんだ。(と言って、懐中時計をとり出してみる。それから、)で、どうしようと言うんだ。君はこれから。

徳治 僕は、一切成りいきに委すつもりだ。

五郎 まあそうだな、唯君としては、無闇と焼けになる事だけはよすんだ。

徳治 ありがとう。僕も精々そういうことにしようよ。(と言って、腰をおろす。)

五郎 じゃ君、僕失敬する。(と言って立ちあがる。)

徳治 まあゆっくりしたまえ。僕はちと君に頼みがあるんだ。

五郎 なんだい。頼みというのは。(と言って、また腰をおろす。)

徳治 頼みというのは、僕、君に、明日の朝、原田のところまで行って貰いたいんだ。

五郎 何しに、僕が原田のところへ行くんだい。

徳治 そりゃこうなんだ。――君が明日の朝原田の寝込みを襲って、「おれの女を、手前にくれてやる。」と言って貰いたいんだ。それから、あのすべたに、「覚えてるがいい。

僕だって何時迄（いつ）もお菰（こも）じゃないから、こう余り嘗めたことをしやがるな。」と言って貰いたいんだ。それから、「その中（うち）には、僕だって、思い知らしてやるから。」と言っていたと、これは二人のやつの前へ叩きつけて貰いたいんだ。

五郎　そりゃ困るな。

徳治　君はいやだろうが、そこが友達冥利だ。今度だけ一度、僕のために面倒みてくれたまえ。

五郎　それは、君がいって言ったらどうだい。僕はそれが、誰彼がいくよりも、一等有効だと思うなあ。

徳治　僕にそれが出来るくらいなら、僕は君に頼まないよ。

五郎　じゃ、こうしたまえ。僕だって、咲重女史も知って居れば、また原田とだって友人なんだ。丁度君と僕とが友人のように。だから、僕は頼まれるから、君が二人の者に対していいたい事を、手紙にしてくんないか。そしたら、僕はそれを二人の者に手渡してくるから。

徳治　じゃそうしよう。――僕は、頼めるものなら、君の口ずから僕の思いを、彼等の眼前へぶつけてきて貰いたいと思うんだけれど。

五郎　折角だが、それは僕あやまるよ。じゃ、君、直ぐと、その手紙を書きたまえな。

徳治　何も直ぐでなくたって好いよ。

五郎　いや、僕は今直ぐに書いてもらいたいもんだ。君もどうで書くんだろうから。
徳治　好いじゃないか。僕はあとで、ゆっくり書くよ。
五郎　そりゃ君の勝手というもんだ。僕はあれだ。今夜は僕も宿へかえりたいんだ。僕だって、君同様、二晩宿をあけちゃったんだからな。
徳治　宿の方はいいだろう。どうで物はついでだ。もう一晩くらいは好いだろう。
五郎　そうはいかないよ。
徳治　そりゃ、君には君の都合があるだろうけれど、今夜は僕のところに泊っていきたまえな。
五郎　そいつは、平にあやまるよ。
徳治　だって、僕も今夜から一人なんだ。だから、君も僕をかわいそうだと思ったら、今夜もう一晩だけ、僕に附合ってくれたまえな。
五郎　いや、それはまあそれとして、先ずその手紙を書きたまえな。
徳治　それは、後でゆっくり書くよ。だから君は、今夜僕のところに泊っていきたまえな。
五郎　それはそれ、これはこれだ。君はその手紙からして、さきに書きたまえな。
徳治　だから、僕、……
五郎　君がいやだと言うなら、僕も断わるよ。

徳治　じゃ、僕、書くよ。（と言うと、かたえの卓子に依って手紙を二通書く。）じゃ、君、これを頼む。

五郎　よし。承知した。

徳治　難題の上塗りだが、それを明日の朝早く持っていって、二人の枕頭（ちんとう）へ叩きつけてきてくれたまえ。

五郎　委細承知した。じゃ失敬する。（と言って、立ちあがる。）

徳治　それじゃ話が違うよ。

五郎　どう違うんだい。

徳治　だって、君は今夜、僕のところに泊る約束じゃないか。

五郎　いや、僕は、そういう約束はしないぜ。

徳治　だって、今そう言ったじゃないか。――君もいろいろ都合があるだろうけれど、今夜だけそうして行ってくれたまえ。僕は明日の朝早く起すから。（と言っているところへ、表の戸の開く音がしてくるので、彼は聞耳をたてる。とそこへ、咲重がはいってくる。）

咲重　入らっしゃい。誰かと思いましたわ。

五郎　今晩は。お帰りなさい。（と言って、また腰をおろす。）

咲重　（徳治に向って、）あなた、何時（いつ）お帰りになって。

徳治　何時帰ろうと大きなお世話だ。

咲重　御挨拶ね。あなたは。

五郎　西村君は、あなたが原田君のところへ行ったものだと思って、先刻からまるで気違いなんです。

咲重　まあ、そうですか。

徳治　何が、「まあ、そうですか。」だ。余りこう人を莫迦にするな。僕はもうちゃんと知ってるんだ。

咲重　何を知ってらっしゃるの。

徳治　白ばくれるな。お前は原田のところへ行っていたじゃないか。

咲重　そうよ。あたし、昨日ちょいと、原田さんのところへ行ってきましたわ。

徳治　もう一度言ってみろ。人を莫迦にするのも好い加減にしろ。（と言って、矢庭に立ちあがる。）

五郎　掛けたまえな。君。（と言って、この時彼も立ちあがって、徳治をなだめる。）

咲重　いいえ。あたし、あなたを莫迦になんぞしてやしませんわ。（と言って泣く。）

徳治　出ていけ。手前のような獣は、一時(いっとき)だって、僕のところには置けないんだ。出ていけ。

咲重　……（やはり泣いている。）

徳治　手前、泣きたきゃ、原田のところへ行って泣け。——なんと言うざまだ。

咲重　だって、あたし、……
徳治　出ていけと言ったら、とっとと出ていけ。――あれじゃないか。手前は、僕の袴や袷羽織まで持ち出したじゃないか。手前は泥棒だ。泥棒は出ていけ。
五郎　君、も少し静にしたまえ。静にしたって、話はわかるよ。
咲重　あれは、あれですわ。
徳治　何が、「あれは、あれですわ。」だ。
咲重　いいえ、あたし、あなたのお留守中に、あなたのお召物まで持ちだしたのは、そりゃあたし悪ござんしたわ。
徳治　あたりまえだ。
咲重　ですが、あれはああしなければならなかったからですわ。
徳治　何が「ああしなければならなかったからですわ。」だ。屹度手前は、いきがけの駄賃に、僕の物迄かっぱらって行ったんだろう。それを持って手前は、原田のところへ行ったんだろう。好い持参金だ。
咲重　いいえ、そりゃ違いますわ。
徳治　違うもんか。これが違えば、この俺も原田のように即座に成金になって見せてやる。人を莫迦にするのも好い加減にしろ。（と言って、また立ちあがる。）
五郎　まあ、君、落着きたまえ。（と言うと、彼もまた立ちあがってなだめる。）

咲重　聞いてください。浅野さん、……（と言って、また泣く。）

五郎　僕は、委しい事は知りませんが、今ではもう一昨日の晩です。

咲重　一昨日の晩、西村があなたのところへ行ったでしょう。

五郎　そうです。西村君が見えて、ちょいと君の体をかさないか。どこかへ行って、一杯飲もうじゃないかと言うのでもって、僕達は外へ出たんです。

徳治　そんな事はよしてくれたまえ。こんな獣に、口を利くだけ無駄だ。

五郎　まあ、君は暫くだまっていてくれたまえ。（今度は咲重に向って、）それから、僕達は、例によって例のごとく、その晩と昨夜の二晩というもの、あちこち飲みあるいて、挙句のはてに、先刻です。ちょっと青木君のところへ寄ったんです。

咲重　と青木さんは、そうおっしゃったでしょう。——あたし、原田さんのところへ行っていたと。

五郎　そうです。

咲重　それ聞いて、西村が気を悪くしたんでしょう。

五郎　そうです。そうです。それから、西村君がはじめて、僕達に、一昨日あなたと一日、喧嘩をしたって事をはなしてくれたんです。

徳治　くだらない事は、よしてくれたまえ。

五郎　まあ、君は暫くだまっていたまえ。

咲重　ええ、それはみんな本当ですわ。唯違っているのは、あたし、原田さんのところへ行ったことですわ。
五郎　それは嘘だと、あなたはこう言うんですか。
咲重　いいえ、それは本当ですわ。原田さんのところへ行ったのは。
五郎　と言うと、何が嘘なんです。
咲重　いいえ、行ったのは本当ですけれど、それは何も、西村の考えているような意味合いでもって行ったんじゃありませんわ。
徳治　嘘つけ。手前は原田と一緒になりたさに行ったんだ。それ以外、なんの用があるもんか。
咲重　いいえ、わたしの行ったのは、全然それとは違ったことで行ったんですわ。
徳治　なんだって。違った用でもって行ったんだって。じゃ、それを言ってみろ。
咲重　いいえ、一昨日も一日、あなたからああ言うことを言われたから、昨日あたし、原田さんのところへ行って、当分原田さんに、家へきて頂くことだけは堪忍してくださいと言って、お願いしてきたんですわ。
徳治　嘘つけ。みんなその裏だろう。手前のすることは、否というほど、僕にはもうちゃんと分ってるんだ。
咲重　いいえ、あなたはそうお思いでしょうけれど、浅野さん、聞いてください。あたしそう言って、原田さんのところへお願いにいったのは好いけれど、実は西村が、まあこの間、原田さんから、お金を二十円お借りしたんですの。描きかけた絵の絵の具が足りなくなったもんですから。……

徳治　何をいってやがるんだ。くだらない事はよせ。（今度は咲重に向って、）で、それから、どうしました。

五郎　君は、暫くだまっていたまえ。

咲重　で、そのお金はまた、あたしが原田さんのところへ出ていって、お借りしてきたんですの。ですからあたし、今度のお願いにいくのには、何を措いても、そのお金だけは持っていかなきゃならないもんですから、いろいろと都合してみたんですの。

五郎　分りました。その金の都合に、あなたは、御自分のお召物以外、西村君の袴や袷羽織まで、一時融通したと、こう言うんでしょう。あなたは。

咲重　ええ、そうなんですの。そりゃあたし西村に断わらないで、そう言うことをしては、後できっと、また西村から叱られるだろうとは思いましたけれど、あたしそうしなければ、凝としちゃ居られなかったんですの。（と言ってまた泣く。）

五郎　それで、よく分りました。（今度は徳治に向って、）どうだ。君も分っただろう。

徳治　いや、僕には分らない。――こういう獣などの言うことが、当てになるものか。

咲重　いいえ、あたし、原田さんにお金をお返して、こう言うわけですから、ちょっとお印をと言って、受取を書いてもらってきましたわ。（と言って、徳治の凭りかかっている卓子のうえの小箱から、その受取をとりだして彼の前におく。置くと今度は五郎に向って、）実はあたし、原田さんから帰ってくると、今にも西村が帰ってくるか、帰ってくるかと思って待っていたんですけれど、一昨日の晩も昨日の晩も帰らないもんですから、今ちょっと、お湯へいってきたんですの。――あたし、ここ二三日、お湯へもいかなかったもんですから。

五郎　それで、すっかり分りました。（今度は徳治の方へむかって、）これでも君はまだ、眉唾者だというのか。

徳治　そうさ。僕にはどこまで来ても、みんな嘘としか思われないんだ。みんな拵え事としか思えないんだ。

五郎　じゃ、後は君の好きなようにするんだな。（今度は咲重に向って、）これは僕いま、西村君からことづかったんです。明日の朝、僕、原田君のところへ出掛けていって、これを原田君に渡しこれをあなたに手渡してくれと言って。ところで、今ここに会ったのは何よりでした。この手紙は、あなたにお渡ししますから。（と言って、一通の手紙を、咲重へ渡す。）

咲重　なんでしょう。これは。（と言って、彼女はその手紙の表裏をみる。）

五郎　中をごらんになれば分ります。書いてある用件は。（今度はまた、徳治にむかって、）

これはもう、原田君へ届ける必要はあるまいから、僕、君へ返しておく。(と言って、徳治の前へ、もう一通の手紙を置く。)じゃ、君、僕失敬する。(と言って、立ちあがる。)

咲重 好いじゃありませんか。まだ今夜は早ござんすわ。ゆっくりしていらっしゃいな。

五郎 いいえ、西村君はいままで、僕に泊っていけ泊っていけと言って聞かなかったんですけれど、もうこうなれば、その必要もありますまい。——よく言うじゃありませんか。「媒酌人は宵の中」と。

咲重 いやな浅野さん。

五郎 じゃ、僕、失礼します。あなたも余り喧嘩しないようにしてください。——余りこう、西村君の気を揉まさないようにしてください。

咲重 ええ、気をつけますわ。——あなた本当にお帰りですか。

五郎 ええ、僕、失礼します。

咲重 今度は、またとんだことで御心配をおかけして、本当に済みませんでした。(と言って、彼女は浅野を送っていく。やがて、そこへ取ってかえしてくる。と西村が、立ってそこいらを歩いていたから、その前にきて、)あなた。(と言って、相手をみあげる。)

徳治 莫迦だな、お前は。(と言って、咲重を抱く。)幕。

(「文藝春秋」大正一四年一一月号)

生地獄図抄

上野公園の遠望

君は、罹災地を見廻ってみたか。君は、上野公園へいってみたか。

私は、地震に遭ったうえに、火でもって焼かれたところへは、残らずいってきたといっても好いくらいに歩きまわってきた。そして、上野の公園は、前後三回いってみてきた。つまり、一日に一度、二日に一度、それから、三日にまた一度と、立てつづけに、都合三度いってみたのだ。そして、私はそこに、この世における、不安さや懊悩さのために、震えおののいている多くの人達をみた。それは、いうところの、目もあてられないくらいに、悲惨の極みをつくしたものだった。

これは私が、三日の日の正午ちかくにそこへいった時だった。前の日までは、昔ながらの姿態をして建てつらなっていた池の端や、公園向うの建物は、跡形もなくもう焼けてしまっていた。焼けあとからは、悲しそうな煙のみがむせかえるように立ちのぼっていて、盛んだった火の名残りは、まだ四辺の空気にのこっていて、顔をむけては歩けないほどだった。私は、下へおちしいている電線を踏みぬけて、公園のいりくちの方へでてくると、そこには一旦持ちだした箪笥や行李を、阿修羅のようになって追っかけてくる火の手に奪われたのだろう。また小紋や錦紗縮緬、それに羽二重の類が、無惨な火の舌でもって、ぷつぷつと嘗められていた。そして、これは、そこばかりではなくて、入り口をつきあたった石段のうえにも、私はやはり同じ光景をみなければならなかった。

　それに驚いたのは、そこの崖のうえに建っていた常盤華壇までが、一握の灰のみをのこして、もう跡形もなくなっていたことだった。私は、息つくことも出来ないようになり、疲れきった目でもって、恨めしそうにそこいら中を這いまわらせている男おんなの間をかいくぐりながら、西郷の銅像前になる崖のはしへでて、私も曇りがちな目をおしぬぐいながらそこに立ってみたのだ。が刹那にして、私の目はまた、雨にうたれた窓硝子のようになってしまった。

　それにしても、なんという無惨な姿だろう。二三日あとまでは、「世界」や、「三橋亭」などの建物にさえぎられて、ついぞ目のとどかなかったその後のほうは、仔細に目をとめて見さえすれば、房総の山々までも見通すことが出来るように開ききっているのだ。また、目を右のほうへ転んじてみると、そこにも、甲駿の山々が、剰すなく見ることが出来ようと思われるまでに、哀れにも焼けひろがっているのだ。

それらにこころを移していると、ふと私に、そのかみ露西亜(ロシア)は莫斯科(モスクワ)の雀が丘に、悄然として立ちつくしていたという、ナポレオンのことが偲ばれてきた。というと君はきっと、私のこの愚かしき連想をわらうかも知れない。その時の彼と、この時の私とは、まるで正反対な地位にたっていることなどを思って。ところでそれは、私にも分っている。だがしかし、この時の私は、彼のように、勝利の悲哀さをおもうて泣いていたのではない。それどころか、私のは、余りにかなしい自然の前における敗北さの痛ましさゆえに、せきあげてくる涙をのんで立っていたのだ。

君はそうは思わないか。天災ゆえだとはいえ、千年の栄華を、一朝にして失いつくした悲しみの前にたったら、きっと君だって、ひとりでに眼のくもってくるのを覚えるに相違ない。その内の内なる意味は違っても、これはひとり、私や、ナポレオンばかりではなしに。

東西の偉人とともに倒る

これは私が、千駄木にいる豊島与志雄の留守宅へみまいにいった時、その途中でみたことなのだ。

ところは、権現裏の角なのだ。そこに絵端書を売っている一軒の店がある。そして、これはそこのショーウインドに行われていたことなのだ。

そこには、石膏でできている大隈侯の胸像が、その前にいるナポレオンの肩先へ、彼の額をおっつけていた。また、トルストイの胸像が乃木将軍のそれと、重なりあって倒れていた。その傍に、これは美の女神なのだろう。裸体になった全身像が一個、あおのけになって倒れていた。それが、倒れしなに欠けたのだろう。これもその傍に倒れている子供の首をまくらにして、かの女は如何にもやすらげに、仰向けになって倒れていた。

死の池地獄を見る

これは、四日の日のことだった。私が吉原へいって、そこの病院の前にある、あの小判形をした池をみてきたのは。そして私はそこに、生きながら死の池地獄なるものを目のあたりにみたのだ。

まったく私は、その池の縁にたった時には、もう私の魂はとんでしまった。まずその池のなかをみた時には、私の目はくらんでしまった。そして、神経という神経は、火にかけられた毛髪のようになってしまった。さらに驚いたのは、手拭でかたく押しつけていた私の鼻は、たちどころに潰れてしまったことだった。

それは、いま考えてみても溜らない。池のなかは、死人でもって埋まっているのだ。それの多くは女だった。若い女だった。私は、場所がらだけにそれらの女を、残らず花魁だと思った。だがしかし、それにしては、余りに拵えが野暮ったかったので、幾分の疑いがのこってきた。私のこのみからいえば、それらの女が身につけていた浴衣の模様や、腰巻のそれが、何か知ら私には、「遊女」という者を裏切っているらしく思われてならなかった。だから、これらをも花魁だといえば、恐らくはそれは、ちょんちょん格子にいた手合いなのだろう。

で、それらの人達の多くは、大抵はうつぶせになっていたが、その中の仰向けになっていた人達についていうと、○○○○○○○○○、○○○○○、○○○○○○○○○○○○○○○。○○○○○○○○○○○○○○○○○○○○○、○○○○○○○○○○○○○○○。○○○（ママ）○○○、○○○○○○○○○○○○○○。それがまた、極度に内へいれた水と、外にたたえられているそれとの関係からきているのだろう。全身は、これ以上に脹膨（ママ）したが最後、○○○○○○○○○○○○○○○、○○○○○○○○○○○○○。それに、○○といい○○といい、○○○○○○○○○○○○○○○○○○○、○○○○○○○○、○をかためたような○ながしだしている者もいるのだ。また、その中には、○○している者もいるのだ。そして、それらが経つ時間と、茹った水のせいからなのだろう。次第に腐爛しきっているその死体から発散している悪臭は、あたりの空気までも、堪えられないまでに、染めなしていようというのだ。

だから、この世の〇〇〇〇〇〇にあつめたような、その死体を目にしながら、一方鼻でもって、その悪臭を嗅いでいると、もう内なる魂までも飛んでいこうとするのだ。

私は、この死の池をみたその翌々日、つまり六日の日に、本所の被服廠へいってみた。そして、またこころの驚きを新（あらた）にした。

被服廠前の溝のなかには、幾十かの人達が、窒息した結果かもしくは、燃えさかる火勢にむされた所為（せい）か知らないが、みな身につけた物もそのままにして死んでいた。——容貌姿態ともに、それは、吉原病院前の池で死んでいる者同様だった。ただ違っているのは、ここのは男ばかりで、それが散在していることだった。が驚いたのは、その廠内にある死体の多いことだった。

なんでもここは、一万五千坪とか、二万坪とかあるといわれている。そして、その内には、無慮三万三千人ちかい死体があるのだ。それがまた、〇〇〇〇〇〇〇〇〇〇〇〇〇〇〇、〇〇〇〇〇〇〇〇〇〇。つまり、この廠内は、それらの死体でもって覆われつくされているのだ。

それは、目のおよぶ限り、まるで石炭のおき場をみる感じだった。——ものの形容に、「死人の山」というのがあるが、しかしそれはこの場合すこし妥当を欠くきらいがある。だから、いって見ればそれはまさしく、石炭のおき場をみる感じだった。そして、その石炭からは、これも鼻を衝きやぶりそうな悪臭を発散しているのだ。が違うのはその衝き方なのだ。同じ悪臭でも、ここのは乾いている。それは、時間さえ経てば、あとはもうなんらの名残りさえも留めない種のものなのだ。

　ところで、一方吉原のほうはといえば、それは、内に多量の水分とともに、また多量の膠漆(こうしつ)をふくんでいる物のようになっていて、一度それを嗅いだが最後、嗅覚をのぞきさらない限り生涯どうすることも出来ない底のものなのだ。つまりそれは、いうところの、「悪女のふかなさけ」というやつでもって、一旦おもいつかれたが最後、しょせんは、その女に殉じてのけなければならないのも同様なのだ。

　それから、他の相違をいえば、一方は数においては比較を絶しているが、同時にそれは、前にもいったように、性別さえもはっきりしないようになって、ただ黒々としている関係からだろう。見た目の感じは、見る者の魂をおおうてはくるが、しかし、それを奪いさるほどの力を持っていなかった。というのも幾分弁護していえば、一つはこれは、吉原のそれのように、咫尺(しせき)して見ることの出来ない点からきているのかも知れない。

　とにかく、一方はおなじ酸鼻さをきわめ、凄惨さをつくしていても、死体そのものの形容さといい、漲ぎりあふれている悪臭さについていっても、吉原のそれにはおよぶべくもない。そのくせ吉原の池というのは、広くともその周囲は、十五間は出ないであろう。そして、それを埋めつくしている人数も、百人は出ていないであろう。

　私はまたこうも思う。それは、昔からこの地が一大歓楽境であったということが、その凄惨さをして、しかく私を打ってくるのではあるまいか。例えば、乞食の子が乞食になるのとは違って、一代の富貴栄誉をきわめていた家の子が、菰をまとうて歩くのを見るのと同じように、一朝のうちに行われるその変化のはげしさが、見る者をして泣かしめてくるのではあるまいか。

何にしても私には、この世において、生きながらみたこれらのことは、永くながく私の頭についていることだろう。わけても、吉原でみた死の池地獄のおそろしさは、私が果敢なくなってからも、なお私の胸をさらないだろう。私はいまもこれを書きながら、その池の広狭さをおもいだそうとして目をつぶると惨めさ、恐ろしさの底から湧きあがってくるような悪臭が、またも鼻をつぶしてきたかと思うと同時に、その悪臭のかげからあの醜悪そのもののような累々たる死体が、まざまざと私のこころへ載しかかってきた。

瓢箪池の情景

私は左の目で、うえの五階をゆりおとされてしまった十二階をみていた。そして、右の目では、はなしに聞いたことのある、壊れた鉄条網でも敷いたようになって焼けおちている、足元の電線をみながら歩いてきたのだ。すると、そこは六区になろうとする、入口のところにある瓢箪池のそばで、多数の人達が、黒山をきずいているのだ。私はそれらの群集をみると、てっきりそこには、火にあてられた土左衛門がいることだろうと思った。そう思うと、私の手は、私の首にまいている手拭のはじを摑んで、それを鼻のうえへ持って来た。

その中に私は、池のそばへ出てきた。そして私は、震いあがるところを押えながら、群集の肩ごしに池のなかを見てみたのだ。すると、そこには、私の想像していた、火にあてられた土左衛門らしい者の影も形もみえなくて、どうした風の吹きまわしか、あるのはみんな、金気にそめられたようになっている腹をうえにして、白目を見開いたままに浮きあがっている、鯉や鰻だった。それが、幾百いたことだろう。なんでも、四尺に九尺ぐらいの間は、置きならべたように、それらの死骸でもって埋っていた。

私はそれを見ながら、何気なく、それまで鼻のうえへ押しつけていた手拭を、すこしばかりだったが透す途端に、もともと熱さゆえにあがって、腐爛しかかっているその死骸から洩れてくる匂いが、ちょうど、魚河岸の兄哥が身につけている袢纏の匂いに、胡椒をふりかけたようなのが、つんと鼻をついてきた。で、私はあわてて、またそれを固く押しつけながら、なおもそれらを見ていると、これはどうしたというのだろう。鰻と鯉との間を、一疋の亀がおよいでいるのだ。それが暫くすると、そこの鯉のしたをくぐって、今度はそれと次の鯉とのあいだへ首をだすのだ。

私はそれを見ていると、ふいと私のこころの中に、一個の氷貯蔵所がたってきた。かと思うと、それが瞬間にして、内からでた火のために解けて残らず水になってしまった。と思うと今度はまた、そこへ一個の若者がたちあらわれてきて、それが池の周囲に群っている者達のうち、一、二、三と数えて、ちょうど十人までを叩き殺すと、もろくも十一人めの手にかかって、そこへ打ちたおれてしまった。かと思うと、すぐとそれが蘇ってきて、また十人という者を叩き殺すと、その次の者の手にかかって、果敢なくなってしまった。それが、一分間のうちに、七十三回くりかえされるのを私が凝と膝に手をおいて見ているような気持ちになってきた。がやがてわれに返って、池のなかを見てみると、依然として亀は、鯉と鰻との死骸のあいだを縫って、ゆうゆうと泳ぎまわっていた。

それから、私はそこを離れて、左のほうへ、池について少しばかり歩いていったのだ。すると、それまでに気がつかなかったが、死魚の群から一間ほど隔ったそこの自然石のうえへおりたった一人の娘が、いま洗ったのを拭いているのであろう。浅黄地の手拭を顔へあてていた。よく見ると、年のころは十五六であろう。素肌へ扇散らしの浴衣をつけて、裾をからげた下には、桃色友禅の腰巻が風に吹かれていた。それが、顔を拭きおわると、また手拭を池の水へいれて、軽くしぼったかと思うと、今度はそれを、珊瑚色した小さな耳へ持っていった。

とそこへ、

「おい、見ろよ。柴甚のおかみや、竹葉の御亭が、歯をくいしばっているのが、はっきりと水に映ってらなあ。」という声が、そこの群集の中からしてくるのが、はっきりと私の耳についてきた。

大学図書館を惜む

「図書館が焼けましたか。」

私が同宿の者から、大学の図書館が焼けおちてしまったということを聞くと、すぐと大学へ駈けつけてみたのだ。そして、正門に突ったっている守衛をつかまえて、こういって聞いてみたのだ。——声が、咽喉をかすれてでたのは、自分にも分っていた。

「ええ、とっくに焼けました。」

これは、守衛のあいさつなのだ。

「本はどうしました。」

「幾分はだしました。だが、大部分は焼けたようです。」

私はそれを聞いた時には、本当に、わが国の片腕をもぎとられたのを知ったような気持ちになってきた。同時に、私の胸は、もううつろのようになってきた。すると、私にはもう、そこの構内に立ちまよっている人達も、また、気違いのようになって、電車通りを右往左往している人達も、私の目から離れていってしまった。纔(わずか)に私の目にはいってきたのは、三丁目のさきに、燃えさかる火の手でもって、炎々と天をこがしている火影ばかりだった。そして、暫く見ているうちに、その火がまた、私のこころへ移ってきた。

私は思わず、拳をかためて振りあげてみたが相手が火だけに手のつけようがなかった。

それから、私はその拳を持って、それを大学図書館を管理していた者の額へ加えてやろうと思った。だが私には、それには何人が当っているのか、それさえも分っていなかったから、これも暖簾に力押しをしているもおなじ結果になってきた。だから私は、その時はその振りあげた拳でもって、さんさんと両眼を浸してくる涙を押しぬぐうより外はなかった。

なるほど、今度のことはみな天変地異のいたすところだから、図書館という建物の焼けうせたことなども、それは仕方のないことかも知れない。だが同じ天災のためだとはいえ、その中に蔵していた書籍までも、大部分吹けばとぶ灰にして退けたということは、どう考えても、この私には堪えられなかった。

ここに蔵していた書籍の中でも、ことに、わが国文学に関したもの、その中のうちでも、わが国の演劇に関したものは、みながみな、今後幾くら巨万の富みをもってしても、再び手にすることの出来ない種のばかりだったということを考えると、私の身内をながれている血が、立ちどころに逆になってくるのだ。これも今になってみると、飽くまで私一個の愚痴かも知れないけれども、私は、それがなるがままにして打捨っておけば、蠹魚の餌食になってしまう懼れがあり、一旦火をうけたが最後、それは風の前にもなお堪えられない灰となってしまう憂いのある書籍を、まるで流れる水ででもあるかのようにして、それに対する適当な予防法らしい予防法さえも講じていなかったらしいのが恨みなのだ。

私をしていわしめれば、己にこういう恐れのあるものだけに、それを保護している者は、すべからくこと未然のうちに、せめてはその内容だけなりと剞劂に附したうえで、広くこれを頒布しておくべきものだった。この方法にさえ依っておけば、よし今度のような災厄に座するようなことがあっても、その書籍の持っている精神だけは、石のようになって、永く私達の間に残されたに相違ない。ところで事実はといえば、不断から一切それらを門外不出にしていたばかりか、必要あってこれを閲覧しようとする者の前にも、なおいたずらに煩瑣な手続のみを課して、はてはそれを手にすることさえも許さなかったのだから、ただただ驚くのほかはない。

なんのことはないそれは彼等が、自己の所持している巨万の紙幣を、地中ふかく埋没して、そのうえに座食しているも同様だったのだ。そして、気になるところから、それを掘りだしてみると、そこにはそれらの紙幣のかわりとして、蠹魚の群居しているのを見たところから、悶絶してしまったというも同様なのだ。

それを思うと、今度のことは、寧ろこういった無智蒙昧な徒を覚醒する一つの方法として、最も時宜に適したものだったかも知れない。とは思うものの、それにしては、余りにたっとい犠牲だった。私は、こういうことは、幾くら繰りかえしたところで、もう返えらぬことだということは知っているが、しかし、いってみると、私達にとっては、それは命にも変えがたかった多くの珍書奇籍をも、そうだ。それは猛火のためにではなく、無智蒙昧の徒の手にかかって、収拾することも出来ない、一塊の灰にして退けたのかと思うとたまらなくなってくるのだ。

で、私は、こうした遣り場のない恨みをいだいて、ものの半時ばかりも、そこの宮前のいりくちのところに、ぼんやり立ちつくしていた。そして、目をあげてみると、三丁目さきを焼いている火焔は、この時また、油をかけられたもののようになって、ひとしお盛んにその火の手をあげてきた。ちょうどそれは私達の無智さ加減を、微力さ加減を嘲けるもののようにして、ひとしお盛んにその手をあげてきた。

池田大伍の名とともに

はな地震のきた時には、ちょうど私は、電話でもって池田大伍とはなしをしていたのだ。やがて話もおわりちかくなってからだった。出しぬけに電話がきれてしまった。同時に、私の体は、突風をうけた小船のようになってきた。あるいはこれを、逆にしたほうが、もっと事実にちかかったかも知れない。つまり、私の体が、多勢の若者達の肩にかつがれてねり歩く神輿のうえにとまっている、あの鳳凰のしっぽでも見るようになってきたかと思うと、それをきっかけにして、電話がきれてしまったといったふうに。

とにかく、凡べてが出しぬけに、そうなってきた刹那には、私はこれという程のはっきりした感じは持てなかった。唯そこにあったのは、脳天からして胴中まで、みごとに打ちぬかれている太くおうきな鉄棒を、いきなり前後左右にゆりうごかされているのを、夢のなかで見詰めているような気持があったのみだった。ところへ、台所のほうから一人の女中が、足取りなら(ママ)顔色まで、まるで酔っぱらった上戸のようになってそこへ出てきた。それを目にすると、私はいっしゅの衝動をおぼえた。その途端に私は、手にしていた受話器をなげだすと、もうわれを忘れて表へとびだしたのだ。

がしかし、私は外へでたものの、大地にたつともう私の足は、これもやはり、深酒に酔ったもどうようになっていた。第一、腰が宙におよいでいるようになっていた。

私はその時、すぐ眼前の権現の境内と、私のたっていた道路とのさかいに、木柵のゆわえられているのが目についたから、どうにかしてそこまで足をはこぼうと思ったのだが、それがなんとしても思いどおりにいかないのだ。だから私は、「素襖落(すおうおとし)」の幕ぎれにみる、自分の落した素襖をひろって逃げてゆく大名をおっかける太郎冠者もどきの気持ちになってきた。やがて、なにか知ら私の指さきにふれる物があるから、はっと思って見てみると、それでも私は、ようようのことで、そこの木柵のところまで辿りついているのだった。

同時に私は、目をてんじて、電車通りのほうを見てみたのだ。すると、そこへ行く間の両側に建てつらなっている家々の屋根から、それこそ降るようにして、無数の瓦がおちているのだ。それは、熟練しきった製本屋の職工が、平生の蘊蓄を傾倒して、書籍の頁をくっているも同様だった。それを見ていると、私の目はひとりでにつぶされてきた。

それから私は、目を自分の手元へかえすと、今度はむきを変えて、それまでは背中にしていた自分の宿のほうを見てみたのだ。すると、そこの入りくちや茶の間になっている建物をはじめ、隣りの家や、またその隣りの、これは二階だてになっているそれらが、遊動円木の動いているのでも見るように、烈しくかたみに左右へと動揺しているのだ。それが私の目についてくると、私はまた夢中になってしまった。

で、いまとなって考えてみると、私はそれからまた、目を電車通りのほうへ持っていた(ママ)ものらしい。何故かというと、いまの私の頭のなかは、そこいら一面、咫尺もべんぜぬまでに、赭土(しゃど)色でもって封じこめられているの状が、膠(にかわ)でもって貼りつけたようになっているからだ。思うにその時はもう、瓦という瓦はおちつくしてしまって、あとはその下積みになっていた土のみが、折から吹きおこってきた風をうけて、空のほうへ叩きつけるように舞いあがっていたところからして、私にもそうした印象があるのであろう。

こう凝と目をつぶって、ただ「一心」という鍬を手にして、「記憶」というものを掘りかえしてみると、そこには、数えきれないほどの人達が、みな権現の境内をさして、馳せあつまってくるの状がうかびあがってくる。それらの人達がみな、甘きにつく蟻のようになって、馳せあつまってくるの状が掘りだされてくる。そうだ。それがまた、みな舌をぬかれた者のようになって飛びだしてくるところなども、鳥や獣のようではなくて、飽くまで、水のそばから逃げだす蟻のようだった。それが、

「火事だ火事だ。大学が焼けている。」と呼ぶ声や、またそこへこれも蟻になって出てきた、私のいる宿の主人夫婦や、女中達と私が顔をあわした時には、人のことは知らない

が、私にはそれらの人達の顔形は、遠くはなれていて、幾年振りかに見でもするように思われた感じなどと一緒になって掘りだされてくる。恐らくはこれらの印象は、私が土のなかへはいるまでは、池田大伍の名とともに、私のこころに焼きつけられていることだろう。

（「中央公論」大正一二年一〇月号）

われ地獄路をめぐる

×

私が吉原へいって見たのは、四日の日だった。そして、これは今度のことがあってから、私が謂うところの、災害地なるものを見てまわった最初だといってもいいのだ。なるほど、私が歩きまわったことをいうと、私は一日の夜も歩きまわってきた。その時は、本郷三丁目へでて、それを左へまげて、三筋町までできたのをまた左へまげて、今度は入谷までいってみたのだ。そこへ行く間には、徳田秋聲、久米正雄、久保田万太郎などへ立ちよっていったのだ。

で、この時私が、久保田のところまできた足を、どうして入谷までのしたかといえば、そこには私の知っている医者が一軒あったからだ。私は、そこの安否を知りたくて、入谷の電車停留場までいってみたのだ。

するとそこいらはもう一帯に、みる目も恐ろしい火に呑まれていた。私が叩きつけるようにして降りしきっている火の粉のしたをかいくぐりながら、そこは横丁になる入り口のところまできて見ると、私の尋ねていこうとする医者の家のあるところなどは、一面に火の海になっていた。それを見ていると、見ている私の額があつくて溜らなくなってきたから、遑てて私はあとへ引きかえしたのだ。

その時だった。そこの入り口から、十間ばかり手前になるところまでくると、これは私が行きしなにも見ていったのだが、そこで火を食いとめる手段として思いついたのだろう。これが人間なら、ちょうど首にでもなろうかというあたりへ、直径二寸位の麻縄を二本一軒への（ママ）家ゆわえつけて、それを幾十人かの人達が、夢中になって引いているのだ。――その人達の頭のうえへも、しきりと火の粉が降っていたのはいうまでもない。

それを見て私の思ったことは、「地震の威力さ」ということだった。――一瞬にしてなお大厦高楼をも、地上へ叩きつぶして退ける地震の持っている力と、大厦高楼に比していえば、茅屋にもひとしいような家一軒を倒すのに、幾十人かの人達が、汗水ながして引きながらも、なお容易にそれを果すことの出来ない腕のよわさを知った時には、私はいきなり、氷漬にさらられた（ママ）ようになってきた。こういうことを見てきてからこっち、私は私のいる町内から、一歩も足をそとへ踏みださなかったといってもいいくらいだった。

×

それから、私がこの日、吉原へいったというのには、またそれ相応のいわれ因縁があるのだ。そして、それはどうしたのだというと、その前の夜、私がそとで夜番をしていたのだ。すると、何処からきたのか、洋服で身をかためた一人の男が私のそばへやってきて、「私はきょう吉原へいってきました。」というのだ。私がだまっていると、その男は、すぐと詞(ことば)をついで、「病院の前の池のなかには、あれで何百人いるでしょう。かあいそうに、みんな死んでるのです。」というのだ。その詞の調子は猫の鼻先でもなでるように、至極ひややかなのだ。そして、間もなくその男はきえていってしまったが、私にはなにか知ら、それが気になったから、この日は二三時間ばかり寝ておきるとすぐ吉原へでかけてみたのだ。

×

吉原へいくのには、私は龍泉寺のほうからはいっていったのだ。つまり、その日私は宿をでると、路を谷中にとり、そこの御隠殿坂をおろすと、小島政二郎のところへ寄ってみたのだ。

　それから、中根岸を通って、金杉は上町の電車通りへでたのだ。そこを三島神社についてまっすぐに行ったのだ。

　根岸を通ってくる間にも、そこここに倒潰している家を、幾軒だったか私はみた。それに倒れていない家は、わずかに突っかい棒でもって、危くそれを支えていようというのも、私は幾軒かみた。そして、通りへでて立っている人達や、またはそこいらを歩いている人達の、拵えや顔色をみただけでも、私は自分のこころを、搾木にかけられているような気持ちにされてきた。

　それに、電車通りへでてくると、そこいらは一面、目のおよぶ限り焼きはらわれて、まるで野原をみるも同様になっていたが、それを見ていると、私の目はひとりでに曇ってきた、焼け跡からは、なにが燃えているのだろう。まだしきりと煙をあげているところもあった。

　それからまた、そこには老若の男女が、なにを見つけているのだろう。金の棒切でもって、しきりと灰のなかを掘りかえしていた。私は焼け跡へはいってからは、路のうえへ無数におちちっている電線にばかり目をつけて歩いてきたのだが、ふとこの時それをあげてみると唯そこには、半ばちかくうえを取りはらわれてのこっている十二階のみが、私の眉のさきに立っていた。それを目安にして私はあるいていったのだ。

×

やがて私は、京町の門の前へでてきた。中へはいってみると、そこいらには、二階の手摺りにでも使っていたのだろうか。直線曲線を配合してできた鋳物と、古葛籠をたてたような金庫と大きさは、その金庫を五六倍したような土蔵とが、二棟三棟のこっている外は、ここもまた、水で洗ったようになっていた。

その有様を私は、私の頭のなかに残っている、ありし日の華やかさに比べてみた時には、名状しがたい寂しさを覚えた。

そのこころを無理から引きたてて、その通りを歩いていくと向うからくる人達は、みな手拭でなければ半巾でもって、鼻をおおうてくるのだ。私は、

「莫迦な野郎だなあ。」とおもった。私は、

「灰がとびやしまいし、おあい屋のまえを通るんじゃあるまいし、間抜けな野郎達だなあ。」とおもった。そう思いながら、焼けて形ばかりを残している、そこの交番について曲っていくとそのつきあたりが病院の焼け跡になるのだ。

で、その病院ちかくへきた時だった。まず私の目に、一個の死体がついてきた。と同時

に私の手は、いまのさき行きあった人達をあざけった内なるこころへ冷笑をなげながら、首へまきつけていた手拭の端をつかんで、それを鼻のあたまへ持ってきた。そして、度胸をきめて、その傍を通りしなに見てみると、それは在郷軍人ででもあったのだろう。体はかたく鼠色の毛布でもって包まれていたから、身の拵えは分らなかったけれども頭のほうには、ふとく赤筋をひいた軍帽がのっていた。

それをちかく目にすると、一つはこれが死体をみた皮切りだったせいでもあったのだろうが、私の目は、ひとりでに左のほうへ向きを変えてきた。すると、今度はそこの池の縁に群っている人達の姿が目にはいってきた。と思うが早いか、そこへ漂いながれてくる匂いが、いきなり私が自分の鼻のあたまへあてていた手拭の目をぬけて中へはいると、すぐとそれが頭のなかへやってきて、そこで目のまわるような、「死の舞踏」というのを押っぱじめた。というよりも、寧ろそれは、私の体にある、毛根という毛根からやけに内のほうへと侵入してきた結果が、しまいには内の内なる私のこころをして、「死の舞踏」をさせてきたのだといった方がいいかも知れない。

とにかく私は、その匂いを聞くと、あとはもう何者かに引きつけられるようになって、その池のほうへと寄っていったのだ。そして私は、そこにいる人達の肩ごしから池のなかを見たのだが、一目みるともう私の体中が、痲酔剤をかけられたようになってしまった。

×

ここの池は、一度見たことのある程の者は知っているだろうが、そんなに広くおおきなものではない。恐らくその周囲は、どう広くみつもっても、十五間は出ないだろう。だが、しかし、恐ろしいのは、それはそんなに大きくはなくとも、池のなかは寸隙もないまでに死体でもって埋っていることだった。

私のみたところでは、そこに浮んでいる者の十中八九はおんなだった。しかもそれは若いおんなだった。場所柄からみて私は、それらの者を、みな花魁ではないかと思ったが、しかしそれにしては、身につけている浴衣の模様や、下にしめている腰巻などが、どことなく野暮にできていて、ともすると、私が最初のこの思いつきを、まるで磨きすました鋏のようになって、あとからあとからと裏切ってきた。がしかし、これは大部分花魁なのであろう。

×

それはそうと、これはまた、なんという惨たらしさ、なんという醜さだろう。心ある者の目は、それをひとめ見るが最後、もう叩きつぶされてくる。もしこれを正視する者があるとすれば、それは金棒のような神経繊維を持って生きている者のみだろう。

池のなかにいる女の多くは、申合せたようにうつぶせになっていた。だが中には、仰向けになっている者もいた。それについて見ると、かっと目を見開き、口をとがらかしていた。なんのことはない、それは怒っている蛸を見るようなものだった。

そうだ。それに鼻のみえないのなども、蛸そっくりだった。何故かといえば、彼等がもう果敢（はか）なくなってから、六十時間以上も経っている関係上、しぜんと全身へは浮腫がきているからだ。つまり、顔だけについていえば、頬がむくんだ結果、鼻はその間へ落ちてしまって、ちょっと見には見えなくなっているのだ。そうだ。そして、その目口からは、ふつふつと泡立っていた。

浮腫のことをいえば、これは全身のこらずそうだった。これ以上にむくむが最後、もう皮膚もやぶれてしまうと思われる度合いにまで、それはむくみ切っていた。そして、その姿態は、みながみな、手は空を摑もうとしていたもののように、指をひらいたまま、前のほうへ出していた。

また足はといえば、これも手なら、肱のところから少し曲っているのと同じように、膝のところを少し曲げて、思いきり左右へ押しひろげていた。そして、これが男なら、、、

、、、、、、、、、、、、、、、、、、、、、、、、、、、、、、
、、、、、、、、、、、、、、、、、、、、、、、、、、、、、、
、、、、、、、、、、、、、、、、、、、、、、、、、、

×

だが、これだけではいけない。本当にその死体のさまを知ろうとするには、今度はその皮膚へ、したたるような鮮血をぬるのだ。それへ、黄洟のようになって、悪疾からもれてでてくる濃汁(のうじゅう)をぬるのだ。それを杉葉の煙でもって、薄くこれをいぶさなければならない。

また、髪は遠火でもって、焼きこがさなければならない。それへ成るべく野暮な模様をおいた浴衣を着せるのだ。そうだ。それを泥でよごしたうえへ、人間の体からにじみでる脂肪をおとして、そのために薄くぎらぎらと光っている水のなかへ浮べてみれば、ほぼ大体の見当はつくだろう。

いや、それから、忘れてはいけない。前にもいったように、この水がいったん茹ったうえに、六十時間以上も経過している関係上、その死体はみな腐爛しかかっているのだ。だから、それから発する匂いが、鼻を通してこころへやってくると、こころはこの世の終り

でなければ見れないような、恐ろしい「死の舞踏」をはじめているのだ。だから、その舞踏をやりながら、これを目にするのだということを忘れてはならない。

はな、私に教えてくれた男は、その池の中の死体を、何百あるか知れないといったけれども、これは恐らくは、こうした場合に、人間の誰でもが本能的に持っている、そして、それが卑しい誇張からしていった数学なのだろう。あるいは、その池の下には、幾百人かの人達が、下積みになっているかも知れない。それは、鼻をつぶしてくる悪臭さから、私にだって一応は、この目に見えない溺死体のことも想像できないこともないのだ。

だがしかし、それは飽迄想像で、私の目でみたところでは、多くもそれは百人をこえてはいないだろう。だが数は千人に対する十分の一に過ぎないけれども、それに依ってそこに設けられている池が、寸隙もないまでに埋められつくしているのを思いみるとそれを見ている者の魂が、自分の体から出たり這入ったりしてくるのも、大抵は見当がつくだろうとおもう。

さらにこれが人一倍敏感な人なら、その死体の蔭に、猛獣のような声をたてて、たけり狂っている心の手を見ることも出来よう。また水の底へは、その火焔の手においおとされて、池のなかに溺れていった人達の、せつない呻き声のしみこんでいるのを、はっきりと耳にすることも出来よう。がしかしそれを外にしても、いま私のいっただけのものを用意してかかれば、莫迦でない限り、みなの頭のなかで、大体のことだけは見ることが出来ようというものだ。

×

私は、悲惨というのか、それとも残酷というのか知らないがこれほど恐ろしいものをまだ見たことはなかった。そして、それは、悲惨さ残酷さの附物なのだろうけれど、またこれほど世にも醜悪さを極めたものを目にしたこともなかった。

これはそれだからだろう。私はその池のそばに立っていた時には、この世の女という女なるものが疎まれてきた。少くとも吉原にいる花魁という花魁は忌まれてきた。これからさき、この私がどんなに有福な身分になり、またどんなに烈しい性欲の衝動をおぼえたからといっても、もう私は二度とふたたび、この地へ足ははこぶまいと思った。

×

で、私は、今度はそこの池のふちに、生焼けになって打ったおれている肥った男、それは台屋の若い者らしかった。それと少し隔って、一方は十五六の女と、一方は三十くらいの年増との間にはさまれて死んでいる三人の子供。それに、池の真中へかかっていたのを、中程から焼けおとされてしまった橋の欄干へ両手をかけたまま、果敢なくなっていた若いおんなの姿などへこころを残して、そこを離れてきたのだ。

するとその途端だった。千束町（せんぞくちょう）のほうからはいってきた、袢天着の若い者三人にすれちがったかと思うと、そのうちの一人が、

「なんてざまだ。目もあてられねえってなこれだなあ。」というと、他の一人がそれを受けて、

「あたりめえよ。三十日の晩によ。こちとらを摑えて、『ちょいとお前さん、もう三円おだしよ。』てなことを抜かしやがってよ。夜があけるとこちとらを、お拾いあそばさせやがった尼達だ。ざまを見やがれ。」というのが私の耳についてきた。

それを聞くと私は、何か知ら溜らない気持ちになってきた。いって見るとそれは、自分の胸のうちに貯えていた石油へ、いきなり火をつけられでもしたような気持ちだった。だから私はいよいよ追われるようにしてそこを出てきたのだ。

なんでもそこの通りへ出てくるまでには、地上へふせたようにしたトタン葺のなかに、命があるとは名のみで、全身を黒焦げにこがした者が、別々にだが二三人いたようだった。だがしかし、もう気もうわずっている私には、そういう者ははっきり目につかなかった。

ただ私は、猟師におっかけられている小兎のようにして、自分の宿へかえってきたの

だ。だが、その間にも気になって溜らなかったのは、鼻ではない。こころに残っている悪
臭だった。その為に私のこころは、何時までも「死の舞踏」をやめようとはしなかった。仕方がないから私は、徳田秋聲の留守宅へ寄った時に、上り框へでてきた一穂君にたのん
で、香水を振ってもらったのだ。——帽子をはじめ、首へまきつけていた手拭、それから
全身へと。最後に私は、鼻の穴のなかへまでも、それを振ってもらったのだが、しかし、
それでもまだ、こころのうちでやっている「死の舞踏」は、なかなかに止みそうにもなか
った。

×

宿へかえりついて、自分の部屋へはいると私は、いきなり帽子や浴衣をかなぐりすて
て、変りの浴衣へ手を通すと、そのままそこへ打ったおれてしまった。ところへ珍らしく
も女中が、膳をもってはいってきた。だが私は、腹はすいてはいたが、しかし、なんとし
ても鼻が気になってならないところから、それへは碌々箸もつけられなかった。
ただ私は、連日の疲労のうえに、その日はそうして歩きまわってきたので、私の体は綿
のようになっていた。だから私は、すこしでもいい、眠りたいと思った。だがしかし、眠
ろうと思って目をつぶると、私のこころの中へ、まず吉原でみてきた池のさまが、まざま

ざと見えてくるのだ。仕方がないから私はまたはっと思って目をあけたのだ。

だが、目をあけてみると、一方体のつかれが自然にそれを閉じてくるのだ。そして、閉ずるが最後、またもその池のありさまが、はっきりと心のなかへ浮びあがってくるのだ。それを幾度も繰返していると、終いにはそればかりではなく、私が帰り路にみてきたいろいろのことが、これもはっきりと、こころの中へ映ってきてならなかった。

　例えば、そこには吾妻橋から、駒形河岸へかけて、哀れにも流れただよっていた幾十人かの溺死体があった。また、これは一日の夜のことだった。そこの物乾し台にたって、神田、日本橋、本所、深川、それに浅草は吉原や千束町辺を焼いている猛火が、そこいらの空を一面に、すごく底光りを持った銅色でもって塗りつぶしているのを眺めながら、私は久保田と二人で、

「大抵火は大丈夫でしょう。」

「私も火のことはそう思うんですが。」などと語りあってきたそこへ、その日立ちよって見ると、元の姿は消えてしまって、跡に残っているのは、一握にあまる灰ばかりだといった風になっていたそれもあった。

　それからまた、これは厩橋からすこし此方へきたところでみたのだが、そこに一個の死体があった。そして、目につくのは白い歯ばかりで、どうしたのか膝からしたを無くしていたその死体は、黒く焼きこげていたそれもあった。

×

これらが無惨にも、倒れしなにその傍で、鳩にやる豆を売っていた老婆を三人も圧死してのけたのだそうだ。ところは浅草観音堂まえのあの石の大燈籠が、これを人間にたとえていうなら、首と胴、胴と足とをみな散りぢりばらばらにして、そこへ倒れていた有様や、またこれは、彼等が焼け跡から拾ってきたのだろう。ちょうど鬼の持つそれのように、各自が手に手にてごろの鉄棒を一本ずつ持って、そこを出入りしようとするのを、「おい、それを此方へ寄越せ。それを此方へ寄越せ。」といって怒鳴りながら、見附しだいに残らずその鉄棒を取りあげていた仁王門まえの兵卒のようすなどと一緒になって、代るがわる私のこころの中へ押しよせてくるのだ。そして、その手や足でもって、そこの底にこびりついている悪臭を掘りかえすのだ。

すると、幾分疲労しかかっていた「死の舞踏」は、いってみると、「渦巻く悪臭」という一大交響楽を得たせいでもあろう。今度はまた、そこへ押しよせてきた者達とともに手に手をとりあって夜っぴて踊りぬくといった風だったから、その夜私は、まんじりともすることが出来なかった。ようやくのことで、私が眠りについたのは、それはあかあかと夜が明けはなってからだった。

（「改造」大正一二年一〇月号）

焦熱地獄を巡る

　私が吉原へいってきたことは、雑誌「改造」へ書いた通り、私自身から進んでいってきたことなのだ。だがつぎの——つまりここへ書く被服廠ゆきは、まるでそれとは違っていた。いわばこれは、人から頼まれるままに、余儀なくいって来たのだといっても好いのだ。というのは、私のいる宿の親戚で、本所の森下にいた者があるのだ。これが、一日の正午ちかくの地震にあうと間もなく、すぐ近所からでた火に追われて、着のみ着のままで、越中島は商船学校のまえの糧秣廠へ避難したのだそうだ。

　で、そこの主人が、家族をそこにおくにも、

「俺はちょっといって、火を見てくるから、みんなここを動くじゃないぞ。」といい渡して、元きた路を引きかえしたのだそうだ。暫くいくと、火は阿修羅王のとち狂ったようになって、目にもとまらず燃えうつってくるから、それを見ると、彼は遽てふためいて引き

あげてきたのだそうだ。

きて見ると、どうして何処へいったものか、もう家族の者はそこにはいないのだそうだ。それから、雲霞のように群っている避難民の間を、掻きわけ掻きわけして探し廻ったのだそうだけれども、そういう場合だから、探す家族の者は、どこにいるのか、皆目分らないのだそうだ。

そうこうしている中に、風にのって燃えうつってくる火は、もう糧秣廠を焼き、商船学校から相生橋までも嘗めつくしてしまったのだそうだ。その間彼は、工業試験所横の、生えしげっている葦のなかに身をひそめていて、命だけはことなきを得たのだそうだ。そして、火が落ちてしまうのを待って、まだ熛りかえっている焼け跡をぬけて、駈けつけてきたのが私のいる宿なのだ。

×

明けると、それは三日になる。彼は、夜の引きあけるが早いか、すぐと電のように飛んでいって、越中島一円をのこらず探しまわったのだそうだが、遂に尋ねる相手というのは、何処にも見当らないのだそうだ。そして、その次の日だ。この日も彼は、早朝から宿をでて、心当りという心当りを、剰すなく探してみたのだそうだけれども、それは落したこともない物を探しまわっているように、何処にも見えないのだそうだ。

　暗くなってから、ようやく帰ってきた彼は、

「どうも、灰にしてしまったらしゅうござんす。」といって、長い吐息をもらしたかと思うと、すぐ詞(ことば)をつづけて、「みんなを殺しておいて、わし一人生きているのが、済まなくなってきます。」といったが、それなどはもう涙にぬれそぼっていた。

　また彼は、別れしなに、四つと九つになる二人の子が、彼をつかまえて、しきりと飯をねだっておかなかったということを語ったあとで、

「これも定まりごとなら、わしも諦めますが、ただわしは、同じ殺すにしても、あの二人の子供に、腹のやぶけるほど飯をくわしてから殺してやりとうござんした。」といって、またも涙をこぼしてきた。

　見たところ彼は、いかにも精悍そうな容貌をしているのだが、しかしこの時ばかりはまるで、打ちひしがれた藁ででもあるように悄気(しょげ)かえっていた。それだけに私もまた、それらを見聞きしていると、溜らない気持ちになってきた。

　それがどうしたのかその翌日だ。彼は朝おきると、もう汽車でもって、国へかえってしまったのだそうだ。――彼の国は、越後は新潟なのだ。

「もう仕方がありません。国へかえって、葬いでもしてやります。」

　彼は立ちしなにこういって行ったそうだ。

×

その日は私は、「死の舞踏」の休む間をぬすむようにして、ちっとばかりうとうととして目をさましたのは、五日の正午頃だった。それから、私が下へ目糞をおとしにいくと、そこで出会った宿のかみさんが、そのことを私に聞かしてくれた。

ところで、この日ももう暮れてしまってからだ。幽霊のようにして、私のいる宿の玄関にたった一人の男が、

「ちょいとお聞きしますが、こっちらへ本間さんがお見えになっていらっしゃいますか。」というのだそうだ。で、そこにいた女中が、

「ええ、本間さんは今朝ほどお国のほうへお帰りになりましたが……」といって挨拶すると、その男は、かさねて、

「皆さん御一緒にですか。」といって聞くのだそうだ。

「いいえ、旦那お一人です。」

女中も相手のいいぐさが変なところから、これはどうしたことかと思いながらこういったのだそうだが、それが切れるか切れないうちに、

「ほう、旦那が生きていらっしゃいましたか。」といって、驚きの声をあげたあとから、

「では、おかみさんやおっかさんは、まだこちらにいらっしゃるんですか。」というのだそうだ。

ここまでくると、女中はもう自分の目のさきへ、白刃をつきつけられたような気持ちになってきたそうだ。だからかの女はひとりでに、そこの後は茶の間になる、その方を振りかえってみたのだそうだ。

すると、そこに煙草をのみながら、それまでの始終を聞いていた宿のかみさんがそれへ出てきて、

「あなたは誰方でござんす。本間さんは、一日の日におかみさんやおっかさんとは、越中島の糧秣廠のところではぐれたのだそうですが、それからは昨日も暗くなるまで、処々方々と、心当りという心当りをお探しになったのでござんす。ですが、幾くら探しても、皆目行方が知れないものですから、これはきっと焼け死んじゃったんだろうとおっしゃって、今朝ほどお国のほうへお帰りになりましたが……」というと、その男はちらりと煙草の煙でよごれている歯をだしたそうだ。そして、

「そうでござんすか。私はすぐ本間さんの近所の者ですが。」といって名乗ってから、「それならまだ、本間さんのおかみさんやおっかさんは、小さい方達と一緒に、越中島のほうにいらっしゃるんでしょう。私は火がきえてから、商船学校のまえで、皆さんにお会いしました。その時に皆さんは皆さんで、旦那のことを案じていらっしゃいました。おかみさ

んは、『うちの人は男ですから』とおっしゃっていらっしゃいましたが、しかし、大変に皆さんが、旦那のことを心配なすっていらっしゃいました。」というのだそうだ。

なんでもその男は、不断に本間の主人が、

「わしの親戚が、根津の権現前にあります。そこは、下宿屋をしているのです。」というのを聞いていたのだ。そして、今度自分達が谷中へ立ちのいてきたのを幸に、もしや本間の家族も、こっちへ見えてはいないかと思ったところから、尋ねてきたのだといって、間もなく、その男は帰っていったそうだ。

それから、私のいる宿は、にわかに電気がついたようになってきたのは事実だ。それと、ここで断っておくが、本間というのは、私のいる宿の親戚の名なのだ。

×

その夜宿の者は、洋服のはいっていた空箱を二つみつけてきて、それでもって、大きな旗を四本こしらえた。無論それへは求めている相手の姓名を、思いきり筆太に書きつけたのはいうまでもない。

また、その残りの紙でもって、これもかなりに大きな喇叭(ラッパ)を二本こしらえた。宿の者達は、夜があけると、それを持って、本間の家族をさがしにいこうというのだ。

×

私はその夜また夜番をしていたのだ。その中に夜がしらんできたから、自分の部屋へかえって、これから床へはいろうとしているところへ、下から女中がやってきた。——それは、前の夜から、好ければ私も、明日は皆といっしょに、探しにいってもいいからといって置いたところから、下では私をも誘ってくれたのだろう。女中は、

「済みませんが、藤澤さん。あなたにも行っていただきたいのですが……」とこういうのだ。だから私は、顔も洗わずに、そのまま皆とつれだって、宿をとびだしたのだ。

なるほどその時の私の体はくたびれていた。もし止していいものなら私は止して、一時も多く眠りたかった。がそれと同時に、私はそうした一行にくわわって、行き方の知れない人達をさがしあてて見たいという気持ちも、なかなか盛んに動いていた。だから、莫迦（ばか）莫迦（ばか）しいといえば莫迦莫迦しいことを、私はあえてしてのけたのだ。そして、私が自から進んでではなく、人から頼まれて、余儀なく被服廠のまえに立たせられたのだといってもいいのだといったのも、畢竟するところは、この点をさしていったのだ。というのは、この帰り路に、私は被服廠へよってきたからだ。

×

私達同行五人は、まず大川を渡しで、越中島へつくと、商船学校の焼け跡はもとより、その裏手になる、水産講習所のなかを、口では喇叭を吹きながら、鵜の目鷹の目になって、残らず探しまわったのだ。またそこの陸軍用地なのか、広い明き地になっているところに、これも焼けたトタンでもって囲って、避難している人達のなかをも、隈なく尋ねまわってみたのだ。だが、どこをどう探してみても、私達の求めている人達の影も形も見えないのだ。

そのうち宿のかみさんが、

「もう止しましょうよ。これだけ探してみていなきゃ仕方ありませんわ。もうここいらで帰りましょうよ。」とこういうのだ。

正直にいえば、それは私とても同感だった。もうその時は、そこへ行きさえすれば、此方で尋ねまわらなくとも、先方で歓びむかえてくれるもののように思いこんでいた私の心持ちなども、事実のまえに見事裏切られたところから、私とてももうそれ以上に、手をつくしてみようなどという元気はなくなっていた。がただ私は、私達だけはそれで好いとしても、宿の主人が今かいまかと思って、私達のもたらしていく吉報を待っている心持ちになってみると、どうでも私だけは、そのまま引きあげていく気にはなれなかった。

それに、前の晩知らしてくれた男のいうことが事実だとすれば、紛う方なく本間の家族はみな生きているのだ。それがそれと分らなかったところから、本間の主人は、当夜みた火のさかんさと、探しまわってみて知った焼死者溺死者の多いところから、自分の家族も、てっきりそれらと同じ運命に座したものだとのみ思いつめた揚句が、とうとう国へも帰っていく気になっただろう。その気持ち、——こころ残ればこそ、なおもそれを振りきって、帰郷の途についてしまった本間その人の心根をおもいやると、私だけは斃れるまでも、もう一応あたってみなければ凝っとして居れない気持ちになってきた。だから私は、宿のかみさんと、そのかみさんの兄なる人をそこに待たせておくことにしたのだ。そして、私は他の女中二人と一緒になって、そこの先に建っている工業試験所のなかを、ひとわたり尋ねてみることにしたのだ。

だがしかし、当ってみると、そこにも私達の求めている人達の姿形はおろか、その影らしい影さえも見ることが出来なかった。だから、私はそこを出てくる時には、もうがっかりしてしまって、歩く元気もなくなっていた。仕方ないから私は、今度は私のほうからして皆を急きたてて、ぼんやりとそこを引きあげてくることにしたのだ。

×

それから、これは野辺おくりの帰りではないが、今度は私達はきた時と路をかえて、真直ぐに亀住町通りのほうへ出てきたのだ。そして、それから後は、電車路にそうて、亀沢町へと歩いてきたのだ。

ところで、そこへくるまでに渡ってきた海辺橋というのが、そこを渡る時にはまた私達は、どんなに胆をひやしたか知れなかった。何しろその橋は、みごと焼けおちていて、跡に残っているのは、電車の線路と、垂れかかっているその架空線のほかには、橋のしたへ通されていた、これは二寸幅位の鉄材が二本あるのみだったからだ。私はそれへかかった時には、こっちへ来がけに、三間ばかり渡りかけて、余りの恐ろしさから止してきた、永代橋での出来ごとを思いだした。

まったく、その時の不安さ、切なさといったらなかった。何しろその橋もちょうどこの橋のように焼けおちていて、残っているのは、これも二寸幅くらいの鉄材が、各五尺くらいの距離をたもって、都合三本かかっているのみだった。だから私ははな、そこの袂でそれを目にした時には、私は、私達をそこまで持ってきてくれた自働車の運転手のことが、何か知らしきりと憎くまれてきてならなかった。

×

これは、その日私達が宿をでてくる時のことだった。前の日に一度本所の被服廠を見物しに行ってきた宿の主人が、残っているのは両国橋だけだから、行くときはきっとそれを渡っていくが好いということを、繰返し繰返し、私達にいい聞かしてくれたのだ。やがて私達が、八重垣町(やえがきちょう)の通りへきて待っていてくれた自働車、——それは後で聞くと、私のいる宿の者が、近所の知合から借りてきたのだそうだが、それへきて腰をおろすともうその自働車はやけに駈けだしたものだ。そして、上野からさきは、右をみても左をみても、目のおよぶ限りただ一面に、灰でもって覆われつくしている焼け野原のなかを通って、万世橋へでてきたのだ。がしかし、その時はどうしたのか、当然左へまげなければならない車をまげようともせずに、反って梶を右にとったかと思うと、更にそれを左へと取って、これも焦土に帰っている日本橋通りを、銀座のほうへと向って、脇目もふらず逸散に走ってゆくのだ。私はへんだと思った。

　ところでそれが、南伝馬町(みなみてんまちょう)の四つ角へきた時だった。そこでぴたりと留まってしまった。私はなおも変だと思った。するとそれへ乗る時に、私達よりも前に一人乗っていた男が、ここで車をおろすと、足を鍛冶橋のほうへと取っていった。それを見るとそれまで持っていた私の疑念なるものがはじめて氷解してきた。同時に自働車は、またも梶を左へとったのを今度は右に変え、また左へと取って、留まったのが永代の橋袂なのだ。

そこへくると運転手は、

「やあ、こいつはいけませんね。両国のほうへ廻しましょうか。」といったが、しかし、宿のかみさんは、その時なんと思ったのだろうか、

「ええ、ようござんす。此処でおろしてくださいまし。」というと、その言葉通り自分もおり、また私達をもおろすと、もうそこから自働車を帰してしまった。がいけないのはそれから後なのだ。

×

私達が橋のそばへきて見ると、そこには十人ちかくの人夫達が、積みかさねた板に背をもたせて立っていた。そして何かしきりと話合っていた。

「どうします。ここを渡しますか。」

私はこの時、かみさんに向ってこういったのだ。——ここを渡すということは、慣れぬ綱渡りをするも同じだった。だからそう思うと、私のこころは震いあがってきたが、それを内にひし隠して、目でもってそこの鉄材をさし示しながら、こういったのだ。すると相

手は、

「仕方ありませんわ。渡りましょうよ。」というのだ。

そこで私は、まず一人の女中の手から、四合壜を一本とってやった。それは私達が途中の用意のために、中へは水を一杯つめて持ってきていたものなのだ。それを手にすると、私はまっさきにその二寸幅の方へやってきたのだ。とそこへ、

「おい、いけねえ。いけねえ。」という声が私の耳へついてきた。それは、そこにいる人夫の一人が、私を呼びかけてきた声なのだ。

で、私は耳をその方へ仮しながらも、一方目をば、薄気味わるく濁っている川の中へ持っていっていたのだ。がそれはいきなり、槍でもって、突きさされたようになってきた。何故というと、そこには私が前の日に、吉原病院の池のなかで見てきたも同様の死体が、男女とりまぜて二十人足らずもいただろうか。それが型のごとく、腐敗しきった真桑瓜のようになって、流れただよっていたからだ。私は、これはいけないと思った。がしかし、乗りかかった船なら、どうでも向うまでは渡さなければならない。そう思うと私は、出来るだけ慇懃な態度でもって、今しがた私に声をかけてきた一人の人夫のほうへ向って、ことの入りわけを訴えてみたのだ。

訴えられると、その人夫も流石に気の毒になってきたのだろう、彼は、

「じゃ、早くしねえなあ。おいらはこれから、ここへ板をつけるんだからなあ。」といっ

て、これを最後に私達を、それでも案外快くゆるしてくれたのだ。

×

それから私は、右手に桜はにぎり太のステッキを持ち、左には一本の四合壜を持って、その二寸幅の前へきて立ったのだ。そして、何気なく目をあげて向うのほうを見てみたのだ。すると、その時は火のようになっていた私のこころ持ちも、遠くぼやけて見える向う岸と打つかると、それはちょうどホースの水でも浴びせかけられたようになってきた。私は、これはかなわないと思った。

がさらに、もう一度目をそこへ持っていってみると、ちょうど向うのほうから、それはもう橋の中程だったが、そこへ一人の男が、身もかるがると軽石のようにして、こっちへ渡ってくるのに出会した。それをよく見るとその男は、肩へ自転車をのせているのだ。その時だった。私は失いかけた気力を取りかえしたというのではない。なかば私は捨てばちな気持ちになってきた。でそうなると、後はもう無我夢中でもって、私はそこの二寸幅を渡りだしたのだ。

×

がいざ歩きだしてみると、やっぱりいけないのだ。――私はこころの中では、出来るだけ身を軽く持って、一気に渡りおおせて見せようと思ったのだが、渡りかけてみると、第一に足が芋苗のようになってくるから弱ったのだ。仕方ないから私は、今度は出来るだけこころを落ちつけて、なんのことはない足は尺取り虫のそれのようにして、出来るだけ静に運んでいったのだ。

ところへ後のほうからして、

「ええ、間抜けな野郎だなあ。そう足元許りを気にせずとよ、もっと前のほうを二三間前の方へ目をつけて歩けば歩けるのになあ。」という声が、その結びめに舌鼓(つづみ)をうちつけて、私の耳へはいってきた。だが私は、この場合そういう忠言に、こころを傾けている余裕などは持っていなかった。反って私は、そういわれればいわれるほど、なおも足元へばかり目をつけながら、例によって尺取り虫のそれを極めこんでくると、そこに小さな鋲の頭の出ているのが目についてきた。と思うがはやいか、哀れにも私の足はもうどじを踏んでいた。がその刹那には、私はもう自分の意識をなくしていた。それはちょうど、一日の正午頃にみた、あの激震当時と同じだった。そして、私がその失った意識をとりかえしたのは、それから物の十秒も経ってからだった。

で、その時だった。私が自分にかえると、

「だから、いわねえこっちゃねえじゃねえか。一層のこと手前のような間抜けは、川へおっこって死んじまいねえ。下へはどっさりお迎えがきてらあなあ。」という声がしてきた。そして、それと相前後して、長く引く息のしたから、

「ああ、びっくりした。止しましょうよ藤澤さん、帰って頂戴な。」という声がしてきた。これは断るまでもなく、前者は人夫の口からでたものであり、後者は宿のかみさんの口から出たものなのだ。

それを私は、併せて聞いたものの、しかし私は、一方の人夫へ対しては、なんらの反感も持てなかった。ただその際にあったものは、宿のかみさんの言葉に対する感謝の念のみだった。

やがて私は、自分の向きを変えたのだ。――まるで、陸へあがっている、軍艦でも動かすようにして、私は自分の向きを変えたのだ。そして、この時もまた何気なく、私は自分の足のしたになる水のうえへ目を持っていったのだ。するとそこに私は火を見るようにはっきりと、死の影の踊っているのを見た。同時に私は自分のこころの中で、白刃を井桁にとりくんだ中へ首をさしこんで、震いあがっている自分の姿をも見た。それに気をとられてしまうと、元の岸までへは、三間あまりもあっただろうか、そこへ足を運んでゆく元気

も私にはなくなっていた。

　それをどうして引返してきたものか、物の五分間もすると、それでも私は、もうそこの岸についていた。私は、土のうえに立っている自分をみた時には、いきなりそこへ突っぷして、口附してやりたくなった。

×

　ところで、危険だったのはこればかりではない。「一難経れば一難きたる」という譬通り、相次いででまた、渡し船というものが立ちあらわれてきて、それがまた、どんなに私達の胸をおびえさせて行ったか知れない。

　橋を渡りそこなった私達は、今度はそこに突ったっているポリスを捉えて、橋をよそにして、向う岸へ渡る方法はないものかといって聞いてみたのだ。するとポリスは、それは船でいくのだ。もう暫くすると、向う岸から渡し船がやってくるからといって、親切に教えてくれた。

　私は、渡し船のくる間、そこいらに助かっている土蔵の数をかぞえたり、または、私達と同じ目的でもって、そこに座っている人達の口から耳にとりかわされている話に耳を傾けたりしていた。そして、時々向う岸からくるという渡し船を、まだかまだかと思うこころでもって見遣る私の目へは、筏でも通っていくようにして、幾つかの死体の流れていくのが見えてきたりした。

やがてのこと、五十人くらいは乗っているだろうと思われる伝馬が一艘、ゆうゆうと此方へやってきた。見るとそれは、私達の待っていた渡し船だった。

で、船にのっていた人達は、最前からそこへきていた三人の兵卒に護られて、——その兵卒はみな剣附鉄砲を手にしていたが、それらの兵卒に護られて陸へあがると、今度は私達の番になってきた。

私が船へのったのは、かなり殿り(しんが)だったが、さて船にのってそれまで私達が腰をおろしていた方の岸のしたを見た時だった。私はそこでもって、またも形容に絶した衝動をおぼえた。

×

そこへ打ちあげられていた死体は、七つばかりもあっただろう。だがしかし、それは形においても、また数においても、少しも私には珍らしくはなかった。ただ私が異様におもったというものは、その中の若い男女の死体だった。この二つの死体は、ものは兵児帯なのだろうか、鼠色した切れでもって、堅くかたく結びつけられていた。それを見ると私は、この世における最もうつくしいもの、最も、盛んなものを見た時とおなじような感激をおぼえた。と同時に、この世における最もいやしいもの最も憎むべきものを目にした時のような反感をおぼえた。

とその中に、もう渡し船は岸をはなれだした。そして、それが段々と川真中へでてきたと思っていると、そこへ出しぬけに、

「おい、あぶねえ。あぶねえ。重舵。重舵……」といって怒鳴る船頭の声がしてきた。と思うと、それまでは残らず、そこへ腰をおろしていた乗り手が、一斉に持ちあがったから溜らない。船はその機勢(はずみ)を食って、左右へ動揺しだした。私はどうしたのだろうと思っていると、その時川上から走ってきた蒸汽船が一艘私達の船の後を、擦れずれにして抜けていった。とその途端に、やけに大きな波のうねりがやってきた。そして、それを受けた私達の船は、さらにはげしく、前へ後へと動揺しだした。

その刹那の恐怖、これも私には忘れがたいものだった。私が船から陸へあがった時に、またもそこの地上へ突っぷして、口附したくなったのも、これはみな、その恐怖からのがれた嬉しさがあったからだった。がそれらがこの時、――私が海辺橋を渡ってくる時に、しみじみと私のこころへ上ってきた。ちょうどそれは、麻縄をみるようにして、――永代橋上のできごとや渡し船での遭遇事が、そこで一つになって、私の胸をしめあげてきた。

×

それから、驚いたのはようようの思いでそれを渡して、高橋へきた時だった。そこの橋の袂では、私が吉原がえりに、厩橋ちかくに見てきたような死体が幾つか転っていた。わけて悲しかったのは、その中に四つばかりも、子供の死体が交っていたことだった。また、橋のしたなる水のうえには、男女幾十人かの死体が堪らない匂いを漂わせながら浮んでいた。そして、ここでは堅く背中へ嬰児をゆわえつけたままに、溺れている女を見た時には私のこころはまた、涙でもって包まれてきた。

×

ここを離れると、もうつぎは森下だった。宿のかみさん達は探しあてられもせずに、空しく引き揚げてきた本間一家の住んでいた家の跡を、ここかしこかといって尋ねていたが、しかしそれもはっきりとは分らないようだった。

それはそうと、私がこのあたりへきて気づいたことは、人と車との、その往来のはげしさだった。それはどう贔屓目で見ても、正気の人間や、それらの人間の手に依って、回転されているもののようには見えなかった。

車は自転車もあったが、その多くは自働車だった。それがみな気の狂ったような迅速さでもって、左右に駈けちがっているのだ。私はそれを見ながら、今にもパンクしないか、今にも衝突しないかと思って、どんなにはらはらしたか知れなかった。

同じことは、またそこを歩いている、多くの人達についてもいう事ができた。

これは一つは、皆がくたびれているところから来ているのだろうが、彼等の片一方の手はいねむりをしていた。そして、もう一方の手は、それとは反対に、活気を横溢させて動いていた。そして、これは手のみではなく、その足だって同じことだった。ただこれらと違っていたのは、その顔面だけだった。

それはまた、ながく氷漬にでもされていたように、筋肉という筋肉、神経という神経は、極度に内へ引きしまっていた。それに色だ。これはまた、ながく水のなかに洒されでもしていたように、大抵は蒼白くなっていた。また目は目で、それはちょうど鷹のように、瞳孔はやけに大きくなって、黒く底光りにひかっていた。そして、その眼瞼は、子供のもてあそぶ折り紙のように、三角になったり、四角になったりしていた。恐らくは彼等はこの場合、誰か誤って打つかりでもしようものなら、きっと物をもいわず、直ぐと張りたおしてしまったことだろう。どうやら私にはそう思われてならなかった。

で、私がこの光景をみて、さらに思ったことは、「修羅の巷」ということだった。そうだ。これはそれを外にしては、到底他にみることの出来ない図だった。

正直にいうと、私はそこを通ってくる頃は、もうかなりに草臥(くたび)れていた。——連夜の睡眠不足と、この日はまた、こうして歩きとおしてきた所為(せい)からでもあろう。私はもう足をあげるのさえも懶(ものう)くてならなかった。それを忍んで、私が倒れもやらずなお歩みつづけてきたというものは、一つは私の内にいきり立っていた、心の働きからきていたのはいうまでもないが、同時にこれは、こうしたここの空気があずかって、大に力あったものだと私は思う。それほど私には、ここの光景が恐ろしかったのだ。

その中気づいてみると、そこはもう亀沢町だった。この時宿のかみさん達もまた疲労を感じてきたのだろう。ここで一休みしようといい出した。そして、かみさん達は、そこの焼け跡に散らかっている煉瓦をみると、もうわれを忘れた者のようになって、それへ腰をおろしてしまった。

×

ところで私はこの時、宿の主人からいい聞かされていた、被服廠のことを思いだした。思いだすと私は、そこへ行ってみたくて溜らなくなってきた。が同時に私には、それを恐れる気持ちもあった。というのは、少し薄れかかっていたといえば薄れかかっていた四日の日にうけた印象が、そう思うこころの前でもって、はっきりその影をあらわしてきたからだ。そして、この二つの気持ちが、暫くの間相争っていたが、その中にとうとう見にゆきたいと思う気持ちのほうが勝ちをしめてきた。つまり恐わいと思えば思うほど、その恐わい物みたさの気持ちのほうが、勝ちをしめてくることになったのだ。

それから私は、宿のかみさん達へこの事をはなして、被服廠のほうへやってきたのだ。

――「私はこれから、ちょっとそこの被服廠へまでいってきますから、皆さんのお疲れがやすみましたら、どうぞ先へいらしてくださいまし、路は一筋ですから、私はすぐと後からおっつきます。」

私は、宿のかみさん達にこういって置いて、被服廠のほうへやってきたのだ。

×

その途中でまず私は、自分の首につけていた手拭の端をとって、それでもって、一段とかたく鼻をおさえることにした。というのは、私は吉原の死の池地獄のことで、そうだ。あすこの死の池地獄のことで、散々に懲りていたからだ。

で、鼻のことはもうそれで好かったが、しかし、どうにも出来ないものに心というものが残っていたから、歩いてくる中にも、なんだかこう、氷室のなかへでもはいって行くような気持ちがしてならなかった。がしかし、それでもって、本当にいやだというなら、はなから来ないことだったなどと思いながらやってくると、そこはもう房総線のガードの下だった。それを抜けて、少しくると、謂うところの被服廠まえになるところに、幅はあれで四尺もあろうか、一筋の溝があった。その溝のなかに、窒息して斃れたのだろう。幾人かの死体が横たわっていた。そして、それらも矢張り、二目とは見られないまでに、醜くもまた痛ましい容貌姿態をしていた。それをそっと横目でみながらやってくると、そこにもまた奇怪な容態をした死体が座っていた。

ここの溝が、幅四尺くらいあることは、今いったが、これはそれを横に、あいだ二間ばかりというものを、目白押しに押しならんでいたから驚いたのだ。――なんでもそれは、四人ずつ並んでいたようだった。そして、それは皆羅漢堂でみる羅漢のように、前列よりはその後列、その後列よりはその後々列といった風に、後になればなるほど、首だけをうえへ高くのぞかせているのだ。

断っておくが、溝はおなじ溝つづきでも、これは前のとは違って、みな全身黒焦げにこげているのだ。だから、白いものはといえば、それは口のなかに残っている歯ばかりだった。従ってそこには、性の差別、老若如何なども判断出来なかった。少くとも、私にはそうだった。

これを見ながら私の思ったことは、何処をどうしたら、この人達は、こうした溝泥のなかで、しかもそれが座って四人縦列しながら焼けたかということだった。みな顔を、通りのほうへ向けているのも、なおと私に、私のこの疑いをこんがらかしてきた。

×

それからだった。私がそこを離れてくると、もう私の眼前へかねて予期していた、恐ろしいといえば恐ろしい光景が展開されてきたのは。――見るとこれもやはり、性の差別や、老若如何さなども、容易に判断することの出来ないようになった焼死体が、ちょうど腐った茄子でも置きならべたようになっていた。そして、この死体の姿かたち、例えば、それが俯向いているのか、または仰向いているのかなどということは、纔(わずか)に歯牙の有無や、指先の向き不向きに依って判ずるより外には、どうにももう手のつけようがないようになっていた。

×

さらに驚いたのは、これらの数の多いことだった。一体ここには幾人いるというのだろう。見渡したところ、ずっと向うの端にたっている者の姿が、まるで子供のそれのようになって見えてこようといった程に、それは広くて大きいのだ。この間をべた一面、それでもって埋っているのだから驚くのだ。

で、そういった風だから、これが通りちかくに並んでいる者はいい。それは少くとも、私達の目には、ひどく変ってはいても、しかし人間の焼死体としては見えてくるから。だが、そこから三四間ばかりも先のほうのになると、それはもう人間だか獣だか一向に分らなかった。だから、いって見るとそれは、まるでそこに積みおかれてある、一塊の石炭でもあるようにしか思われなかった。

まったく、そこの広大さと、そこに斃れている死体の数多いのには驚いた。そして、それを見ている中には、いろんなことが考えられてきた。

まず私が、ここでもって思いだしたのは、吉原のことだった。吉原の死の池地獄のことだった。だから私は、それをこの焦熱地獄のまえへ持っていって、この二つのものを見比べてみたのだ。ところでまた、そうして見て私はおどろかされてしまった。というのは、この二つの物は、地震をうちへ包みこんで、烈しく燃えさかってくる火なるものを背景にしている点は同一だったが、しかしそれを外にしては、他は殆んど比べ物にならないくらいに相違していたからだ。

×

まず第一に、この二つの物は、悽愴さまたは醜悪さにおいて違っていた。この点はなんといっても、ここよりは吉原のほうがどんなに勝っていたか知れなかった。そして、私のみたところでは、これは一に、火と水との相違からしてはじまっているもののようだった。

例えば、吉原のそれは、極度に私達人間の持っている醜悪さなるものを、外へむかって曝露しつくしていた。それに比べると、ここのは、それとは全然反対にといいたいまでに、それは残らず内へ内へと向って消滅しつくしていた。もっとこれを分りやすくいえば、前者は、あくまで水死した者だけに、その形体は、絶息後もなお依然として、生前同様に保たれているのだ。がそれが、その後に時間の経過なるものを受けると、俄然として、そこに一大変化をきたしてくるのだ。例えば、全身の浮腫だとか、その皮膚の色素分解だとか、ひいては脱腸、睾丸膨脹などという、醜悪無比な変化をなしてくるのだ。

ところで、後者はといえば、それは既に火にかけられて、後はもう性の判別さえもつかないようになっているのだから、これはその後に幾くら時間の経過があっても、微塵そこには変化らしい変化も起ってはこないのだ。つまり後者は、斃れたが最後、もうそこには、変化を起したくとも、それを起すだけの材料なるものをなくしているから、所詮はできない相談なのだ。それにこれは、前者とは違って、あくまで水中ではなく、地上に終始しているということが、どんなにこの変化作用から逃れていたか知れない。従ってそこには、これもまた前者とは反対に、見る者をしてなんら顰蹙させるがものは持っていなかった。

×

またこの相違は、両者の死体から発している臭気についても同様だった。

例えば、前者のそれは、一旦これを鼻にするが最後、こころは直ぐと、「死の舞踏」をやりだしてきた。ところでこれが後者のになると、なるほどそこには、飽迄「死」なるものを思わしめるものはあったけれども、それが直ちにこころの中まで忍びこんできて、舞踏をやらせるだけの力は持っていなかった。

つまり、後者のそれは、烈しさにおいて微塵前者におとらないものがあったとしてからが、その底には、松脂ほどの粘着力を持っていなかった。だから、その点からいえば、つまり、これを時間のうえからいえば、もうそれは前者の敵ではなかった。ましてそれが、烈しさにおいても、前者に比して、多分の引け目を持っていたから、これはとても勝負にならなかった。

×

それからまた、こういうことも、そこに見ることができた。例えば、炎々として燃えさかってくる火の勢いや、それから生れてくる火の粉などは、後者の方が、前者のそれよりは、一段と烈しいものがあったに相違ない。したがって、それに巻かれたり、また、それを浴びたりして、そこに立ちさわいでいる群集の有様や、同時に、その群集の口から叫ばれていた悲鳴のさかんさなども、屹度後者のほうが遥に前者を凌駕していたに相違ない。

だがしかし、それでいて不思議なのは、その惨憺たる光景も何か知ら私の目には、落ちゆく日の影でも見るように、ひどく薄れてみえたことだった。あるいはこれを、物の厚薄さや、事の強弱さなどではなく、時間のうえにおいて、甚く短かったといっても好い。とにかくそれは、同じ悽愴さであり、同じ悲惨さではあっても、何か知ら私には、こう影のうすい、謂わば拵えものといった風にしか感じられなかった。少くとも、吉原の死の池地獄の状にくらべていえば将にそうだった。そして、つまるところはこれも、数においては真に驚くべきものがあっても、そこに斃れている者の形体上に、微塵それらしい表現が残っていなかったということが、――残っていなかったから、見ることが出来なかったということが、私をして、こういった風な考えを起させてきたのではあるまいかとおもう。

それにしても、恐ろしいのはここに死んでいる者の数だった。これに比べると、吉原のそれなどは、九牛の一毛にも如かないといいたい位のものだ。で、目のおよぶ限り、ただ一面に積みおかれた石炭のようにも見える、その焼死者の群を見ていると、私はまたそこに、それまでのとは全然違ったべつな感じを強いられてきた。

×

それは、天変地異の持っているその力の偉大さということだった。そして、それに比べていえば、その間に介在している私達人間の微少な、無力さということだった。

それを、何時までも凝っと噛みしめるようにして考えていると、そこへ、これら二つの物の持っている味のようにして考えられてきたのは、これら天変地異に対する、予防策如何ということだった。

それからまた、こういうことも考えられてきた。——それは都市経営法についての、種々の画策だった。その中には、見るからに美しくて涼しい幾つかの噴水もはいっていた。また、そこいら中を一面に、鬱蒼たる樹木でもって覆いつくしている、広い大きな公園もはいっていた。それを私は、一心になって考えてみたのだ。

というのもこれは、謂わばそこの石炭置き場の様子から、といっては分るまい。つまり、見ている中には、ひとりでに目もかすんでこようと思われるまでに広い、ここの被服廠のなかには、以前からして唯の一本も、樹木らしい樹木が植えられていなかったのを私は知っていたからだ。その沙漠のような構内へ火を逃れたさの一心から馳集ってきた多くの人達があれば、それに依って、幾分降りかかってくる火をもさえぎることが出来ただろうに、その用をなす樹木らしい樹木が一本もなかったところから、それらの人達は、むざむざとつきぬ恨みを呑んで焼かれていってしまったのだろうと思われるにつけて、私はこういった果敢ないことまでも考えさせられたのだ。

とにかく、ここの広大さと、そして、焼死者の多数だということが、それまでに私がただの一度も、考え思ってみようともしなかったことまでを、切に思わしめてきたことだけは事実だった。がしかし、気がついてみると、私はそうして何時までもそこに立っては居れない体なのだ。きっと、宿のかみさんをはじめ、皆の衆が待っているだろう。そう思うと私の足はもう向きを変えて、元きた路を歩きだしていた。

×

ところでこれは、私が十足ばかりも歩いてきたかと思われる時分だった。私のうしろのほうで、

「こん畜生、何をしやがるんでえ。篦棒め。」といっている声が聞えてきたから、私は何気なく振りかえってみたのだ。すると筒袖にできている、白地の浴衣をからげたその下から、キャラコの猿又が見えていようという拵えをした一人の男が、いきなりそこに立っていた、写真機を蹴飛ばしてしまった。と同時に、

「そん畜生を、蹴殺しちまえ。」という声がしたと思うと、そこにい合した人達が、髪のながい、白地の洋服を着ていた一人の男を目掛けて取りまいてしまった。私は背伸びをして見たが、しかし、洋服着の男は、群集の蔭になって見えなかった。それが焦熱地獄のまえに行われたことだけに、一種異様な恐怖を私のこころへ与えてきた。

×

で、私は亀沢町の角へくるまでは、半夢中だったといっても好かった。ようやくそこへ

くると、本当の自分にかえってきたから、私はこころを定めて、宿のかみさん達のいたところを見たのだ。ところで、そこにはもう影も形もみえなかった。

それから私は、足をはやめて歩きだしたのだ。そして、そこの国技館ちかくへきた時だった。そのはずれを、歩いてゆく人達の頭のうえから、「本間ノブ」という姓名を書いた、大きな旗が四本、それは宿のかみさん達の持っているものなのだが、それが動いているのが目についてきた。その時私はまた、何か知ら涙ぐましい気持ちがしてきた。そして、これはそれを見てすこし落着いてきた所為からだろうが、その時私はまたそこいら一面に流れている空気の、その凄さおそろしさを感じてきた。

見ると、そこの電車の軌道のうえは、自働車も不断は荷物を運んであるく自働車でもって、残らず埋っていたといっても好いくらいに、多くの自働車が集って駈けていた。皆それらの自働車は、箱の横へか、もしくは上へたてている白布の旗へ、「警視庁」だとか、「市役所」だとか、または、「赤十字」などという目印を書いていた。その自働車と自働車の間へは、自転車、オートバイなどが、これも風のようになって走っていた。

それから、左右の人道はもとより、これが不断なら、車道になっているそこも、歩こうと思っても、歩けないくらいの多数の人が歩いていた。それが皆、目ばかりをひからして、右往左往しているのだ。まったくそれは、物凄いくらいのものだった。

私はこれにちかいものを一度高橋を渡ってからこっちで見たことがある。だがしかし、それとこれとは比べ物にはならなかった。向うの烈しさを、此方に比していえば、それは、五分の一、もしくは十分の一にも当らないほどのものだった。そしてこれが両国の橋のほうへくればくる程、だんだんと色濃くなっているのだから、私は驚いたのだ。

これは、私がそこの橋へかかってから知ったのだが、橋のうえでの音響の凄さといったらなかった。すこし誇張していえばそれは直ぐと、一日の日の激震当時を思わしめるに足りるような物凄さだった。

それに驚いたといえば、その橋のうえには、幾人かの兵卒が眠っていたことだ。――兵卒は、人道と車道とを仕切ったその境目のところへ、エッキス形をして立てられている鉄材へ寄りかかって、安らかに眠っていた。恐らくは、綿のように疲れきっている彼等の耳へは、おなじこの橋のうえでの音響も、一向に響いてはこないのだろう。

私は橋といえば、何を措いても、此日の朝がけに出会した永代橋でのそれを思いださなければならないのだが、しかし、此時ばかりはどうしたのか、それらしいものの影さえも、私の心へはのぼってこなかった。ただ私に不思議だったのはいかにも安らかに、そこに眠っている兵卒を私がみた事だった。そして、私は橋をおりしなに、目をあげてみると、またもその先をあるいて行く、「本間ノブ」と書いた四本の旗が、私の目へついてきた。

（「女性改造」大正一二年一〇月号）

めしいたる浅草

その後の新聞によると、そこここの焼け跡には、さかんにバラックが建てられているということが出ている。中でも、浅草が一等さかんだ。恐らくは、一等はやく復興するところはここだろうという意味のことが、これもまたさかんに書かれている。が事実はたしてそうだろうか。今のところ、私の知っているのは、京橋の一部分と、麴町（こうじまち）（ママ）は丸の内だけなのだから、声高にそれを否定するがものは持っていないが、しかし、私の歩きまわってきただけの智識によってみると、どうやら私には、この新聞の伝うるところが、幾分疑われないでもない。

なるほど、上野公園前を車坂（くるまざか）へでて、それを電車路にそうて、右へまがって行ったところなどは、盛んだといえば、それはなかなかに盛んだものだ。だがしかし、同時に悲しいのは、それは飽くまで、「一時凌ぎ」ということを金看板にして盛んなのだ。つまりそれは、盆をくつがえしたようにして降りそそいできた夕立をやり過すために、そこの軒下へかけこんだ者の持っている盛んなのだ。といって分らなければ、私は重ねてこうもいいたい。――つまりそれは、それまで百燭の電燈をつけていた家が、不意にそれを失ったところから、その代りとして、今度は十燭光のそれをつけだした盛んさだ。でなければ、昨日までは、人もうらやむ繍綾羅(しゅうりょうら)(ママ)に身をやつしていた者が、その夜おいはぎにあって裸身にされたところから、ようやくの思いでもって工面してきた木綿もあらい晒しのを着てあるくのと、同じ意味合いにおける盛んさだ。――すくなくとも、私だけは、はっきりとこういいたい。――無論そこには、どう虫をころしてかかっても、折りあえない殖民地風な俗悪さ、もしくは雑駁さがあったにしても、とにかくその上の、殷賑(いんしん)さというのか、繁華さというのか知らないが、それを見知っている私だけは、是が非でもはっきりとこういいたい。

で、もしも、私のいうところを疑うほどの者は、――私が新聞にでている記事を疑うように、私のいうことを疑うほどの者は、ものは試しだ、あすこいらを一巡(まわり)あるいてみるがいい。そして、これは独りあの電車通りばかりではない。田原町(たわらまち)を右へまげると、そこは仲町(なかちょう)通りになるが、それをのして、雷門へまでくるとする。それを更に左にまげて、仲店通りへはいってみても、この蠟燭ながしの火影をみるような味気なさは、何処までいっても、謂(い)うところの影の形にそうがごとしといった風になっているから。――

私ははな、ここへやって来ないうちは、諺にいう「知らぬが仏」でもって、その後の新聞にでているところを、その儘に信じていたのだ。ところでそれが、車坂をまがってみると、それは過半、一時の不景気から書いたものだということは分ったが、しかし、その時(とき)もまだ、元来はあまり人のよくない私ではあるが、仲店のあたりだけは、流石にむかしに近い景気をそえていることだろうと思ってやってきて見たのだ。するとこれも今いった通りなのだから、どうでそれは素見にではあるが、そこの門口まで尋(たず)ねてきてみた女の、いなくなったのを知った時のような気持ちがしてきた。

が同時に、こういうことだけはいえると思う。――これは私が手出しをしてはじかれた女にでも対するようにして、その後の新聞記事について、厭味ばかりいってきたからいうのではないが、ある新聞に、なんといっても、一等さきに店をひらくのは、それは飲食店だとあったが、これだけは、ともすると誇張に失しやすい今の新聞中でも、紛う(ママ)がたなき事実だった。――ちょうどそれは、火はあついものに出来ているのと同じように、人間という者も、飲み食いをしなければ、ただの一日だって生きて居れないものだけに、こればかりは事実その通りだった。そして、物はついでをもって、も一つこの際私をして附加えさせて貰えるものなら、それはシャツだとか、呉服太物(ふともの)の類を商っている店のおいことだった。でこれらを見て私の思ったことは、経済学というものの原則だった。――元来が人間あまり利口に生れついていない所為(せい)か私はこれを、銭湯へとびこんでから、宿におき忘れてきた石鹼を思いだすようにして、そういうことを思ってみた。

といったところで、それは何も、名のある飲食店という飲食店が、残らず店をだしているというのではないから、そこのところは、間違えないようにして貰いたい。早いためしが浅草は雷門附近の飲食店だ。ここでともかくも店をだしているといえば、それはちんやのバーに、奥の常盤(ときわ)と、仁王門まえの大増(だいます)くらいのものだった。この外はまだ、磅すっぽ焼け跡もかたなしといった為体(ていたらく)だった。

このうち仁王門まえの大増は、観音堂につらなって助かったのだから、依然として旧態どおり店をはっていた。それに常盤だ。ここは中へはいって見ないから、委しいことは分らないが、こっちから見たところでは、一面に板だか竹だかで囲って、入り口入り口には、大きく店の名を書いた提灯をかけつらねて、そこに景気をみせていた。がこれらに比べて、哀れにもさびしかったのは、ちんやのバーだった。ここのは、園遊会などでみる模擬店もどうように、一張りの天幕(テント)をはって商売をしているのだ。そして、この哀れさは独りちんやバーのみではなく、仲店どおり一帯がそれだった。いや、仲店どおりばかりでない。火にあったところは皆、板ッ葉でもって囲ってはあっても、要するに、このちんやバーの境を一歩もでない底のものばかりだった。

仲店などは、焼けのこされた煉瓦のうえへ——それは、九尺くらいの高さなのだが、それへズックを冠せたり、トタンを葺いたりして、わずかに雨露をしのいでいるに過ぎないのだ。そして、そこには、一二の絵草紙屋や、小間物屋などもあったけれども、その大部分は、にわか出来の一品料理屋か、さもなければ、ゆで小豆屋か天麩羅屋、もしくは、すいとん屋かおでん屋などだった。それと、思いきり値段のやすい呉服太物を売っている店か、でなければ、メリヤスのシャツか、もしくはヅボン下などを商っている店ばかりだった。

それに、これは一つは時間の関係からかも知らないが、私の知っている不断の仲店どおりとしては、余りに人出がさびれていた。その中で一等めだったのは、大増の食堂だった。ここだけは、溢れんばかりの来客でもって、文字どおりの火事場さわぎを見せていた。

それにしても不思議なのは、ここの観音堂の助かったことだ。私は仁王門のまえにきた時に、何か知らひとりでに頭のさがるのを覚えた。それにここは、五重の塔も無事なればまたそれと土塀一重をへだった鐘楼も無事なのだ。私は何気なく鐘楼の周囲をひとまわりしてみた。そして、その時、上の句はわすれてしまったが、「鐘は上野か浅草か」というのやそれからしてまた、「鐘一つ売れぬ日はなし江戸の春」というのなどを思いだしてみた。そして、きゅうに思ったことは、今はさほどの気勢もそこには見ることは出来ないけれども、この観音堂のある限りは、浅草は永久に繁栄しつくすことだろうということだった。

だがしかし、そう思いながらも悲しかったのは、またそこを引きあげてきて、仁王門のわきを通り、観音堂のまえにきて突ったたった時だった。――見るとそこらには、――観音堂のうえや、仁王門のわきには、みな年をとって、枯れきった木の枝ででもあるようになっている幾人かの男女が、菰俵をしいたうえに坐っていた。そして、各自が、みな膝のあたりに、腐ったような毛布のきれはしや、玩具のようにも思える小さな風呂敷づつみをおいていた。それがまた何か知ら、私のこころにこびりついてきた。

それから、私はまた飄簞池のそばへでてきたのだ。そして目をあげて池のかなたを見渡してみたけれども、そこにはもう目をさえきる(ママ)ものといってはなかった。無論、そこからはなんらの物音だって聞くことが出来なかった。私は、イルミネーションの輝きや、はなやかな楽隊の奏する音色を、いつになったら見聞きすることが出来るのだろうかと、そういうことも思ってみた。

また私は、私のすきな千束町(せんぞくちょう)は銘酒屋のあったあたりへも来てみたのだ。だがそこには、あかんぼうの口でも見るように、広くもそれは、二間に三間もあろうかと思われるようなバラックが、幾つか建てかかっているのみだった。そして、それらのバラックの蔭から洩れてくる金槌の音や、鉋(かんな)の音も何か知ら私には物かなしく聞きなされてならなかった。ちょうどそれは、そこへ来しなに見てきたのだが、この前きた時には、崩れながらもまだ、この地の名物だったその面影をたもっていた十二階も、その後は工兵隊の手によって壊されてしまったのだろう。もう影も形もなくなっていたが、それを目にした時もおなじ気持ちがした。――これは一つは、場所がらの関係からきてそう思われたのかも知れないが、ちょうど男の力その物をかたどったようにして聳(そび)えたっていた、あの十二階のなくなったのを見た時とそれはおなじ感じだった。ただそこには、物のあわれさがあるのみだった。

　また私はそこを離れると、今度は象潟町(きさかたちょう)をぬけて、待乳山(まつちやま)へのぼってみたのだ。でそこに行くまでにも、私は随分とかなしい情景をみなければならなかった。殊にいまなお忘れがたいのは、もう手元もわからないまでに、——私がそこへ行く時分は、次第に夜のせまりかかっている時分だったが、その暗がりになお燈火もつけずに、これもほんの形ばかりのバラックの入り口へでて、大根をきりきざんでいる若い女のいたことだった。そして、私が死んだもののようになっている待乳へのぼって、前後左右をながめ見渡した時におぼえたものはそのかみ奥州は平泉にきて、秀衡(ひでひら)や康衡(やすひら)などの跡をとむらい「夏草やつわものどもの夢の跡」と読みのこした芭蕉のこころ持ちだった。

　彼はその件にまくらして、「三代の栄耀一睡の中にして云々」といっているが、私がその時目にしたものは、三百年の栄華を一朝にして失いつくしてしまった後は、燈影もかぞえるに足りるほどしか持ってはいない暗(やみ)のなかに、哀れにも疲れきった身をよこたえている東京の景色であり、浅草のありさまだった。まことかの女はいま、地震に魂をうばわれ、火にその体をやかれて、息もたえだえになって、纔(わずか)に床の上に横わっているのだ。もしくは明眸皓歯(めいぼうこうし)の美しい人にたとえていうなら、これは病ゆえにその明眸をなきものにして、今まさに悶絶しているそれなのだ。

で、その中には、ここ浅草も、ぼつぼつとバラックが建てまし、いろいろな商売もはじめられることだろう。そして、その中にはきっと、電燈もつけられて、夜もなお昼をあざむくことになるだろう。がしかし、それも要するに、これが病人なら、それはその病勢の一進一退するのを見るもおなしで、本当に快方にむかってくるのは、年が変ってからなのだろう。——年が変って、川向うの向島の土手に、咲きさかる花をみれるようになるまでは、きっとここも蛇になって、「冬眠」というのをやることだろう。私はそう思って、待乳山をおりてきた。そして、聖天町へでた足を猿若町のほうへまげて、公園の裏どおりをずっと歩いて、焼けのこっている下谷は坂本町へまでくる間は、平泉の遺跡にたって、泪にくれていた芭蕉のこころ持ちから離れることが出来なかった。その間にも私は、ランプの蔭で語りあっている幾人かの人達をみたり、アセチレンや蠟燭の光をたよりに、商いをしている何軒かの店頭をみなければならなかった。そして、そこにまた、私のこころ持ちまでも、余計と暗くしなければならなかった。——終りに私は、私の歩きまわってきた時日のことを断っておきたい。その日は、十月十三日で、時間は午後の三時半頃から七時がらみになるまでの間だった。

（「女性改造」大正一二年一一月号）

不屈の「負」

解説

西村賢太

藤澤清造の「根津権現裏」が新潮文庫化されたのは、平成二三年の七月だった。

この五百枚にのぼる長篇作は大正一一年四月に日本図書出版から書き下ろし刊行され、四年後の大正一五年五月には聚芳閣より改稿版が発刊、往時すでに清造の代表作と目されていたが、その後は六十年以上に亘って活字に組まれることがなかった。

その間には昭和初期の円本全集ブームや、同三〇年代から四〇年代にかけて相次いだ数多の文学全集の刊行があったが、該作が収録された様(ためし)は唯の一度もなかったのである（のみならず清造の作自体、その種に採られることが皆無であった）。

昭和終焉期以降に、二種の文学全集中でようやく採り上げられる機会を得たが、しかしその一つは全体の半分以上、いま一つの方は全篇の十分の九以上もがカットされた、無惨な抄録に過ぎぬものであった。いかな軽視され、忘れ去られるにはその作品にそれなりの理由も含まれるとは云え、これでは折角の再録の意味も、それこそ半減以上や十分の九減以上と云うしまらぬ次第になろう。

この渇は原本の本文頁のみを復刻した一書が発売されたことによって癒されるかと思われたが、そもそもが大正期の珍本を集めた、好事家向きの高額セット販売での企画だっただけに、一般の読者への流布には至らずじまいであった。

それだから、該作が突如として新潮文庫のラインナップに加わった際には少なからぬ驚きと期待があったものか、予想以上の江湖からの迎え入れがあった。約九十年ぶりとなる全文の復活であり、原本の伏字部分も、清造自身の筆による書き入れ本を元に復元を果したこの完全翻刻版は、意外にも二度の増刷を重ねる好結果を見た。

こうなると、〝軽視され、忘れ去られるにはその作品にもそれなりの理由がある〞などと云う、先の聞いた風な言い草も些か眉唾ものに映ってこよう。これまでの文学全集の類における無視や黙殺も、所詮はその編輯委員となっている作家や評論家の恣意的な好みから外れただけのことである。無論、その恣意的な偏向が悪いと云うわけではない。それが単に編輯委員との交遊関係だの文壇政治的なくだらぬ配慮絡みのことであれば論外だが（イヤ、殆どその要素が含まれてはいるが）、所詮は小説なぞ、読み手それぞれの好悪によって、その評価が下されるものである。

なればかようなレベルのアンソロジーから洩れ続けていたところで、何も気にするがものもないのだが、しかし自分では読みもしないで――また読んでも、先行する一応の実績がある小説家や評論家の悪評や黙殺を、恰も文学史上での該作評価の総意ででもあるかのように優先して考え、鵜呑みにしているだけでは、それは甚だ慊い。ましてやそうした取るにも足りぬとでも言わんばかりの評価が、何か不変の定説として長く連綿と受け継がれてきた状態に対しては、この作によって人生を完全に変えられてしまった者としては、いっそ馬鹿馬鹿しい思いを伴う程の慊さを感じてしまうのだ。何も、文豪ばかりが小説家ではないのである。

実際、現在までに発表されている清造とその作品にふれた文章は、誰かが先に記した〝埋もれた作家〟や〝大正期の典型的なマイナー文士〟との憐憫風の冷笑のこもった見方を、まるでそのままに踏襲しているものが大半を占める。

が、それらの無意味な評価には一切惑わされず、自身の審美眼のみを恃みとする読者と云うのは、いつの時代も少なからずいるものである。清造の場合も膾炙する機会のなかったその作に、潜在的な興味を抱く読者が一定数存在していたのである。

個々の読後の感想は知る由もないが、少なくとも「根津権現裏」は最早幻の作ではなく、従来の、作品が流布していないのを良いことにした〝識者〟の都合の良い評価とはまるで無縁に、自身の感性でその真価を計り得る状況がひとまず整ったのは、何んと云っても喜ばしいことである。

しかし当然のことに、清造の作は長篇のこれ一本のみと云うわけではない。なので該書好評の勢いをかって、同文庫からは続けて短篇集を編んで刊行に漕ぎつけた。発行日は平成二四年三月一日だが、本文の校訂もこちらで担った為に、その前年の秋口から作業を進めていた。この際に心がけたのは、収録作をあえて玉石混交とした点である。

　云うまでもなく、その玉と石の判断は、私のどこまでも勝手で恣意的な好みによって篩にかけたが、これは刊行の契機としては止むを得ないにしても、しかし実質的な前書好評の余恵たる側面を、私の方では全く無視したい思いによるものであった。破綻の少ない作のみを集めるよりも、少し首を捻らざるを得ぬ作も交ぜて並べた方が、その作家の真価を多面的に見極めることができようし、また清造の場合は、たとえ駄作に分類されるであろうものにも一種突き抜けた感じの奇妙な味わいと、どこか肯首したい普遍性が確と含まれている。

　こうした特色の提示は、おそらく一般的な文庫本の場ではそのとき一度きりの機会と思い、戯曲作も併せて十三篇を選んだ。かのセレクトは、当時はそれなりに清造の創作世界を知る上でのバランスを保っているとの自負があったが、これも『根津権現裏』程ではないにせよ読者の好評に迎え入れられると、やはりもう一冊、短篇集を編む必要性を感じてきた。

　否、それであるならば、清造の七巻に及ぶ『全集』刊行を長年広言し続けている私たる者、一日も早くその本来の、所期の宿願を果たせばいいのだが、如何せんこの方は正字、歴史的仮名遣いによる本文の翻刻を目指している。造本にも凝る為に、畢竟定価もそれに見合ったものとせざるを得ない。つまりは一寸興味をそそられた上での消閑用と云う、本然の読書のみの目的に沿うものとは、些か趣きの異なるであろう刊行物の側面が在するのだ。なのでその謂わば普及版としての意味合いからも、新字新仮名での短篇集は是非とも必要であり、冊数も清造文学の妙味をより知る為には、もう一点あった方が間違いなく利便である。『全集』は資金面こそクリアしたものの、他の諸事情からまだ少し先になりそうだし（現在はようやくに新たな版元が見つかり、再びの始動に入っている）、どうで営利目的ではないのだから、順番が前後して先に〝普及版〟が出たところで何んら問題はない。

と、そんな思いでいたところ、一昨年辺りから同文庫版の二冊は相前後して品切れとなり、それっきり重版のかからぬ状態となってしまった。どうにも望ましくない状況である。

やむなく方々に掛け合った結果、幸いにも既刊の二冊は角川文庫で復刊の運びとなったが、同時に、意外なことに講談社文芸文庫でも新編輯による〝もう一冊〟の刊行許可が出たものだ。意外なことに、と云うのは、新潮文庫へ『根津権現裏』刊行の話を持ち込む以前に、私はまず文芸文庫に働きかけて、全くの門前払いの扱いをされていたからである。

それなのに、また性懲りもなく該レーベルに話を持っていくと云うのは或いは大概な話かもしれぬが、私の場合、こと清造に関する折衝には、常に大事の中に小事なし、の心構えで臨んでいる。そしてこうした結実を見たのだから、終わり良ければすべて良し、でもあろう。

尤もこれは新編輯と云っても、先の『藤澤清造短篇集』の収録作と四篇の重複を含む。いずれも清造の創作群の中で重要な位置を占めるもので、公平な目で見てもこの作家の代表的な短篇であり、今回もまた玉石混交のスタイルを採る上で外し難い作品だからである。

　他に創作以外の文章も併せて選び、許された容量の目一杯までを使い、計十九篇をジャンル別の編年体で並べてみた。

　先にも述べたように本書では底本の旧漢字歴史的仮名遣いを新漢字新仮名遣いに改め、オドリ字等も改めたが、俗字や異体字についてはあえて残した箇所もある。

　各作中での記号の不統一は統一し、底本初出誌での行末にかかって処理された句読点、及び印刷上での脱字、欠字は補った。明らかな誤記、誤植は修正し、記号の不統一も作品ごとに統一を図ったが、一般的には誤まりでも、清造の他の著作にも見られる文字遣いについては当該箇所に（ママ）を付した。その判断が疑わしき場合も同様である。

　また底本の総ルビはパラルビとし、新たに適宜追加した。殊に町名については町（まち）と町（ちょう）の読みを明確にする為、積極的に付している。

　現在では差別的とされる語も、いずれも前世紀初期の創作物であり、原文尊重の見地から当然にすべて残している。伏せ字箇所（〇〇〇や、、、）は復元不可能につき、底本上と同数の記号を打った。

藤澤清造は、明治二二年に石川県鹿島郡の藤橋村に生まれている。現在の同県七尾市の馬出町（まだしまち）（正式には、うまだしまち、との読みらしいが）である。

父の庄三郎かぞえ四七歳、母のこ（古）（こ）へのかぞえ四六歳との間にできた四子二男であり、家業は代々農業。傍ら閑期には七尾地方の当時の主な生産物の一つである、魚類等を詰める叺（かます）や筵（むしろ）を作って生計を立てていた。

分家した小作農家の生活は裕福とは程遠く、二姉一兄のあった末っ子の清造は、少年期は物貰いの子供同様の身なりで過ごしていたらしいが、かぞえ七歳（以下に記す清造の年齢は、すべてかぞえとする）時に七尾町の西半分が焼ける大火災が起こり、生家も類焼。程なくして建て直した家は藁小屋に等しいものであったと云う。

そしてこの三年後に庄三郎が急死すると、生家の地所は借金の担保として押さえられ、いよいよの経済的な困窮から尋常高等小学校の第四学年卒業後の進学を断念し、丁稚奉公に出されるのだが、間もなく右足に骨髄炎を病み、自宅療養することとなっている。

この折に、やはり金銭的な理由から充分な処置のできなかった為に後遺症が残る破目に陥るのだが、小康を得てからは再び七尾町内の足袋屋や代書屋で働き、そこで得た僅かな金を貯めて資金とし、一八歳（満年齢では一六歳六、七箇月）のときに上京する。

元来が芝居好きであり、その上京は演劇の舞台役者を目指してのことである。清造自身は己れの男ぶりと、当時としてはかなり長身の五尺七寸（約一七三センチ）の体軀を恃むところがあり、すでに上京していた同郷の友人の伝手で市川九女八(くめはち)等に面会するも、やはり足を軽く引きずる後遺症は如何ともしがたく、結句(けっく)所期の志望は断念せざるを得なかった。

それでも何かしらのかたちで芝居に関わりを持ちたかった清造は、数年の間は弁護士の玄関番や沖仲士等の職を転々としたのちに、やはり同郷の友人の紹介で徳田秋聲の知遇を得るに至り、その縁で演劇雑誌の花形であった『演芸画報』発行元への入社が叶っている。

で、この辺りで生まれてこのかた不遇続きであった清造の人生は好転し、小山内薫や三上於菟吉、同年齢の久保田万太郎らとの交遊も始まり、これらの先輩知友には公私にわたって様々な世話をかけることにもなってゆく。

また大正三年には二六歳にして初めて勤務先の『演芸画報』誌に署名入りでの演劇随筆を発表。以降も散発的に寄稿し、一方でその奔走により〈稽古歌舞伎会〉なるものを発足させた。これは歌舞伎劇の保存を目的とし、先の小山内や岡本綺堂、岡鬼太郎らの大家を招いて毎回取り扱う演目を定め、当該舞台の形や演出の細部について各人が発言するのだが、それを清造がまとめたものも同誌に順次掲載されていった。

が、生来が良くも悪くもの正義派で、ねちっこい我儘者で、狷介過ぎる性質であった清造は、ともすれば自らの立場をその狷介さ故に危うくしてしまうタイプの典型でもあり、三二歳時には丸十年勤めた同誌発行元を退職に追い込まれる破目をみる。

その後、いったんは小山内の世話で松竹キネマに入社するも、ここも三箇月程で馘首されると、清造はかねて抱いていた創作への意欲を結実すべく大阪に向かっている。かの西成の地には、巡査をしていた実兄が所帯をかまえていた。そしてこの兄夫婦の家に居候しつつ、半年余りをかけて書き上げたのが「根津権現裏」であり、件の畢生の作を携えて東京に戻ると早速に出版化を図ったが、当初それを引き受けてくれる版元はまるで見当たらなかった。ようやくに日本図書出版（小西書店の別会社）から上梓の実現を見たのは、その頃すでに流行作家となりつつあった三上於菟吉の口利きによるもので、このとき清造は三四歳になっていた。当時では、年齢面で非常に遅い出発である。『根津権現裏』は刊行直後にはさしたる反響も呼ばず、これによってすぐに原稿依頼が舞い込むこともなかった。だが翌年――大正一二年になると旧知の田山花袋が激賞し、島崎藤村も賞讃の推薦文を寄せるなど、すでに文壇には知友の多かった清造の、その人物同様にヘンにあとを引く、ねちっこい持ち味の特異な創作が一部で注目されるようになり、商業誌に初めての創作短篇を発表するにも至った。

それが本書の冒頭に置いた、「一夜」である。以下、収録作の解題と共に進めてゆく。

「一夜」は、新潮社発行の『新潮』大正一二年七月号（三九巻一号）に発表された。底本には初出誌を用いた。角川文庫版『藤澤清造短篇集　一夜／刈入れ時／母を殺す　他』（以下〝角川版『短篇集』〟）にも収録。

大正13年10月

「根津権現裏」同様、本作でもテーマは〝金〟と〝病気〟であり、その点の軸は不変である。清造独得の比喩は一層の磨きがかかっているが、しかしそれは短篇作であるが故にどこか悪目立ちする恰好にもなって、〈新潮合評会〉での芥川龍之介による瑕瑾としての不満や、『報知新聞』紙上での、「根津権現裏」を認めた生田長江からの苦言を呼ぶことにもなった。しかしこれをあえての確信犯的に試みている清造には、かような批判は全く馬耳東風であった。その後も全作に亘って、一部の文学識者から見れば〝奇妙な比喩〟〝変な文章〟と冷笑されたスタイルを、自己の特色として貫き通してゆくのである。

しかしながら、「根津権現裏」で一部の注目を集めつつ、決して文壇的な反響までは呼ぶに至らなかった清造にとっては、本作の執筆は決して輝かしい出発点とはなり得なかったはずである。それどころかこの作を成すにあたっては、もはや後のない逼迫の状況で挑まなければならなかった。

新しい作家の次々の台頭による、新文学興隆の空気への焦燥と、自己のどうにもならぬ程に出遅れた年齢に対する忸怩たる思い。その緊張感の中で仕上げた本作には、清造の伸るか反るかのギリギリに追いつめられた熱情が、最後の一行にまで漲っている。この情熱が作の巧拙を超えたところで、読む者の胸に迫りくることもあるのだ。

「けた違いの事」は、文藝春秋社発行の『文藝春秋』大正一三年一月号（二巻一号）に発表された。底本には初出誌を用いた。初出の本文末尾には〈大正十二年十二月十一日〉との脱稿日が付されている。短篇二作目にあたるが、この時期から清造の文筆活動は俄かに華々しいものになってゆく。

やはり〝金〟の問題をテーマとし、前二作同様に対話を主として物語を進めてゆく形式である。当然これは役者の夢を断たれたのちに、板に乗れないのであれば乗せる側に廻るべく、劇作家、そして小説家へと志望を切り換えてきた清造の、最も意にかなう——或いは心地の良い手法であったのだろう。それだけに、これは清造作品のどれにも共通して言えることだが、その会話文は滅法上手い。一寸他に類のない、不可思議な味を持つ篦棒な上手さだ。本作もまた、その場に同座して主人公の金の工面の不首尾を目の当たりに見たような、うら寂しい思いに捉われる佳品である。

「秋風往来」（『創作春秋』版）は、新潮社発行の『文章倶楽部』大正一三年二月号〈九巻二号〉に発表され、のちに文藝春秋社編『創作春秋』（大正一三年四月　高陽社刊）に収録された。底本には後者を用いた。清造生前の刊本である故の選択だが、初出との表記にかなりの異同がある。その異同の一つ一つを記すことは、本文庫の性格においては許されていないので、それは『全集』の方にて果たすこととするが、物語としては二者に全く相違はない。

『創作春秋』は、文藝春秋同人の編による単発アンソロジーで、二十二人の作家、及び同誌編輯同人である新人作家の短篇小説を集めている。該誌編のアンソロジー単行本は、現在に至るも多岐のジャンルに亘り発刊されてきたが、或いはこれは、その種の嚆矢かもしれぬ。

金銭、借銭を巡る攻防の形式にドラマ性を増した感もあるが、一方でこれも清造特有と云うべき、〝題名の凡庸さ〟が、そろそろ露呈してきたとの印象も残る。


「狼の吐息」は、日本青年館発行の『青年』大正一三年一一月号（九巻一一号）に発表された。底本には初出誌を用いた。初出の本文末尾には〈十月三日〉との脱稿日が付されている。

自らを投影した新進作家の、俄かに有頂天となる出来事と落胆を描いているが、そのアイロニカルな筆致の中には、清造の自他ともに妥協を許さなかった、狷介な文士の矜持が屹立している。実際の創作活動はピークを迎えていたものの、ここに切り取られた意地と矜持のあわいの諦観には、地に足のついた冷徹な客観の視線が行きわたっている。云わずもがなのことではあるが、ゲス張ったつまらぬ小説を、臆面もなく刊行してもらっている安い書き手——私のことだが——にとり、この作はどうにもつらい。我が身を省みて、大いに恥じ入らざるを得ない。が、結句は自著をまた嬉々として出してもらうものの、しかしその前には尚未練たらしく、本作の内容を忸怩たる気持ちで想起しているのである。

「刈入れ時」は、春陽堂発行の『新小説』大正一三年一一月号（二九巻一一号）に発表された。底本には初出誌を用いた。初出の本文末尾には〈大正十三年十一月十八日〉との脱稿日が付されているが、これは云うまでもなく十月、乃至それ以前との誤植か誤記である。角川版『短篇集』にも収録。

清造小説のスタイルが確立された、その全作中での白眉と云うべき佳品であろう。発表時期的に最も筆が充実していた頃であり、当時の基準で、短篇としてはやや長めのものでもある為か、文体も闊達で会話文も一層の生彩を放っている。

以前に、主として「根津権現裏」に関して述べたことだが、登場時すでにして古めかしいと評され、冷笑視されてもいたその文体だが、当然、小説が日記やレポートの類と違うのは、それが読者に読ませるものでなければならない点にある。その上では何んと云っても文体がモノを言ってくるわけだが、清造の場合、自らの古風、かつ独自の文体をより強固に支えるに戯作者の精神を持ってきた。そこが良くも悪くも、凡百の自然主義作品とは大きく異なるところである。

その精神は本作でも遺憾なく発揮、増幅され、稀代のユーモリストたる本領を十全に知らしめることにも成功している。結末のありきたりさは必ず指摘されようが、無論、本作の眼目はそんなところにあるわけではない。僅かな心の緩みから生じた、その自業自得の悲喜劇には、しかし誰しもが身につまされる泣き笑いを含んでいよう。

「母を殺す」は、『文藝春秋』大正一四年九月号（三巻九号）に発表された。底本には初出誌を用いた。初出の本文末尾には〈大正十四年八月〉との脱稿日が付されている。角川版『短篇集』にも収録。

清造はこの作の出る二箇月前に、『新潮』誌に短篇「女地獄」（角川版『短篇集』収録）を発表しているが、この出来が大変な不評を蒙り、以降はそれまで創作、雑文と頻繁に起用されていた同誌、及び同社系の雑誌から徐々に締めだされるようなかたちとなり、それは結句、終生続いた。そして順風だった創作活動も、この件を境に凋落し始めるのだが、本作は本来、「女地獄」での汚名を返上するに充分な名品であった。しかしこれが全く話題にもならなかったことは、清造にとっては無念やるかたない思いであったろう。

貧故に病気の母親を足手まといとし、その死を強く願うと云う特異、かつ、或いは普遍的でもあるテーマは、親子間における感傷と背中合わせのエゴを容赦なく描出し、一読、強烈な印象を灼きつけてくる。叙述は実際の清造と母親ホい（古）への身辺事に符合するが、作中の吉田町、松川町なる町名は、合併前の当時の七尾に存在しない点などに、その私小説書きらしい、虚構性に対するふてぶてしさがよくあらわれているところでもある。

そして私生活上での清造は、この年の暮から長年の下宿屋暮しを廃し、かねて関係を持っていた早瀬彩子と長屋での同居生活を始めている。彩子は元娼婦で、清造同様に性病に苦しむ女性であった。

「愛憎一念」は、博文館発行の『太陽』昭和二年三月号（三三巻三号）に発表された。底本には初出誌を用いた。初出の本文末尾には〈十月二十六日〉との脱稿日が付されている。

前年発表の「犬の出産」（角川版『短篇集』収録）同様に、ここにはその彩子との生活の一端ぶりが窺える。但（ただし）、「犬の出産」がユーモアを湛えた筆致で、落着いた日常の中の奇妙と云えば奇妙な一事を活写しているのに対し、本作はこの愛しい日常が些細な行き違いから崩れてゆく一景をうまく切り取っている。

暴力に及ぶまでの過程が遣るせなく、もし今日びの問答無用で不謹慎とのそしりを恐れず、ドメスティックバイオレンスや家庭内暴力をテーマにした小説作品のアンソロジーが編まれることがあるとしたら、数多の名作と共に、本作も必ず収録されなければならぬであろう。

「予定の狼狽」は、朝日新聞社発行の『週刊朝日』昭和二年四月一七日号（一一巻一八号）に発表された。底本には初出誌を用いた。

新潮社とは本格的に没交渉となり、菊池寛とも何かのことで揉め、『文藝春秋』誌にも発表の機会が途絶えていた(尤も、当時文藝春秋社が発行していた『演劇新潮』には、引き続き原稿が採られていたが)清造の原稿を、積極的に買い上げた一人に、シアトル帰りで小説家としても知られた『週刊朝日』誌の翁久允(おきなきゅういん)がいた。

一見、同工異曲とも取られかねない〝金〟の問題は、ここでは〝子供〟の問題に波及し、新たな負の連鎖を示してみせる。病身の彩子との間に子を持てようはずのない、諦念混じりの自嘲の笑いが、過去作と似たか寄ったかに見えるこの篇中には、ひっそりと底流しているのである。

内妻　早瀬彩子

「赤恥を買う」は、宇宙社発行の『宇宙』昭和二年一一月号(二巻一一号)に発表された。底本には初出誌を用いた。

三宅のモデルは書画家の横川巴人。同郷の旧知で、清造より三歳の年長者でもあるだけに、上京後に頼るところの多かった人物である。先に挙げた市川九女八、それに中里介山や伊藤銀月を清造に紹介したのも、この巴人であったらしい。

私の手元には巴人の遺族のかたから譲り受けた、清造の巴人宛書簡が一束あるが、それらの内容からは年少時の姿を知られている故郷の先輩を、どこか煙たく思いながらも親しみを持って敬まっている様子が窺い知れる。それはこの作の雰囲気にも通底しているようである。紫檀卓子も実際に、巴人が長兄（中里介山『大菩薩峠』の、道庵のモデルにもなっている）の遺品として大切にしていたものであった。

本作でもラストは主人公が〈凝と〉固まるのだが、これはワンパターンだと論うよりも、最早この作家の一つの様式美的エピローグとして認知すべきものであろう。

「雪空」は、『週刊朝日』昭和五年一月二十六日号（一七巻五号）に発表された。底本には初出誌を用いた。

この時期の清造は創作の売捌先に苦心し、引き続き雑文の類で辛ろうじて糊口を凌ぐ状況であった。が、とても二人での生活は立ち行かなくなり、彩子との交際は続けながらも同居は解消。再び一人で下宿住まいをしながら、彼女の治療費も工面しようとする悪戦の日々が続いた。借金の申し込みを断わられることで、自ら人間関係も壊していったが、一方で菊池寛と和解し、久しぶりに『文藝春秋』誌にも随筆を発表している。

落魄著しき時期の心情を表象したような題名であるが、この作あたりまでは清造本然の戯作精神は健在であり、かのユーモリストたる面目も引き続きの躍如を見せている。入院した姉（清造の長姉である、とよを思わせる）に関する上司とのやり取りの件など、他の作家ではとてもこうは書けぬ芸当であろう。

が、それも翌年になると、様相は悪化の一途を辿ってゆく。

「此処にも皮肉がある　或は『魂冷ゆる談話』」は、『文藝春秋』昭和六年五月号（九巻五号）に発表された。のちに文芸家協会編『文芸年鑑　一九三二年版』（昭和七年一〇月　改造社刊）に収録されたが、清造自身による訂正は含まれていないとの判断のもと、底本には初出誌を用いた。

昭和期に入ってから一層顕著にあらわれてきた、左傾とは些か趣きが異なる〝左翼シンパ〟の姿勢と、単なるモダニズム流行への色目だけとは言い難い、〝カタカナ語の異様な濫用〟がさしたる効果を挙げることなく、殆どそれらが無意味に羅列されたのみの状態となっている。進行する脳梅毒に、その思考力と戯作精神が蝕まれている兆候を感じ取れる、不穏な一篇である。

また本作は、長いこと清造の創作としての最終作だと思われていた。しかしこのあとに、いよいよ不穏なもう一篇が存在していた。

「土産物の九官鳥」は、清造の没後に、東京電気株式会社発行のPR誌『マツダ新報』昭和七年五月号（一九巻五号）に掲載された。底本には初出誌を用いた。編輯後記には、

〈ゆかりある最後の遺稿である。〉と記されている。

実際の執筆期は不明だが、その内容の空虚さと支離滅裂ぶりには慄然とさせられる。一応の首尾こそ辛ろうじて整っているものの、これは何んとも痛ましい作である。現在判明している清造の絶筆と目される文章は、昭和六年に、二種の演劇雑誌の九月号に発表した随筆二篇なのだが、これらはまだ常態の、この作家の行文になっている。

そのあとに書かれたものとして本作を据えるのは、現時点では早計でありつつも、しかし——この無惨な一作をもって、十年に及んだその創作活動を閉じたかたちは、古風な戯作者精神をふとこり続けた清造の為には、或いはまことに相応しい流れであると云えるのかもしれない。

爾後の清造は再起も叶わぬまま、方々で脳梅による狂態を演じ、彩子に暴力をふるい、突如下宿を飛び出して行方知れずとなったのちに、厳寒の芝公園内ベンチ上にて凍死体となっているのが発見されることとなる。

生き恥だけでなく、死に恥までも存分に晒したところのその最期は、まさに「負」の戯作者こそが見せ得る結末であり、晩年の詠句「何んのそのどうで死ぬ身の一踊り」の、自滅覚悟の実践であった。

〝戯作者道〟を公私共々に貫くのは、並大抵の意志でできるものではない。余程の不屈の精神力がなければ成し遂げられぬ仕儀である。

先天的にか後天的にかは知らぬが、その精神力が確と備わっていたことによる、かような不屈の「負」の道行きは、果たして清造にとって幸であったのか不幸であったのか――無論それも知る由はないが、しかしその人と作品は、少なくとも現代社会の最底辺にいた一人の読者を救い、今も心の支えであり続けている。もうこれで、五〇歳を過ぎていて云うのも何んだが、実際、その作家の追尋に、人生を完全に棒にふってかかっている読者が存在するのは確かな話であるのだ。

それだけの魅力がこの作家にはあると云うことを、是非とも個々の鑑賞眼で見極めて頂きたいのである。

残りの収録作について、駆け足的に述べておく。

「乳首を見る」は、発表誌紙名不詳、二百字詰原稿用紙五九枚のかたちで残されたものである。講談社発行の『群像』令和元年七月号（七四巻七号）に、〈新発見原稿〉として掲載された。底本には作品原稿を用いた。

初出未詳、としているが、『夕刊大阪新聞』紙の掲載作であることは疑いのないところだ。が、その裏付けが取れず、その掲載時期は昭和二年から五年の間と推定されるのみである。

本原稿の入手経緯や内容の考察については、『群像』所載時に、別個に「藤澤清造『乳首を見る』覚書」との一文を付したので、ここでは詳細はその方に譲るが、現代の文芸誌に清造作品が何食わぬ風情で、やけに堂々と載っているのは色々な意味での痛快事であった。

作中、春子が深い仲になった相手がそれまでの〈前川〉から〈西尾〉へと突如姓が変わり、そのまま最後まで踏襲されるが、ここは原文のまま残している。これが単なるケアレスミスによるものか（当時は大抵の場合に著者校正がなく、完成原稿として渡して、それっきりの習わしでもあった）、または脳梅進行故の記憶力の低下によるものとみるかで、現在引き続き稿を継いでいる清造伝記の記述、晩年の一項は大きく変わってくる。その意味で私にとってこれは、甚だ興味深い〝書き間違い〟であるのだ。またラスト近くには力のルビが頻出する。植字の際に片仮名の〝カ〟との混同を避けるためであろうが、清造自身の筆によって付されているので、すべて残した。

「乳首を見る」自筆原稿

拝啓　友人藤澤清造君予て病氣中の處去る一月廿九日午前四時頃芝公園にて不幸なる永眠をしました就いては来る十八日芝公園入八號地源興院で午後二時から告別式を執行することに致しましたから御参列下さらば幸甚です

葬儀通知葉書

墓所（七尾市　浄土宗西光寺）

尚、本作の原稿出現時には、他に二本の、やはり詳細未詳たる清造の短篇原稿があらわれたが、その内の「敵の取れるまで」は、角川版『短篇集』に収録。そしてもう一本の「スワン・バーにて」は、『全集』の方に収録を予定している。

ところで本書は「負の小説集」と銘打っているが、小説以外に二篇の戯曲と、四篇の関東大震災に関するルポルタージュも収めてみた。その初出は、

「嘘」　新潮社発行『演劇新潮』大正一三年七月号（一巻七号）

「愚劣な挿絵」『文藝春秋』大正一四年一一月号（三巻一一号）

「生地獄図抄」　中央公論社発行　『中央公論』大正一二年一〇月号（三八巻一一号）
「われ地獄路をめぐる」　改造社発行　『改造』大正一二年一〇月号（五巻一〇号）
「焦熱地獄を巡る」　改造社発行　『女性改造』大正一二年一〇月号（二巻一〇号）
「めしいたる浅草」　『女性改造』大正一二年一一月号（二巻一一号）

である。いずれも底本には初出誌を用いた。

二篇の戯曲は、話の筋が似通っている。が、無論これも同工異曲の類とは程遠い。一方は幸福な結末を迎え、一方はその逆に終わる。併せて読むと、また別の興趣も湧いてこよう。

生前に上演されることのなかった清造の戯曲は、新世紀に入ってから、初めて二つの団体により都合四本の上演をみたが、戯曲として読むと大層に味のあるその言葉が、舞台上の台詞として聞くと妙に不自然で色褪せたものに変じることは、これまで知るところのなかった発見であった。

ルポの方は、「根津権現裏」から「一夜」を発表し、そののち新進作家の列に連らなる前夜——その間の一日に出来した、震災の直後に集中的に書かれたものだが、同時期に同じ下宿に住み、終生理解者の一人であった今東光は、清造の辛辣ながらも物の本質を見抜いている劇評、役者評を指して〈劇評家の写楽〉だと鋭く看破したが、その印象はこれらの惨状の写しかたにも、どこか相通ずる部分があるようだ。

年譜

藤澤清造

一八八九年（明治二二年）一歳
一〇月二八日（月）、石川県鹿島郡藤橋村ハ部三七番地（現七尾市馬出町ハ部三六番地付近）、藤澤庄三郎（四七歳、三代六右衛門の子）、古（古）へ（四六歳）の四子二男に生まれる。長姉とよ（一四歳）、兄信治郎（九歳）、次姉よね（五歳）があり、家業は農業。農閑期には地元の主な生産物の一つである叺や筵などを作り、商い、生計を立てていた。

一八九五年（明治二八年）七歳
四月二九日（月）、三島町の筵納屋からの出火で七尾町の西半分が焼ける大火災が起こり、家が類焼する。

一八九六年（明治二九年）八歳
七尾尋常高等小学校男子尋常科入学。

一八九八年（明治三一年）一〇歳
一一月二一日（月）、庄三郎死去。享年五六。一二月二〇日（火）、信治郎戸主となる旨を鹿島郡七尾町役場に届出。すでに家の地所は借金の担保となっていた。

一九〇〇年（明治三三年）一二歳
三月三〇日（金）、七尾尋常高等小学校男子尋常科第四学年を卒業。直後に七尾町内の活版印刷所（新聞の取次を兼業しており、ここでの仕事は主に新聞配達であった）で働く。のち、右足に骨髄炎を病む。手術後、主に自宅で療養する。また、この頃より母と二人で生家付近に間借り生活をし、東京から帰郷していた兄はやはり生家付近に新設されていた、石川県第三尋常中学校の用務員のような職についていた。
足の状態が少し良くなってからは阿良町の足

袋屋「大野木屋」で働き、以降上京するまで七尾町内の鋲屋、代書屋等で働く。泉鏡花等の小説を耽読する。
一九〇三年（明治三六年）　一五歳
五月一三日（水）、よね死去。享年一九。
一九〇六年（明治三九年）　一八歳
上京し、五月、同郷の年長の友人、横川巴（巴人）に連れられ、根岸の市川九女八、及び伊藤銀月宅を訪ねる。中里介山を知る。東京在住のとよが小西佐吉と結婚する。
一九〇九年（明治四二年）　二一歳
芝区桜田本郷町の弁護士野村此平の玄関番をする。上京後、製綿所職工（火事で全焼した為に離職する）や沖仲士などの職にもついた。九月、とよ離婚。
一九一〇年（明治四三年）　二二歳
当時弁護士だった芝区西久保巴町斎藤隆夫の書生として住み込み、上京していた同郷の横川巴、赤尾弥一、大槻了、安野助多郎らと交遊。俳優志願者（のちに右足骨髄炎の後遺症を主とした理由で断念、志望を文学に求める）として小山内薫らに面会する。また、安野の紹介で徳田秋聲、三島霜川を知り、その縁で演芸画報社に入社する。室生犀星との交遊が始まる。
一二月二五日（日）、ゐへ死去。享年六七。母危篤の報を受け帰郷した際、全国各地で行なわれた白瀬矗（のぶ）南極探検後援会にならった七尾での後援会が、帰省していた横川巴らを中心に組織され、その主催による横川が脚本を書いた素人芝居にみずから望んで出演する。このときを最後とし、以降、生涯にわたって七尾に帰ることはなかった。
一九一一年（明治四四年）　二三歳
物集高量、加藤教栄（萬朝報記者）等と交遊。
一九一二年（明治四五年・大正元年）　二四歳
一〇月二九日（火）、斎藤茂吉の青山脳病院に入院中だった安野助多郎が縊死する。金沢に生まれ七尾で長じた安野は小説家志望であり、のちに「根津権現裏」の岡田のモデルとなる。
一九一三年（大正二年）二五歳
四月、川村花菱作の舞台「熊と人と」に出演。花菱宅へ原稿依頼に赴いた際、熊の役を厭う俳優連に義憤を感じ、乞われるまま熊役を引きうける。事前に上野動物園で熊の動作を観察して役作りに臨んだ。
一九一四年（大正三年）二六歳
『演芸画報』六月号に「演劇無駄談義」が掲載される。商業誌においての署名入り活字化の最初のものとなる。これ以降、同誌に劇評も発表し始める。
七月、『反響』に随筆「千駄木より」を発表。同年齢の久保田万太郎を知る。
一九一六年（大正五年）二八歳
一二月、とよ、菩提寺の西光寺に藤澤家先祖代々の墓碑を建立。
一九一七年（大正六年）二九歳
一一月二三日（金）、とよが東京で死去。享年四二。
一九一八年（大正七年）三〇歳
七月、岡栄一郎、浜村米蔵らの友人とはかり、小山内薫、岡本綺堂等をむかえた〝稽古歌舞伎会〟を発足させ、『演芸画報』記者の立場から実務面でこれに尽力する。会員数一〇名。第一回の研究題目は〝「一谷嫩軍記」の内熊谷陣屋の場〟、翌年に第二回として〝「野崎村」〟を研究し、いずれも成果の報告を代理人的立場でまとめ、『演芸画報』に発表する。
一九一九年（大正八年）三一歳
九月、信治郎、姫路出身の福本つるを入籍。夫婦にはすでに二女があった。
一九二〇年（大正九年）三二歳
七月、『新潮』に室生犀星の印象記「渠に云ひたいこと」を発表。
九月、演芸倶楽部（『演芸画報』発行元の当時の名称）を退社する。直後に小山内薫の紹介で松竹キネマに入社する。

一九二一年（大正一〇年）　三三歳
一〜二月の間に経費削減を理由に松竹キネマから馘首される。

三月四日（金）、当時巡査をし、大阪府西成郡中津町に在住していた信治郎のもとに以降半年間ほど滞在し、「根津権現裏」の筆を執る。脱稿後帰京し、出版をはかるもまとまらなかった。

七月一三日（水）、姪（信治郎の二女）勝子死去。享年五。小山内薫の世話により、劇作家協会の常任幹事をつとめる。

一九二二年（大正一一年）　三四歳
小山内薫の世話でプラトン社の非常勤編集者になり、五月創刊の『女性』誌の原稿集めを担当する。

四月、友人の三上於菟吉の尽力により『根津権現裏』を日本図書出版株式会社（小西書店の別会社）から刊行。

七月、森鷗外の葬儀に参列。

九月までに本郷区根津藍染町の豊明館に下宿を移る。

一九二三年（大正一二年）　三五歳
二月、田山花袋が書下ろし評論随筆集『近代の小説』中で「根津権現裏」を激賞。また、同時期の「根津権現裏」広告文中に島崎藤村が推薦文を寄せる。

三月以降にプラトン社での仕事を辞める。

七月、『新潮』に「一夜」を発表。商業誌における創作掲載の最初のものとなる。

九月に発生した関東大震災直後から室生犀星、久米正雄、豊島与志雄等の友人宅を見舞うかたわら、市内各地の惨状をつぶさに見て廻り、そのルポルタージュを執筆。『改造』、『女性改造』、『中央公論』などに発表する。

年末までに下宿を本郷区根津須賀町の松翠閣に移る。のちに今東光、大木雄三（雄二）も同所に下宿する。

七月、「一夜」（新潮）

一九二四年（大正一三年）　三六歳
この年より、各誌に小説、戯曲等を次々と発表。三月、二松堂書店刊『文芸年鑑　一九二四年版』にアンケート回答（設問〝大正十二年の文壇に対する所感〟）を収録。四月、高陽社刊のアンソロジー『創作春秋』に「秋風往来」が収録される。
一月、「けた違ひの事」（文藝春秋）二月、「秋風往来」（文章倶楽部）四月、戯曲「恥」（新演芸）六月、「ウヰスキーの味」（文藝春秋）七月、戯曲「嘘」（演劇新潮）一一月、「刈入れ時」（新小説）「狼の吐息」（青年）

一九二五年（大正一四年）　三七歳
前年に引き続き小説、戯曲、随筆等を精力的に発表。反面、創作に対する不評判が各誌時評等に目立ち始める。『演劇新潮』一月号より同誌の編集同人になる。四月、新時代文芸社刊『新時代小説集　第一輯』に随筆「病院から帰つて」が収録される。悪化した下疳などの性病に苦しむ。一二月、東京市外上荻窪の二軒長屋の一軒に転居し、以前からの恋人であった元娼婦の早瀬彩子と同居する。
一月、戯曲「父と子と」（演劇新潮）六月、戯曲「春」（演劇新潮）七月、「女地獄」（新潮）八月、戯曲「復習」（文章倶楽部）九月、「母を殺す」（文藝春秋）一一月、戯曲「愚劣な挿絵」（文藝春秋）一二月、「帳場の一時」（太陽）

一九二六年（大正一五年・昭和元年）　三八歳
創作の発表数が極端に少なくなり、随筆、雑文などで生計を立てる。
五月、聚芳閣より原形に全面的な訂正をほどこした改訂版『根津権現裏』が、上製函入版、普及版の二種、刊行される。

一月、「恐水病をおそる」（週刊朝日）四月、「青木のなげき」（週刊朝日春季特別号）六月、「犬の出産」（サンデー毎日）一一月、「殖える癌腫」（週刊朝日）

一九二七年（昭和二年）三九歳

七月、芥川龍之介の葬儀において休憩所接待係を川端康成、高田保らと共につとめる。

五篇の創作を発表の他、随筆、雑文で口を糊す。

一月、「ペンキの塗立」（現代文芸）三月、「愛憎一念」（太陽）四月、「予定の狼狽」（週刊朝日）一一月、「赤恥を買ふ」（宇宙）「本音の陳列」（サンデー毎日）

一九二八年（昭和三年）四〇歳

七月、同郷で年少の未知の読者、岡部文夫からの来簡を機に交遊が始まる。

一一月、『中央公論』に発表した「動物影絵」等、主に随筆の発表が続く。

一二月、小山内薫の死に通夜を明かし、葬儀に列席する。

二月、「狐の後悔」（サンデー毎日）九月、「豚の悲鳴」（文芸王国）

一九二九年（昭和四年）四一歳

引き続き月に一、二篇の随筆、劇評を主とした発表が続く。

『萬朝報』一月二三日付より小説「謎は続く」の連載が開始されるが、二月二一日付の第三〇回で中絶する。

他にこの年に発表した創作は、九月に同人雑誌巻頭に掲載された「拾銭銀貨のひかり」のみ。

八月一四日（水）、姪（信治郎の長女）信子死去。享年一七。

一二月、新宿二丁目「よ太」で水守亀之助、吉井勇、田中貢太郎らと座談。席上、辻潤と初めて会話を交わす。

一九三〇年（昭和五年）　四二歳
前年より随筆の発表数は多くなる。

五月、田山花袋の葬儀において島崎藤村、加能作次郎、正宗白鳥らと接待係をつとめる。

七月までに、彩子と一時別居にともない（生活がたち行かぬ為でその後も交際は続く）、借家を引き払って単身、下谷区谷中三崎町の駒形館に下宿住まいをする。

九月、岡部文夫の第二歌集『鑿岩夫』（紅玉堂刊　無産者歌人叢書）に西川百子と共に序文を寄せる。同月、下谷区谷中初音町の素人下宿に移る。のち、すぐに本郷区駒込千駄木町の愛晟館に移る。

借金の申し込みを断わられたのが理由で岡部と絶交する。

一九三一年（昭和六年）　四三歳
一月、「雪空」（週刊朝日）　三月、「槍とピストル」（世界の動き）　月に一篇程度の随筆等の発表が続く。

六月、牛込区市ケ谷河田町の個人宅邸内に移る。三上於菟吉、鈴木氏亨、安成二郎らとの交遊は依然として続いた。

九月、『映画と演芸』に随筆「是何んの故ぞ」、及び『演芸画報』に同「外は是蟬の声」を発表。

一一月、本郷区根津八重垣町の素人下宿に移る。その頃より、慢性の性病に由来する精神的な異常の兆候が他人目にもあらわれ、友人宅での不可解な言動、夜間の彷徨、彩子への暴力などの行為が続いた。

五月、「此処にも皮肉がある　或は『魂冷ゆる談話』」（文藝春秋）

一九三二年（昭和七年）　四四歳
彷徨し、空家へ入り込んで窓硝子を破壊、警察に勾留されるなどの行動が続くなか、一月二五日（月）より下宿に帰らず行方不明となる。
二九日（金）朝、芝区芝公園の六角堂内のベンチで凍死体となっているのが発見される。検屍による死亡推定時刻は同日午前四時頃。三〇日（土）、桐ケ谷火葬場で身元不明者として荼毘に付されたのち、二月一日（月）、検屍写真等によって彩子が身元を確認する。一八日（木）、芝増上寺別院源興院にて徳田秋聲、三上於菟吉、久保田万太郎らにより告別式が挙行される。辻潤、近松秋江、佐藤春夫、尾崎士郎ら百名を越す人々が訪れた。戒名清光院春誉一道居士。
五月、東京電気株式会社のPR誌『マツダ新報』が、後記にて〝遺稿〟とし、創作「土産物の九官鳥」を掲載。
一〇月、改造社刊『文芸年鑑　一九三二年版』に「此処にも皮肉がある　或は『魂冷ゆる談話』」が収録される。
一九四五年（昭和二〇年）　没後一三年
九月三日（月）、信治郎、疎開先の母の実家（石川県鳳至郡穴水町字宇留地）で死去。享年六五。
一九五三年（昭和二八年）　没後二一年
七月七日（火）、菩提寺の浄土宗西光寺（七尾市小島町）で嫂つる、横川巴人、高僧俊光（同寺住職）、笠師昇（市立図書館員）、斎藤芳明（『能登往来』誌主宰）ら、地元の有志数名による藤澤清造追悼法要が雨の中で行われる。つるの貯えを資金の元とした尾山篤二郎筆による木の墓標が建立される。九月、『能登往来』第九号が「藤沢清造追悼号」として発行。
一九六六年（昭和四一年）　没後三四年
五月一一日（水）、つる、養老院で死去。享年七三。
一九八八年（昭和六三年）　没後五六年
二月、石川近代文学館より『石川近代文学全集第五巻　加能作次郎　藤沢清造　戸部新十郎』刊行。
一九九〇年（平成二年）　没後五八年
七月、西光寺墓地内の老朽した木製墓標が、つるの仮寓先であった銭湯主人、本藤豊吉によって御影石製のものに改修される。
二〇〇〇年（平成一二年）没後六八年
一一月、西光寺墓地内の、崩落しかけていた藤澤家代々墓の土台改修。墓誌も添えられる。
一二月、『「藤澤清造全集」全五巻　別巻二　内容見本』（西村賢太編　二八頁、オールカラー）発行。〈年譜〉の項で従来不明であった事蹟、〈全巻内容〉の項で、創作、随筆、雑文等の全著作名が初めて網羅された。（全集自体は二〇一九年現在準備中）
二〇〇一年（平成一三年）没後六九年
一月二九日（月）、西光寺にて「清造忌」再開。一九五三年に行なわれた追悼法要を第一回と数えた上での第二回とし、以降、毎年挙行。
三月、「北國文華」第七号（北國新聞社刊）に伝記として初となる、西村賢太「破滅に殉じた〝能登の江戸っ子〟小説家・藤澤清造～その人と生涯」が発表される（のちに「藤澤清造――自滅覚悟の一踊り」と改題）。
二〇〇二年（平成一四年）没後七〇年
四月二五日（木）～五月三一日（金）、石川近代文学館にて〈藤澤清造没後七十年記念展〉（西村賢太監修、資料提供）が開催。（「輝く五月詩人祭」として、井上靖追慕鑑真まつり、宮本善一回顧展と共催）
六月、西光寺墓地内の墓の、傷んだ土台が四十九年ぶりに改修される。
二〇〇三年（平成一五年）没後七一年
七月、藤澤清造の木製墓標を菩提寺から預かり受ける顚末を綴った、西村賢太の処女作「墓前生活」が、同人誌『煉瓦』に発表される。
一二月一二日（金）～一四日（日）、大阪市立芸術創造館にて「春」「恥」「嘘」の三戯曲上演（劇団PM／飛ぶ教室　演出・蟷螂襲）。戯曲の初上演となる。
二〇〇五年（平成一七年）没後七三年
八月、晩年の詠句〈何んのそのどうで死ぬ身の一踊り〉から取って表題とした、西村賢太の創作五作目、「どうで死ぬ身の一踊り」が『群像』九月号に発表される。同作は翌年一月、講談社から西村の第一創作集として刊行。

二〇一一年（平成二三年） 没後七九年

三月、『北國文華』第四七号が、巻頭六六ページの〈芥川賞で浮かんだ〝郷土の文士〟藤澤清造〉特集を組む。

七月、新潮文庫版『根津権現裏』（西村賢太校訂）刊行。

九月一三日（火）〜一八日（日）、両国・シアターXにて「恥」上演（シアターX 演出・川和孝 川村花菱「うす雪」と併演）。

二〇一九年（平成三一・令和元年） 没後八七年

六月、短篇「乳首を見る」が、『群像』七月号に〈新発見原稿〉として掲載（西村賢太校訂・解題）。

七月、新発見原稿「敵の取れるまで」を収録した、『藤澤清造短篇集 一夜／刈入れ時／母を殺す 他』（西村賢太編・校訂）が角川文庫で刊行される。

発表紙誌・年月号不明作

弱者の強音
敵の取れるまで （二百字詰原稿二二枚）
乳首を見る （二百字詰原稿五九枚）
スワン・バーにて （二百字詰原稿六〇枚）

年齢は数え年。紙幅の都合上、ここでは二〇〇〇年一二月発行の『藤澤清造全集 内容見本』中で作成した〈大大略年譜〉を踏襲し、没後事項を僅かに追加した。従って創作以外の著作記載は前記年譜同様、最小限にとどめた。随筆・雑文類の詳細については、同内容見本の〈全巻内容〉を参照されたい。

（西村賢太編）

著書目録

藤澤清造

根津権現裏　大11・4・5　日本図書
　無削除本　函付　出版
　削除本（市販本）　函付
根津権現裏（改稿版）　大15・5・5　聚芳閣
　特装版　函付
　普及版

文芸年鑑　一九二四　大13・3・13　二松堂書店
　年版
　文芸年鑑編纂所編　函付
　〈収録作　アンケート回答《大正十二年の文壇に対する所感》〉
創作春秋　大13・4・23　高陽社

文藝春秋社編
　二版　大13・5・18　函付
　〈収録作　小説「秋風往来」〉
新時代小説集　大14・4・15　新時代文芸社
　第一輯　函付
　〈収録作　随筆「病院から帰って」〉
文芸年鑑　一九三二　昭7・10・18　改造社
　年版
　文芸家協会編　函付
　〈収録作　小説「此処にも皮肉がある　或は『魂冷ゆる談話』」〉

原稿料の研究　作家・昭53・11・1

ジャーナリストの経済学　日本ジャーナリスト専門学院出版部
松浦総三編　カバー・帯付（異装帯あり）
二版　昭53・11・10
〈収録作　アンケート回答「一枚二円五十銭」〉

石川近代文学全集　昭63・2・29　石川近代文学館
第五巻　加能作次郎
藤沢清造　戸部新十郎
西敏明編　カバー・帯付（異装カバーあり）
〈収録作　小説「根津権現裏」（抄）「狼の吐息」
劇評「『家康入國』の評判」ルポルタージュ「生地獄図抄」〉

石川近代文学全集　平2・8・30　石川近代文学館
第十五巻　近代戯曲
井口哲郎編　カバー・帯付
〈収録作　戯曲「恥」「嘘」〉

まぼろし文学館　平10・10・10　本の友社
大正篇『根津権現裏』
八冊セットの送品用段ボール函入
＊日本図書出版「根津権現裏」の本文頁のみ覆刻。加能作次郎『寂しき路』山中峯太郎『俺は帰る』中戸川吉二『北村十吉』森田草平『輪廻』南部修太郎『若き入獄者の手記』島田清次郎『我れ世に敗れたり』須藤鐘一『女難懺悔』との八冊セット販売品。

藤澤清造貧困小説集　平13・4・20　龜鳴屋
限定五百部（内三十部特装版、木函付）
〈収録作　小説「けた違いの事」「秋風往来」「ウイスキーの味」「刈入れ時」「狼の吐息」「母を殺す」「殖える癌腫」「赤恥を買う」「槍とピストル」「此処にも皮肉がある　或は『魂冷ゆる談話』」随筆「病院から帰って」「気に入らない」〉

編年体大正文学全集　平14・7・25　ゆまに書房
第十一巻　大正十一年
日高昭二編　カバー・帯付
〈収録作　小説「根津権現裏」（抄）〉

根津権現裏　平23・7・1　新潮社
（新潮文庫）
西村賢太校訂　カバー・帯付
二版　平23・7・15　三版　平23・11・25

（二版は異装帯、三版は異装カバー・帯）
藤澤清造短篇集　平24・3・1　新潮社
（新潮文庫）
西村賢太編・校訂　カバー・帯付
〈収録作　小説「一夜」「ウィスキーの味」「刈入れ時」「女地獄」「母を殺す」「犬の出産」「殖える癌腫」「ペンキの塗立」「豚の悲鳴」「槍とピストル」新発見原稿「敵の取れるまで」戯曲「恥」「嘘」〉
藤澤清造短篇集　令1・7・25
一夜／刈入れ時／母　KADOKAWA
を殺す　他（角川文庫）
西村賢太編・校訂　カバー・帯付
〈収録作　新潮文庫版『藤澤清造短篇集』と同〉
狼の吐息／愛憎一念　令1・8・16　講談社
藤澤清造 負の小説集（講談社文芸文庫）
西村賢太編・校訂　カバー・帯付　＊本書
根津権現裏（角川文庫）令1・秋（予定）
西村賢太校訂　KADOKAWA

（作成・西村賢太）

講談社文芸文庫

狼の吐息／愛憎一念 藤澤清造 負の小説集

藤澤清造 西村賢太 編・校訂

二〇一九年八月一六日第一刷発行
二〇二三年七月一九日第三刷発行

発行者——鈴木章一
発行所——株式会社 講談社
東京都文京区音羽2・12・21 〒112-8001
電話 編集（03）5395・3513
販売（03）5395・5817
業務（03）5395・3615

デザイン——菊地信義
印刷——株式会社KPSプロダクツ
製本——株式会社国宝社
本文データ制作——講談社デジタル製作
2019, Printed in Japan
定価はカバーに表示してあります。

ISBN978-4-06-516677-2

林芙美子 —晩菊|水仙|白鷺　中沢けい—解／熊坂敦子—案
林原耕三 —漱石山房の人々　山崎光夫—解
原民喜 ——原民喜戦後全小説　関川夏央—解／島田昭男—年
東山魁夷 —泉に聴く　桑原住雄—人／編集部—年
日夏耿之介 -ワイルド全詩（翻訳）　井村君江—解／井村君江—年
日夏耿之介 -唐山感情集　南條竹則—解
日野啓三 —ベトナム報道　著者—年
日野啓三 —天窓のあるガレージ　鈴村和成—解／著者—年
平出隆 ——葉書でドナルド・エヴァンズに　三松幸雄—解／著者—年
平沢計七 —一人と千三百人|二人の中尉 平沢計七先駆作品集　大和田 茂—解／大和田 茂—年
深沢七郎 —笛吹川　町田 康—解／山本幸正—年
福田恆存 —芥川龍之介と太宰治　浜崎洋介—解／齋藤秀昭—年
福永武彦 —死の島 上・下　富岡幸一郎-解／曾根博義—年
藤枝静男 —悲しいだけ|欣求浄土　川西政明—解／保昌正夫—案
藤枝静男 —田紳有楽|空気頭　川西政明—解／勝又 浩—案
藤枝静男 —藤枝静男随筆集　堀江敏幸—解／津久井 隆—年
藤枝静男 —愛国者たち　清水良典—解／津久井 隆—年
藤澤清造 —狼の吐息|愛憎一念 藤澤清造 負の小説集 西村賢太編・校訂　西村賢太—解／西村賢太—年
藤澤清造 —根津権現前より 藤澤清造随筆集 西村賢太編　六角精児—解／西村賢太—年
藤田嗣治 —腕一本|巴里の横顔 藤田嗣治エッセイ選 近藤史人編　近藤史人—解／近藤史人—年
舟橋聖一 —芸者小夏　松家仁之—解／久米 勲—年
古井由吉 —雪の下の蟹|男たちの円居　平出 隆—解／紅野謙介—案
古井由吉 —古井由吉自選短篇集 木犀の日　大杉重男—解／著者—年
古井由吉 —槿　松浦寿輝—解／著者—年
古井由吉 —山躁賦　堀江敏幸—解／著者—年
古井由吉 —聖耳　佐伯一麦—解／著者—年
古井由吉 —仮往生伝試文　佐々木 中—解／著者—年
古井由吉 —白暗淵　阿部公彦—解／著者—年
古井由吉 —蜩の声　蜂飼 耳—解／著者—年
古井由吉 —詩への小路 ドゥイノの悲歌　平出 隆—解／著者—年
古井由吉 —野川　佐伯一麦—解／著者—年
古井由吉 —東京物語考　松浦寿輝—解／著者—年
古井由吉
佐伯一麦 —往復書簡『遠くからの声』『言葉の兆し』　富岡幸一郎-解

▶解=解説 案=作家案内 人=人と作品 年=年譜を示す。 2023年6月現在